青梅一心要發家 2

風文創 1066

連禪 著

風 文創 1066

目錄

第二十八章

聽著錦娘似是在交代後事一般，南溪雙手緊緊抱住她的胳膊。「溪兒記不住這麼多，阿娘記得以後要時刻提醒溪兒。」

錦娘側身撫著她的頭。「溪兒總要學著自己長大，阿娘不可能永遠都待在妳身邊。」

南溪緊緊依偎在錦娘的手臂上。「溪兒就要阿娘永遠待在我身邊，阿娘哪兒也不許去！就算要去，也一定要帶著溪兒一起去。」

「溪兒……」

「阿娘。」南溪抬起頭，借著窗外的月光看著錦娘模糊的輪廓。「把所有的事情都告訴溪兒好不好？那些人因何不惜翻山越嶺也要來抓阿娘？阿娘身上是不是有什麼他們想要得到的東西？」

錦娘靜默了很久，才溫溫淡淡地開始講述。

「二十年前，先皇豐慶帝因積勞成疾，病入膏肓……為保黎國江山社稷，膝下只有一幼女的豐慶帝，於臨終前親自從宗室中挑選了一個剛剛喪父喪母的十歲孩子來繼承皇位……」

南溪插嘴。「這個十歲的孩子就是現在的皇帝嗎？」

「嗯，新帝登基後，便下旨封先皇之幼女為錦央長公主，並許她常住未央宮……」其實，那人對她是極好的，如果沒有發生那件事的話。

南溪用臉蹭了蹭她的手臂，小聲詢問。「所以阿娘就是那位錦央長公主吧？」原來她阿娘的身分竟如此顯赫！

飄散了思緒的錦娘回過神，輕輕嗯了一聲。

南溪繼續問出心中所惑。「阿娘既然是錦央公主，又怎麼會隻身流落到桃花村來？」

然而後面的事錦娘卻不願多說，只寥寥幾句帶過。「後來發生了一些不愉快的事，阿娘不願再回皇宮，便隱姓埋名隨村長來到了桃花村。」

南溪知道，錦娘省略的環節才是最關鍵的原因，可她擺明不願多說。

「所以，外面那些人是來抓阿娘回宮的嗎？」

錦娘側過身來，把她輕輕摟進懷裡。「他們就算把我抓去也不敢將我怎麼樣的。溪兒，若阿娘以後與妳分開，妳一個人一定要好好的，不要讓阿娘在遠方為妳擔心牽掛，好嗎？」

南溪這才完全明白錦娘要做什麼了，倏地坐了起來。「阿娘不要溪兒了？」

「阿娘怎會不要妳？」錦娘伸手把她拉下來躺著。「只是，他們本就衝著我來的，我不能自私地連累桃花村裡的人，而妳……留在桃花村會更安全。」

南溪重新抱住她的手臂，喉嚨似是被堵住一般。「不是還有三天時限嗎？師父跟村裡的叔伯們一定會想到解決辦法的。」

錦娘輕拍著她的後背。「那人說是給桃花村三日時間，其實是給我三日的考慮時間。若我三日後不出現，他們定會放火燒林，再率金戈鐵馬衝進桃花村，待到那時，一切便遲了。」

南溪眼裡的淚開始一顆一顆往外掉。「只怪溪兒沒用，護不住阿娘，也護不住桃花村！」她身為一個穿越者，卻什麼都做不了，她真是一個廢物。

錦娘心疼地替她擦去淚水，哄道：「我們家溪兒只是還小，所以能力有限，並不是真的護不住自己的阿娘。乖，快別哭了啊。」

南溪的珍珠掉了一會兒後，甕聲甕氣地問：「阿娘真的確定那些人不會傷害妳嗎？」

錦娘點頭。「嗯。」她好歹也曾是公主，那些人還不敢把她怎麼樣，頂多就是一路將她囚禁到皇宮。至於到了皇宮，那人會不會一怒之下殺了她？那便不得而知了，不過這些她是不會對女兒說的。

南溪抹了一把淚。「那溪兒不在阿娘身邊的時候，阿娘也要記得好好吃飯、好好睡覺，等到溪兒長大便想辦法去救妳。」

錦娘輕聲應道：「好，阿娘一定好好吃飯好好睡覺，等著溪兒來救。」

翌日，南溪一早便找到兩個小夥伴，想要讓他們帶她出桃林。

胖虎卻一口拒絕。「妳出去桃林做什麼？外面現在很危險，不能出去。」

「你別管。」要不是她記不住裡面的陣法，她便自己去了。南溪道：「既然你不願帶我出去，那把桃林裡的陣法告訴我總可以吧？」

如此關鍵的時期，胖虎怎麼可能會告訴她，直接搖頭。「不能給妳。」

南溪又看向景鈺。「景鈺……」

景鈺抬起頭仰望天空。「我不過出入桃林兩次，尚記不住裡面的陣法。」一騙人！也不知是急的還是氣的，南溪眼眶開始泛紅，最後再瞅了兩個小的一眼之後，轉身就走。

既然他們不幫她，那她就自己入桃林破陣！南溪抿著嘴唇，一雙圓眸銳利而又堅定。半個時辰後，借助異能走出桃林的南溪，慢慢朝著不遠處的營帳移去。隨後，她躲到一塊剛好能藏身的石頭後面，仔細觀察著營帳那邊。

十丈外，數十個白色營帳像是一條長龍地駐在桃花村的必經之路上，且在每個營帳的外面都站著兩位身著鐵甲的士兵。

南溪蹙起眉頭。那些營帳裡好像都是空的，其他的鐵甲軍都去了哪裡？

就在這時，距離桃林最近的那個營帳的帳簾被一隻大手掀開，走出一個身披銀甲、氣勢凌厲的男人。

這個男人應該就是師父叔伯們口中所說的那個銀甲將軍了吧！

南溪剛探出腦袋，想看得仔細一點，一個士兵就走了過來，對那銀甲將軍道：「將軍，李峰副將已經帶著一千鐵甲軍包圍了西北兩邊，劉德副將也率著另一千鐵甲軍圍住了東南方。」

銀甲將軍轉著手腕，面露得意。「很好，傳令給他們，一定要盯緊了，只要發現有可疑人物，馬上抓起來！」

「是。」

南溪聽完，狠狠瞪著那個銀甲將軍。奸詐小人，居然把桃花村四面都包圍了起來！而另外一邊，胖虎和景鈺也已經趕到了桃林。在桃林裡轉了一圈也沒找到南溪後，胖虎開始急了。

「南溪沒來桃林？她去哪兒了？」

景鈺蹲下身子，拾起一株被摧殘得只剩下枝幹的野草，端詳一瞬，道：「不，她來過桃林。」

「可我們找了一圈也沒找到人啊！」胖虎看著他手裡拿著的野草，倏地睜大雙眼。「她、她不會已經破陣出去了吧？」

景鈺丟掉野草起身。「出去看看便知。」

桃林外的南溪正在用意識跟胖豆芽交流。

「胖豆芽，以我現在的能力，可以大規模操控植物嗎？」

胖豆芽在她識海裡使勁地抖著葉子——不能！

難道她就只能眼睜睜的看著這些人把她阿娘帶走嗎？不行！她今日偷偷跑出來，便是偏要明知不可為而為之！為了阿娘，哪怕再小的機率也要一博！

帶著如此信念，南溪把雙手撐在地上，閉上雙眼，集中精力，開始用意念對周邊的綠植進行召喚——

「什麼東西？」

「怎麼回事？」

十丈之外的營帳周圍，地上的野草忽然迅速爆長，一瞬便似藤蔓一般把那站在白色營帳外守崗的鐵甲軍纏了個嚴嚴實實，使其只能發出驚恐的聲音卻無法動彈。

同樣被纏住四肢的銀甲將軍見此，突然暴吼一聲，掙開那些纏在身上的雜草，並快速抽出佩劍，唰唰砍斷腳邊再次瘋長欲纏過來的野草。

隨後他又把就近的兩個手下從纏藤中解救出來，得到解救的兩名手下又連忙去救其他人。待把所有人都解救出來後，那些變成藤蔓的野草還在不斷地向他們伸展過來。

銀甲將軍見此，沈默了半晌，才命令道：「去準備火把，火攻！」

「是！」鐵甲軍們壓下心中驚恐，紛紛趕去準備。

銀甲將軍瞇起一雙厲眼，戒備盯著那些突然竄得比人還高的野草。剛才短暫的猶豫，是因為這裡四面環山，若用火攻，很有可能會引起山火，從而導致山林火災，到那時有可能會一發不可收拾。可如今這情形，不用火攻卻是很難把這些野草給除盡了！

倏地，他抬起頭，一雙厲眼直射向桃林方向。

他未效力朝廷之前也曾仗劍江湖，見識過不少奇人異事，可如今日這般詭異的場景卻還是第一次見到。這桃花村裡，竟還有能操縱植物的能人異士嗎？

南溪第一次操控植物攻擊人，並且還是大規模的攻擊，識海裡早已經開始陣陣刺痛，可她死咬著嘴唇，不管不顧繼續催動著那些植物，直到那些鐵甲軍人手拿著一支火把出來，開始點燃焚燒那些瘋長的植物。

「咳……」

一絲鮮紅從她的嘴角流出，南溪雙手捂著腦袋——好痛！

「南溪！」

就在南溪痛得幾乎要滑倒在地上的時候，胖虎和景鈺趕來，一人挾起她的一邊胳膊，景鈺更是快速從懷裡掏出一個瓷瓶，給她餵下幾顆藥丸。

而營帳那邊，正在叮囑手下儘量不要讓火勢蔓延的銀甲將軍，也在這時看了過來。

「何人在那裡藏頭露尾？」

與此同時，四個收到指令的鐵甲軍，拿著兵器便朝這邊快速衝來。

景鈺見此，連忙把已經痛暈過去的南溪交給胖虎。「你們先走，我斷後！」

「你撐著，我馬上就回來救你！」

胖虎轉身把南溪揹在背上，以最快的速度衝進桃林。

可那四個鐵甲軍卻分成兩路，兩人來擒景鈺，兩人去追胖虎。

景鈺自是不會讓他們如意，趁擒他的兩人不備，他從地上抓起一把沙子便向他們的面門撒去。待這兩人捂住眼睛搓揉沙子時，他便施展輕功快速衝向另外兩人，從後面攻擊他們的下盤，令其一時腳下不穩，側翻倒地。

成功幫胖虎脫險的景鈺還未來得及換一口氣，便又有幾個鐵甲軍從營帳那邊衝過來，把落單的他團團圍在中間！

景鈺肅穆著一張小臉，擺出迎戰的招式……

這邊，胖虎揹著南溪飛速在桃林裡穿梭，待他用比平時快了一半的速度衝出桃林時，虛無子和錦娘兩人正好從桃花村趕來。

見到胖虎揹著南溪出來，錦娘心中一緊，連忙快步奔過去接住女兒。「溪兒！」

虛無子看了一眼昏迷不醒的南溪。「怎麼回事？」

胖虎一邊擦著汗，一邊言簡意賅地說了一下經過。虛無子聽完，吹著鬍鬚怒道：「簡直胡鬧！」

胖虎拉著他的衣袖，急切道：「村長伯伯，景鈺還在外面，您快去救他！」

虛無子這才沈著一張臉讓錦娘把兩個小的先帶回去，他出去桃林救人。

胖虎見南溪已有錦娘照看，又想著外面那麼多鐵甲軍，而村長才只一人，敵眾我寡容易吃虧，於是他撒腿就往村裡跑。

得去找阿爹跟劉伯他們來幫忙！

另一邊，已經力竭的景鈺癱坐在地上，斜目睥了一眼架在左肩上的那一柄重劍，他面露譏諷。「我大黎國的將軍可真厲害，居然拿殺敵的重劍來威脅一個才五、六歲的孩子！」

銀甲將軍被他氣笑。「年紀小小，倒是伶牙俐齒！照你這麼說，你使計傷了本將軍的部將，本將軍還不能出手教訓你了？」

景鈺的視線輕飄飄地掃過倒在他不遠處的幾個鐵甲軍，輕蔑一笑。「兵不厭詐，只怪你的這些部將學藝不精，連一個小孩都打不過。」

銀甲將軍懶得與他理論這些，他彎膝半蹲在景鈺面前，並把手上的重劍再往下壓了幾分。

「本將軍問你，先前那些野草瘋狂生長，可是你們幾個孩子弄出來的？」

景鈺咬牙承受著左肩上的壓力，一雙黑眸冷冷睥著銀甲將軍，而後，緩慢地從牙縫裡迸出四個字。「無、可、奉、告。」

呵，還挺倔！

銀甲將軍抬起重劍便想嚇他一嚇，這時，一股帶著強勁內力的勁風從桃林向他直擊而來。

感知到危險的銀甲將軍就地一個翻滾，快速避開那股勁風，待他回頭一看，就見原來蹲著的位置插著一根已入土三分的桃枝。

景鈺也趁著此時快速爬起，如箭矢般奔向桃林。

銀甲將軍悠悠站起，一雙眼凌厲地射向出現在桃林邊的虛無子。

虛無子先是把跑過來的景鈺打量了一遍，見他無甚大礙，才又抬頭看向對面，朝銀甲將軍淡然抱拳道：「村中小兒不知天高地厚，惹怒了將軍，還請將軍恕罪。」

銀甲將軍冷笑著把劍收回劍鞘。「這桃花村還真是臥虎藏龍，不過幾歲孩童竟也有如此本事，差點就讓本將軍全軍覆沒。」

虛無子雖不明他所言，卻仍是淡定如斯地回道：「將軍謬讚，若是無事，貧道等先行告退。」

就在虛無子帶著景鈺轉身進桃林之時，背後傳來銀甲將軍悠悠的提醒。「村長莫要忘了三日時限！」

虛無子回過頭來，瞟了一眼遠處正在撲火的鐵甲軍，微笑著道：「多謝將軍提醒，山火無情，還望將軍這幾日紮營時，小心炊火。」

銀甲將軍朝他冷冷一笑，轉身回到營帳。

虛無子帶著景鈺剛走出桃林，秦秀才與王屠夫等人便從村裡趕了過來。「村長，您沒事吧？」

虛無子跟他們擺擺手。「無事，都回吧！」

眾人這才又隨著虛無子一起往回走。

半個時辰後，虛無子帶著景鈺來到村尾，為躺在床上昏迷不醒的南溪施針。待他把最後一根銀針扎在南溪頭上後，一直靜默站在一邊的錦娘立即出聲詢問。「村長，溪兒她可會有事？她什麼時候能醒過來？」

默默站在床尾的胖虎和景鈺也一臉眼巴巴地看著虛無子。

虛無子撫著鬍鬚。「最遲明日便會清醒，待她醒來，我再替她拔掉這些銀針。」

錦娘感激道：「多謝村長。」

虛無子頷首。「妳且好好照顧南溪，有事便來喚我。」說完，便把兩個小的也一起喚了出去。

到了外面，虛無子一臉嚴肅地看著兩個小的。「那些火，可是你們放的？」

兩個小的齊齊搖頭。

虛無子聲音一沈。「不許撒謊！」

胖虎抬起頭。「村長伯伯，那火真不是我們放的。」

景鈺補充道：「是他們自己縱火，後又自己撲滅。」

那些藤蔓在南溪暈倒後，便瞬間變成了毫無殺傷力的野草，鐵甲軍很快便把它們砍斷焚燒。也因此，虛無子趕到的時候，只看到營帳那邊一地焦黑和一片濃煙。

兩個小的說的話讓虛無子眉頭一皺。「他們為何要先縱火又滅火？」

兩個小的再次搖頭，表示他們也不知。

「這幾日不安生，你們莫要四處亂跑，尤其不准再跑出桃林！」

「是。」

叮囑完兩個小的，虛無子便大步離開。他得再去桃林外邊探探虛實。

待他走後，胖虎緊繃的神情一鬆。「可算是蒙混過關了！」

景鈺卻是蹙眉看著虛無子離開的方向。「不一定。」

虛無子如此急匆匆離開，很有可能就是去桃林外邊查探虛實去了。

第二十九章

隔日傍晚，南溪悠悠轉醒，抬手間無意觸到了扎在頭上的銀針，感覺自己的頭又開始隱隱作痛了起來。

師父這是把她扎成刺蝟了嗎？

扭頭看了一眼從左側小窗透進來的昏黃光亮，她忽然想到了什麼，連忙掀開薄被下床，頂著一頭銀針，赤著雙腳便跑了出去。

「阿娘！」

她到底昏睡了多久？阿娘呢？阿娘去哪兒了？

正在院壩裡收糧食的錦娘見她一雙赤足地跑出來，趕忙丟下掃帚奔過去。

「怎麼不穿鞋就跑出來了？」

見到錦娘還在，南溪鬆一口氣，遂又問道：「阿娘，胖虎和景鈺他們呢？」暈過去的前一秒，好像有看到他們倆向她奔過來。

錦娘去屋裡拿了鞋出來給她穿上。「他們倆無事。倒是妳，嚇壞阿娘了。」錦娘蹲在南溪面前，一臉嚴肅地看著她。「南溪，阿娘是否說過，遇事需三思而後行，謀定而後動，不可粗疏冒失，莽撞行事，以免害人又害己？」

南溪垂著腦袋。「溪兒知錯了。」

見她又是這般態度，錦娘便知她並未真正意識到自己的錯誤，重重嘆一口氣。「妳可知，昨日景鈺因為妳差點回不來了？」

聞言，南溪倏地抬起頭。「景鈺怎麼了？阿娘不是說他們都無事麼？」

錦娘目光淡淡地看著她。「他現在是無事，可村長昨日若趕去遲了一步，他已成了那位將軍的劍下之魂！」

想到景鈺差點因為自己而喪命，南溪心中又是後怕又是愧疚。

「我去看看他。」說著就要往東邊跑。

錦娘一把將她拉住。「妳現在還頂著一頭的銀針呢，萬一在路上不小心磕著碰著了，使銀針沒進了腦袋裡可怎麼辦？乖乖在家等著，阿娘先去請村長來為妳拔針。」

南溪只得收回腳步，目送錦娘離開。大概過了一刻鐘左右，虛無子便由錦娘領著進了院子，而景鈺就像是一條小尾巴似地跟在後面。

待虛無子把南溪頭上的銀針都拔出來，又替她搭了搭脈，才笑著道：「已經無礙！」

錦娘向他微微施了一禮。「有勞村長走這一遭。」

虛無子擺擺手，揹著醫箱就要告辭。南溪眨眨眼，開口。「師父，徒兒有事情想問問景鈺。」

虛無子看看她又看看景鈺，隨後點了點頭，轉身走出屋子。

「我送送您。」錦娘跟在他後面出去。

待大人都已離開，景鈺開口。「妳想問我何事？」

南溪充滿愧疚地看著他。「我聽阿娘說你昨日為了幫我脫身，差點就被那個銀甲將軍給……對不起，我的莽撞差點害了你！」

景鈺淡淡睥了她一眼。「雖然那人只是想嚇唬我而已，但妳這次做事確實是欠妥。」

坐在床沿的南溪垂著腦袋，兩隻小腳吊在半空晃啊晃的。「我當時沒想那麼多，只一心想著不能讓那些人帶走阿娘……」

「所以妳便透支自己的異術，想要嚇走他們？」

南溪聞言，猛地抬頭，一雙大眼睛睜得比銅鈴還要大。「你、你是怎麼知道我……我……」有異術的？

景鈺向她走近兩步。「別管我是怎麼知道的，昨日若不是我跟胖虎及時趕到，妳覺得自己能夠全身而退嗎？」

南溪抿了抿唇，道：「這次確實是我莽撞了，可他們馬上就要帶走我阿娘了，我若再不出手一搏，就要與阿娘徹底分開了！」說著，眼眶便紅了起來。

景鈺見到她如此模樣也不知該如何安慰，只默默站在一邊陪著她，直到她慢慢收拾好自己的情緒，出聲問道：「胖虎是不是也看到了？」

景鈺輕輕點頭。「嗯。」

南溪用小手搓揉著有些發澀的眼眶。「你們到底是什麼時候知道我的秘密的？」

景鈺想了想，還是老實交代道：「就在端陽的頭一天，那日我和胖虎沒去王屠夫家，直接來找妳……」

初秋的夜，星星散落，月光冷淡。錦娘待南溪睡熟後，借著窗外月色輕手輕腳下床，再輕手輕腳地拿起床頭的針線框離開房間。

夜，越來越安靜，就連外面聒噪的蛐蛐兒都已經收聲睡下，錦娘卻埋首在油燈旁邊，一針一線地縫著衣裳。

忽而，一隻飛蛾撲向了油燈，燈芯裡頓時便發出滋的一聲，芯蕊的火在竄燃一瞬後開始變暗。錦娘抬起頭，用繡花針把燈芯往外撥了撥，直到火光再次大亮，她才低下頭繼續手中活計。

就在此時，院門外傳來一陣輕微聲響。

叩叩！

錦娘心口猛地一跳，強自鎮定，低聲詢問。「誰？」

門外傳來一道男聲。「……是我。」

聽到聲音，錦娘詫異。這聲音是……把衣服針線放進線框裡，她起身過去開門。

待一道身高九尺的身影出現在門外時，錦娘疑惑看著門外之人。「王大哥？你這麼晚來找我，可是有事？」

來人正是住在劉能家隔壁的王屠夫。王屠夫只看了她一眼便快速垂下眸子，壓低聲音道：「夫人，屬下帶你們母女離開桃花村。」

錦娘聞言，一雙美目卻是帶上銳利。「你為什麼會喚我夫人？」

王屠夫忽地單膝跪地，一手撐著半蹲的膝蓋，一手放置於胸口。「屬下驍騎暗衛統領王盾，見過夫人！」

錦娘後退一步，驚道：「你、你是驍騎暗衛統領王盾？」

王屠夫也就是錦娘口中的暗衛統領王盾，垂首道：「正是屬下。」

錦娘似乎有些不敢置信。「當年那場大火，你是如何逃出的？」

王屠夫聲音壓抑。「屬下那晚被主上派出去辦事，直到半夜才回……屬下無能，沒能救出主上。」

錦娘垂眼看著他疤痕交錯的臉。「你臉上的傷便是在那場大火中留下的？」

「是。」他出任務回來時，府裡已經火光漫天，當時他一心救主，不顧一切衝進火場，卻還是沒能救出一人。

「之前為何不表明身分？」

若她記得沒錯的話，王屠夫是在溪兒一歲半的時候來桃花村，這麼多年過去，他都未曾跟她表明過身分，這是何故？

王盾恭敬回道：「夫人帶著少主在桃花村裡與世無爭，屬下不敢貿然近前打擾，便一直於一旁默默守護。」

錦娘拿起針線框裡的衣服。「以後你便繼續守護著溪兒吧，如此，我也能走得放心些。」

王盾抬起頭。「夫人不打算離開？」

錦娘搖頭。「如今離開已經遲了，會連累桃花村裡的所有人。溪兒以後便交給你了，你一定會好好保護她的，對吧？」

王盾一手放在胸口。「屬下誓死保護好少主！」

錦娘頷首，露出淺淺一笑。

今日，三日期滿，紮營的鐵甲軍早早便收好帳篷，列著方隊等在桃林外面。

錦娘剛從桃林裡走出來，騎著棕毛悍馬立在最前面的銀甲將軍便策馬上前，於馬背上抱拳道：「末將楊京，奉皇命特來接錦央公主回宮！」

錦娘卻轉過身，向送她出來的虛無子施了一禮。

「村長，多謝您這些年的照拂，錦娘走了。」

虛無子唸了一句道號。「公主保重！」

送錦娘出來的除了虛無子，還有古娘子夫婦等人。她在與他們告別的時候，銀甲將軍楊京還算耐心，一直在一旁等著。

待與大夥兒告別完，錦娘便頭也不回轉身，隨鐵甲軍離開了桃林。

村尾，坐在堂屋門口左側，扯著一根野草玩的胖虎，一臉擔心地問著坐在右側看書的景鈺。

「你說，南溪待會兒醒過來，發現錦姨已經走了，又哭又鬧怎麼辦？」

景鈺翻過一頁書頁。「她不會。」

胖虎不小心咬斷了一截野草的梗，嘴裡全是澀味，連忙呸一聲吐掉那截草梗。「你怎麼知道她不會？」

景鈺抬眸望了一眼左側的裡屋，低聲道：「因為她早就醒了。」

胖虎切了一聲。「不可能，村長伯伯的迷香最起碼還要再等一個時辰，藥效才會過。」

景鈺睥了他一眼。「你以為錦姨會捨得對南溪下重藥？還有，你是不是忘記南溪是師父的徒弟了？」

對哦！胖虎丟掉手裡的野草就要進去看看，景鈺卻伸手把他拉住。「讓她一個人在裡面靜靜待會兒，別進去打擾她。」

胖虎看了看裡屋的方向，又一屁股坐回了原位。

屋內，南溪躲在薄被裡，把自己蜷縮成小小一團，小手死死捂住嘴巴，任眼淚似溪水一般地流淌。

阿娘，妳要保重，等我去找妳！

錦娘走後，村裡的長輩幾乎每日都來看望南溪，並告訴她有什麼事儘管找他們幫忙。胖虎和景鈺也是白天黑夜都陪著她。

感受到大家關愛和溫暖的南溪，很快便振作起來。

這日，南溪早早便起床去廚房做早飯。剛把米下鍋，在堂屋打地鋪的景鈺便來到廚房，自覺地走到灶前燒火。

她有些不好意思。「是我吵醒你了？」
景鈺搖頭。「不是。」
那就好。南溪一邊擇菜一邊與他聊天。「景鈺，你原是哪裡人呀？」
景鈺抿了抿唇。「我老家在朝陽城。」
朝陽城？黎國都城？南溪頓了頓，又問：「朝陽城離我們這兒遠嗎？」
景鈺撿了一根很小的木柴塞到灶口。「不算很遠，若快馬加鞭七日便能到。」
「那步行呢？」
「步行的話會慢上許多，需二十日左右。」
古代就是這點不好，資訊封閉不說，出趟門還需走好久。南溪把擇好的菜拿去洗。「那你怎麼會來到這兒？」
景鈺半垂著眸子。
「那日，家裡人帶我去寺廟焚香禮拜，歹人趁我落單時迷暈了我，等我再醒來時，已經身在惠城。」
南溪洗菜的手一頓。「你是被拐到惠城的？」
「嗯，到了惠城，那些人便把我賣進伶院。我趁看守不注意，偷偷換裝逃走，卻不想很快就被看守發現並追來，好在遇上了師父。」
南溪撈起洗好的菜瀝水。「那你還記得你家的大致位置嗎？有沒有讓師父幫你去尋你的家人？」

景鈺的眸光閃了閃。「只隱約記得我家在朝陽城北邊，其他的都記不清了。師父一直託人打聽，不過至今沒有收到消息。」

「別擔心，師父一定能幫你找到你家人的。」南溪一邊安慰他，一邊刷鍋炒青菜。

待把飯菜做好，同樣在堂屋打地鋪的胖虎打著哈欠醒來。

用過早飯，南溪便去雞圈裡打掃清潔，給雞餵食，再去菜園子逛了一圈，摘了幾顆已經熟了的草莓。回到前院，胖虎和景鈺已經練完一套拳，現下正在幫她打掃院子。

錦娘臨走前，已經把地裡能收的莊稼都收了回來，南溪現在就只需在陽光充足的時候，把那些糧食拿出來曬乾就好。

所以兩個小的把院子掃乾淨後，又合力幫南溪把那些還未曬乾的糧食抬出來在院壩裡曬，南溪再拿著曬笆把糧食推散成薄薄一層。

待將糧食晾曬好，三個小的並排坐在簷下歇氣。只是還沒歇一會兒，秦秀才便腳步匆匆來到了南家。

三個小的見了，同時起身。

「秦叔。」

「阿爹？」

秦秀才笑著跟另外兩個點點頭，才看向自己的兒子，目光複雜地道：「胖虎，你大伯來了。」

胖虎一怔。「大伯來了？」

秦秀才點了點頭。「先跟我回去吧，你大伯還在家裡等著。」

胖虎扭頭看向南溪，欲言又止。南溪見了，忙扯出一抹微笑。「你快回去吧，別讓你大伯在那裡久等。」

「嗯。」胖虎垂下眸子，跟著阿爹一起離開。

等他們父子倆消失在院門口後，南溪胸口有些發悶。胖虎也要離開了……

見她情緒不對，景鈺來到她身邊。「我還在。」

南溪扯出一個比哭還難看的笑。「我沒事。」

翌日一早，幾人便在桃林話別。

「胖虎，這些草莓你帶在路上吃。」南溪把她一大早就起來採摘的一籃子草莓遞給胖虎。

胖虎接過籃子。「以後，妳有什麼事就去找景鈺。」

南溪微笑著點頭。「我會的。等你到了秦家莊，記得飛鴿傳信回來給我們報一聲平安。」

「好。」

那邊，與秦秀才說完話的秦天行看了一眼天色，對胖虎招手道：「胖虎，該走了。」

胖虎抬起有些泛紅的雙眼，對南溪和景鈺道：「我走了。」

景鈺頷首。「一路順風。」

南溪擁抱了他一下。「胖虎，保重！」

秋去冬來，冷空氣夾雜著綿綿小雨，只一夜便氣溫驟降。

一大早，穿著一件藍色短衫的南溪便扛著一把比自己還長的鋤頭出了院門。經過古娘子家門口時，正巧碰到也拿著把鋤頭準備出工的季晟。

她語氣歡快地打招呼。「季叔叔早！」

季晟自半年前提早醒過來之後，便很少再陷入沈睡，也因此，這半年總是能看到他扛著鋤頭出去忙碌的身影。

季晟把院門關上，提著鋤頭走下臺階。「南溪早，妳要上哪兒去？」

南溪笑咪咪地跟季晟並排走著。「我去北邊地裡看看。」

北邊那塊地自收了小麥後，就一直沒有翻過土，種過其他莊稼，她想趁現在天氣轉涼去給那塊地翻翻土，順便再種點大豆，總之不能讓地就那樣荒著。

告別季晟，南溪扛著鋤頭來到北邊，正要下地翻土，卻發現自己家的地已經被人翻過了。

咦？是哪位叔伯嬸娘悄悄幫忙翻的啊？是劉伯嗎？可阿秀姨臨盆在即，劉伯連自家的地都沒怎麼管，一心守著阿秀姨，哪裡會有時間來幫她翻土？難道是師父？可師父每天要做的事情也很多。

南溪站在埂上，歪著腦袋，把村裡可能會幫她的人在腦海裡都過了一遍。

下午，她挎著一個小籃子來到王屠夫家。「王伯伯在家嗎？」

王屠夫沒想到南溪會主動來找他，忙打開院門。「少……妳找我何事？」

南溪把小籃子往前一送。「王伯伯，謝謝你幫我翻土，這是我種的草莓，還請收下。」

王屠夫低頭看著籃子裡紅彤彤的草莓。「怎麼猜到是我？」

南溪很靦腆，抿唇一笑。「自我阿娘離開後，雖說村裡的叔伯嬸娘們都幫了不少的忙，但只有王伯伯是偷偷在暗地裡幫忙的。」

比如趁她夜裡睡覺時，悄悄把水缸裡的水挑滿，把前後院都打掃乾淨，把獵的野雞、野兔悄悄放在她家門口等等。

以前，她以貌取人，以為王屠夫不是善類，所以每次只要有他在的地方，她都躲得遠遠的，如今才知道錯得離譜。

「王伯伯，謝謝您！」

原來她都知道，王屠夫疤痕交錯下的臉皮隱隱有些泛紅。少主主動來找了，這是不是說明她不再怕他了？

以前，只要他稍稍靠近一點點，少主便怕得躲到老遠，害他每次都只能偷偷躲在院門後面，從門縫裡偷看路過的少主。

還有他院子裡的那些花草，也是因為有一次偶然間聽到了夫人跟別人的談話，得知少主喜歡花花草草，他才種了許多，只可惜少主因為怕他，一次也沒進來採過。

上次胖虎兩小子偷偷摘他的花去送給少主，他得知後還高興了好久，後來更是為了答謝兩小子，特意教了他們幾招絕殺技。

「都是些舉手之勞的事，不……不必言謝。」王屠夫雙手捧著茶杯，垂下眼皮，嗡聲說道。少主那雙大眼睛太過明亮，他怕自己一會兒露餡。

南溪並沒察覺到他的異樣，因為她此次來除了感謝他，還想——

「王伯伯，南溪今天前來，還有一事相求。」

王屠夫雙目炯炯。「少……妳說。」

「南溪想跟著您學武。」

王屠夫沒想到她求的竟是這個，不確定地低頭看著她。「妳想好了？」

南溪目光堅定地回望著他。「我已經想好了。」

第三十章

王屠夫還是有所顧忌。「可妳阿娘她……」夫人一直不贊成少主習武，若得知他教少主武功，一定會怪罪於他。

南溪抿著唇。「若阿娘還在，若我們能一直平凡過下去，我自是會聽她的話。可如今，事與願違……」她頓了頓，繼續說道：「我想習武，也不過是想在以後遇到危險時能夠自保。」

王屠夫沈默一瞬，終是點頭答應。「明日卯時，我在此等妳。」

南溪眼睛頓時一亮。「是，師父。」

八年後，又是一年三月春。

一位上著素衣短衫，下著淺碧色束腰長裙，頭上只用一根紅色髮帶束著高髮髻的荳蔻小姑娘提著個小籃子，正蹲在一片菜地裡摘草莓。

那小姑娘臉色晶瑩，膚光如雪，鵝蛋臉上隱隱噙著一抹笑意，看著文靜又美好。

「南溪？」一道清越的男聲從前院傳來。

「來了。」

南溪提著籃子來到前院，就看到穿著一身青色長衣的景鈺站在院子裡。她笑著走近。

「什麼時候回來的？」

「剛才。」景鈺把手裡的冰糖葫蘆遞給她。

南溪接過糖葫蘆，把小籃子伸過去，讓他拿草莓吃。

「你不是說這次出村需四、五日才能回麼？怎麼才兩日便回了？」

也不知是從什麼時候起，景鈺每一個月都要離開桃花村幾天。有時他是同虛無子一起出去，但大多時候是一個人離開。

南溪也曾好奇問過他兩次，然而他每次都是敷衍帶過，如此，她也懶得再問了。

「事情已經提前辦好。」景鈺拿了兩顆草莓。「這次我隨師父去了柳城的藏雲觀，去找那裡的一個老道士。」

南溪咬下一顆糖葫蘆。「找那老道士做什麼？」

「師父找他打探消息。」

「哦。」南溪點點頭，正打算把小籃子裡的草莓拿去廚房榨成草莓汁，就聽到景鈺在身後淡淡開口。「南溪，師父打探到了錦姨的消息。」

南溪轉過身來。「你說什麼？」

這些年，虛無子不是沒有出去打聽過錦娘的消息，可每次從朝陽城那邊帶回來的消息都是——沒有消息。

在朝陽城，沒有一個人知道錦央公主的事，皇宮裡也沒有傳出任何與之有關的消息，他們懷疑是嘉禾帝下了暗令，禁止任何人談論。也因此，這麼些年過去，他們從未打聽到關於錦娘的隻字片語。

南溪一直很擔心害怕，害怕錦娘早已不在人世。

景鈺看著她。「藏雲觀裡的那位老道士，也就是我們的師伯，原是朝陽城常道觀觀主，五年前曾被皇后傳召進宮做過一場法事……之後，回到觀中的師伯便辭去了常道觀觀主之位去四海雲遊。師父得知師伯離開常道觀便一直在找他，直到前段時間，才打聽到師伯在藏雲觀落腳。」

南溪聽完，垂下眼瞼。師父那麼迫切地找他師兄，全是為了幫她打聽阿娘的消息。

景鈺繼續道：「據師伯描述，當時他在後宮做法事時，嘉禾帝曾突然駕到，在與皇后大吵了一架又拂袖而去。而後他便聽到皇后對身邊的心腹哭訴說，皇帝不顧倫常，竟把一鄉野粗婦圈禁於深宮之中……後來，師伯又聽到了一些不該聽的事情，因擔心自己會被滅口，也怕連累常道觀，故一回去便辭了觀主之位，悄然離開朝陽城。」他走近南溪。「皇后口中的那位鄉野粗婦很有可能就是錦姨。」

南溪沈重地點點頭。「肯定是阿娘！」原來這些年，阿娘一直被嘉禾帝圈禁在皇宮裡。

景鈺見她臉色沈著，伸手在她頭上敲了一記。「妳在想什麼？」

南溪貝齒緊咬。「我要去朝陽城，去找我阿娘。」

景鈺輕嘆一聲。「妳即便去了朝陽城，也不一定就能見到錦姨啊。」要知道，自古被圈禁的地方，除非皇帝下旨，不然誰都不可輕易靠近。

南溪的小手緩緩捏緊。「總會有辦法的。」

景鈺斂目看著她緊揑著的小手，淡淡吐一句。「別把自己弄傷了。」

南溪這才緩緩鬆開了揑緊的手，手掌心裡，有幾個月牙形的指甲印分外顯眼。

翌日一大早，南溪便去到了東邊找虛無子，跟他報備自己想要離開桃花村的事。

虛無子撫著自己的山羊鬚，問道：「決定了？」

南溪十分堅定地點頭。「徒兒已經決定了。」

虛無子輕嘆一聲。「記住，此去朝陽城需萬分小心，遇事更要三思而後行，切莫草率行事。」

南溪向他躬身施了一禮。「徒兒謹記師父教誨。」

虛無子擺了擺手。「去吧。」

「徒兒告退。」

南溪轉身剛走出屋子，便在簷下碰到了景鈺。

「準備什麼時候離開？」

她邁下屋簷臺階。「三日之後。」

景鈺慢悠悠地跟在她身後。「忘記告訴妳一件事了。我找到我的家人了，明日他們便會來接我離開桃花村。」

南溪張大嘴巴。「你找到你家人了？」

景鈺雲淡風輕地「嗯」了一聲。

驚訝過後的南溪突然一拳捶向他的肩膀，可惜，拳頭在半途便已經被一隻骨節分明的手攔住。

南溪怒目而視。「這麼大的事情你也能忘記？」

景鈺笑著鬆開她的手。「現在說也不遲。」

她繼續瞪他。「如何找到你家人的？」

景鈺理了理衣袖，漫不經心地回答。「是他們先找到我。」見她一雙大眼睛裡充滿疑惑，他開口解釋。「我這次去柳城辦事，正好碰到家裡派出來尋我的人。」

南溪摩挲著下頷。「如此看來，這些年你的家人一直都沒有放棄尋找你。」

有些人家的孩子丟了，只頭一、兩年會費盡心思去尋找，待到時間一久，便會放棄。

景鈺眸中閃過一抹嘲諷。「可不是麼。」

南溪瞅著景鈺。「這麼多年過去了，他們如何斷定你就是他們要找的人？」莫要找錯人了才好！

景鈺挽起左手的衣袖，露出手臂上的一小塊藍色胎記。「因為這個。」

南溪恍然，原來是身上有胎記。「你家人明日什麼時候來接你？」

「大概辰時末吧！」

一想到相伴八年的小夥伴就要從此別過，南溪一時有些傷感。

「明日我去送你，先走了。」說完，便腳下如風般地快速離開。

看著她瞬間消失的身影，景鈺輕嘆一聲。本不想這麼快就離開桃花村的……

第二日，景鈺口中的家人——老管家很早便在桃花村外面等著。

見到兩人從桃林裡出來，老管家連忙迎上去。「小……少爺！」

景鈺扭頭跟南溪介紹道：「這便是家中派出來尋我的那位老管家——大家都叫他風叔。」

老管家見狀，先一步躬身對南溪行禮。「老奴見過姑娘！」

南溪連忙擺手。「風叔客氣了，叫我南溪就好。」

景鈺把肩上的包袱遞給老管家後，側身對南溪道：「妳到朝陽城若是遇到了麻煩，可來北城的毓秀坊石榴巷尋我，最裡面那個宅院就是我家。」

對了，景鈺之前有說過他家就在朝陽城，她怎麼忘記了呢？

南溪雙眼亮晶晶地看他。「既然咱們都是去朝陽城，不如你們遲一日再走，我們好結伴同行。」

可景鈺卻是搖頭。「我跟老管家暫時還不回朝陽城，需先繞道去青州辦點事，待我從青州回來再去找妳。」

南溪點頭。「行，一路順風！」

「嗯，走了。」景鈺轉身離開。

「南姑娘，後會有期。」風叔對南溪抱拳，隨後快步跟上景鈺，那速度，一點不像是年逾古稀之人。

南溪若有所思地看著兩人離開的方向。這位老管家會功夫，看樣子還很厲害。在黎國，得什麼樣的權貴才能讓一位功夫高手甘心為奴呢？看來景鈺的家世甚是不凡啊！

這日，天才剛曚曚亮，南溪便揹著個包袱打開院門，卻不想王屠夫早早便等在了院門外。

看著他肩上的包袱，南溪呆呆望著他。「師父，這是？」

「我跟妳一起出村，走吧。」王屠夫轉過身，不容置疑地走在前面。

南溪連忙歡喜地小跑著跟上他的腳步。

近日是春種時節，平時這個時辰，大部分的人已經早起準備出工了。今日，每家每戶卻是很安靜，南溪跟王屠夫從南一路走到東，都沒有聽到一家院牆裡有動靜傳出。

南溪雖然有些奇怪，也只認為是今日天氣好眠，大夥兒還在賴床。直到兩人一路無言地走到東邊桃林，她才發現村裡的叔伯嬸娘們早已經等在了那裡，頓時鼻間一酸。

她之所以選在這個時辰離開，就是不想大夥兒都來相送，卻沒想到大家會比她更早地等在桃林。

她越過王屠夫走向眾人。「師父，各位叔伯嬸娘……」

虛無子提著一個比南溪那個包袱還要大一半的包袱上前。「這是大夥兒為妳準備的東西，帶上吧。」

王屠夫見此，主動上前接過。

南溪看向一臉關切的大夥兒，感激道：「南溪謝過叔伯嬸娘們！」

牙嬸走上前來，拉著她的手。「外面世道險惡，初識之人莫要輕易交心。」

姜家媳婦也走了過來，殷殷叮嚀道：「小南溪啊，外面不比咱桃花村，遇人遇事都需多留個心眼，知道嗎？」

南溪重重點頭。「我知道了。」

古娘子扭著柳腰過來，直接把手裡的一個三指寬、外表看起來像手鐲的東西遞給南溪。「這是經過我改良之後的璿璣鐲，裡面藏有二十一根短針，妳帶在身上防身。」

南溪雙手接過手鐲，對古娘子躬身道：「多謝古姨！」

古娘子忽覺眼眶一潮，似有什麼東西要奪眶而出，連忙扭過頭，快速退到季晟的身邊。

陳家阿婆拄著枴杖走過來，抬起那隻長著些許老年斑的手，拿出一枚血紅玉珮。「南溪丫頭，這枚玉珮妳帶上，興許以後會有點用處。」

「謝謝阿婆。」

待婦人們送完東西後，秦秀才走過來，拍著她的肩膀道：「若是在外面遇到了難事，記得寫信回來告訴我們。」

南溪紅著眼眶點頭。「嗯，我會的。秦叔，胖虎還不知道我離開桃花村了，他下次飛鴿傳書回來，煩勞您轉告他一聲。」

秦秀才點頭。「好。」

她走到虛無子的身邊，大眼睛紅紅地看著他。「師父，多謝您這麼多年的教導之恩，徒兒走了！」

一身青色道袍的虛無子甩著拂塵，唸了一句無量天尊後，叮囑南溪。「記住，在敵強我弱之時要學會蟄伏，學會韜光養晦，靜待時機。萬不可有勇無謀，衝動行事。」

南溪躬身。「徒兒記住了。」跟著，她又向來送她的眾人抱拳鞠躬，道：「送君千里終須一別，各位叔伯嬸娘們，南溪走了，你們保重。」

牙嬸等幾位婦人都紅著眼眶道：「妳也要保重！」

「南溪，一路順風啊！」

南溪忍著鼻間酸意，頭也不回地進了桃林，王屠夫跟隨其後。

出了桃花村，坐在竹筏上的她，好奇地打開虛無子給她的那個包袱。

包袱裡，除了有兩張面值五十兩跟一百兩的銀票外，還有一些碎銀，一個灰色荷包，一件閃著金光的金絲軟甲，一套新衣裳，一個水囊，一個用油紙包著的厚厚一層的東西，和一些日常要用的小東西。

南溪看著這些東西，視線忽然就模糊了起來。

她默默拿起那個油紙包打開，裡面是還冒著熱氣的幾張烙餅，眼淚毫無預警地吧嗒滴在了那個油紙包上。

這烙餅一看就知道是師父做的。

南溪吸了吸鼻子，把烙餅重新包好放下，又拿起那個灰色的荷包打開，發現裡面全是金葉子。

她破涕為笑。都不用猜就知道這金葉子是秦叔給的，還有那件金絲軟甲肯定是牙嬸給的，那一套男裝也定是姜家阿嬸送的……

南溪抹掉眼角的濕潤，仰頭望天。等救出阿娘，她便帶她回桃花村繼續隱居。

過了一會兒，她收拾好自己的情緒，同王屠夫道：「師父，咱們待會兒到了惠城就去雇一輛馬車吧？這樣便是趕路不及，露宿野外，也有馬車可供我們休息。」

「嗯。」王屠夫撐著竹蒿，說道：「為免引人注目，妳我二人在外最好以主僕相稱，我喚妳小主人，妳喚我名字王盾。」

南溪擰起眉頭。「還是你喚我姑娘，我喚你王伯吧！」

王屠夫壓下有些激動的心，故作高深地道：「好，若有人問起，姑娘便說我是妳的護衛……」

幾個時辰後，二人到惠城西市買了一輛馬車，而後又置辦了一些必需品，王屠夫才趕著馬車從惠城的北門出發。

馬車內，南溪正在看她從一販書人手裡買的地圖，裡面明確標誌著到朝陽城需經過哪些地方。

他們從惠城一路出發，現在路程已經行到了一半。接下來，只要從一個叫雙峽谷的地方越過，便會進入下一個城——鄴城，之後便是陵城，再然後就是她此次的目的地——朝陽城。

南溪翹著嘴角，看著地圖。趕了五、六天的路，總算是離朝陽城越來越近了！只是，這個雙峽谷中間用朱砂特意圈起來是什麼意思？她剛要掀開車簾詢問王屠夫，王屠夫的聲音便先她一步傳進了馬車。

「姑娘，雙峽谷內道路險阻，兩邊地勢險要，恐有山匪埋伏。」

原來如此，怪不得用朱砂特意標注。南溪收起地圖。「王伯，咱們先在峽谷外面停留一會兒，看看有沒有商隊或是押鏢隊伍經過此地。」

「好。」王屠夫恭敬應下後，便把馬車掉頭，退回到峽谷口。

在峽谷外等了大概一個多時辰，兩人終於等來了一支商隊。王屠夫過去表明想與他們結伴而行，那領頭之人往馬車方向看了一眼，倒也爽快答應了。

於是待商隊進入雙峽谷後，王屠夫便趕著馬車跟在他們後面。

南溪本來的想法是他們跟著大部隊走，如此即便是有山賊在峽谷裡潛伏，見到他們有這麼多人，怎麼樣也會掂量掂量。只是她忽略了一個問題，那便是比起散戶，山賊更喜歡劫過往的商隊，畢竟商隊帶的貨物比那些散戶更值錢。

於是當大部隊行至峽谷中間，一群山寇便從四面八方衝了出來，堵住了前後路，讓他們進退無路。

商隊的領隊叫王大龍，走南闖北多年，見到這一窩蜂湧上來的山寇，倒還算鎮定。他先是吩咐手下看緊貨物，再站出來與那山匪頭子周旋。

只可惜，周旋失敗，雙方最後還是短兵相見。

第三十一章

南溪在馬車裡聽到雙方已經兵戎相見，便伸手撩開車簾，欲出來幫忙，卻被王屠夫抬手擋了回去。

她疑惑問道：「師……王伯，咱們不去幫忙嗎？」

王屠夫甩鞭，把一個提著大刀欲靠近馬車的山匪抽出老遠後，才同南溪說道：「姑娘就待在車裡，屬下去幫忙。」

而就在離這裡不遠的一處山坡上，有人正拿著一個千里眼看向山下，把山下所有的情景都盡收眼底。

本來商隊有了王屠夫加入，已經漸漸占據上風，卻不想又有幾十個山匪從山上衝下來。王大龍一臉嚴肅，回頭看了一眼自己的商隊，發現他們大多已體力不支。怎麼辦？難道他真要讓大家命喪於此嗎？

就在這時，一個方臉山匪策馬來到一位戴著副銀面夜叉面具之人跟前。

「老大，你怎麼下來了？」

只見那戴夜叉面具穿著一身玄衣的男人，抬手一指。「把人跟貨都帶回山寨。」

「是。」

隨即，那山匪便帶著手下把商隊及南溪的馬車團團圍了起來。王屠夫見此，轉身從馬車的夾板上抽出一柄泛著寒光的長劍，嚴陣以待。
那面具男雙眼微瞇，隨後打了一句暗語，幾十個山匪便一起衝上去圍攻王屠夫。
就在王屠夫分身乏術之際，面具男從馬上直接飛至馬車，正欲掀開車簾，卻見一柄雙刃短劍刺了出來。
他沒想到馬車裡的女子也會武，差點就閃躲不及被刺傷。就見他快速側身避開，同時一手成爪的抓向那隻握劍的白玉手腕。
右手被制住的南溪，迅速伸出左手去接雙刃劍，而後反手一刺，就給那面具山匪的腹部劃了一道不淺的口子。
面具山匪鬆開她的手，低頭看一眼受傷的腹部便抬起頭，邪魅地伸著舌尖舔舐那帶著血跡的手指，雙目更是赤裸裸地盯著南溪。「夠味，老子喜歡！」
這人有病！
她轉身就想飛下馬車去幫王屠夫解圍，可面具山匪卻伸出一隻鐵臂攔住了她的去路，調戲聲從面具下的那雙薄唇中吐出。「小娘子，妳要去哪兒？」
南溪猛地回頭瞪著面具山匪。「是你自己找死的，可別怨我！」
然後，就見她衣袖一甩，一股淡淡的香味瀰漫在空中。面具山匪臉色一變，迅速以袖捂住鼻子。
南溪扯出一抹冷笑。「已經晚了。」
「妳！」面具山匪才剛吐出一個字，便腳下一軟，跪在了地上。

南溪瞅準機會，拿出銀針快速扎了他幾個穴位後，便把雙刃劍架在他的脖子上，而後對著眾山匪大聲道：「都住手，你們老大在我手裡！」

眾人聞聲，抬頭一看，果然就見老大被人摁在馬車上，脖子上還架著一柄短劍。

南溪大聲道：「都給本姑娘讓出一條道來，不然我手裡的短劍可沒長眼睛！」

王屠夫趁著那些人愣神的功夫，瞬間便閃到了她身旁。

南溪看向他受傷的手臂，關心問道：「王伯，你手沒事吧？」

王屠夫警戒地看著前方。「姑娘放心，某沒事。」

沒事便好。南溪鬆一口氣。

山匪們面面相覷，隨後便朝兩側退開，讓出一條大道。王屠夫立即跳上馬車，馬鞭一揮，趕著馬車便衝出了包圍。

王大龍是個極有眼色之人，見王屠夫駕著馬車離開，也趕忙招呼著商隊的人拉著貨物跟在後面。

一些山匪正欲追上來，南溪在馬車上悠悠開口。「你們若敢妄動，我便切下你們匪頭兒的頭顱！」

山匪們只得停在原地，眼睜睜看著商隊拉著那些貨物離開。

待眾人都離開山谷一段距離後，王屠夫一邊趕著馬車，一邊回頭詢問南溪。「姑娘打算如何處理這個人？」

南溪垂眸看向劍下之人，徵詢王屠夫的意見。「王伯覺得該如何處置？」

王屠夫思忖一瞬，道：「待再走一段路，咱們便把人放了吧！」多一事不如少一事。剿滅山匪，那是官府的事。

南溪頷首，待又走了一段路之後，她一腳便把面具山匪踢出了馬車。

商隊走遠後，那個從被踹下馬車便一直躺在地上的面具山匪，抬起手，慢慢拿掉了臉上的面具，一張如刀刻般立體分明、奪人心神的俊臉便露了出來。

若是南溪還在的話，必會由衷感嘆一句——卿本佳人，奈何做賊！

他拿下面具，瞇眼望著馬車消失的方向，嘴角勾起一抹邪肆冷笑。

走上官道後，南溪二人便與商隊分開。臨分開時，王大龍送了南溪半車的貨物，說是感謝他們帶著商隊安全離開。南溪也是在這時才知道，原來王大龍他們是做藥材生意的。

「這個王大龍，倒是挺仁義。」

王屠夫認同的聲音從外面傳來。「此人可交。」

南溪看了一眼車內的藥材，掀開車簾對王屠夫道：「師父，我想到用什麼身分入朝陽城了。」

接下來，兩人又連續趕了幾天的路，終於在一個午後，南溪看到了朝陽城的城門。

她望著前方高聳厚重的城牆，心中默默道：阿娘，我來找妳了。

給城門外例行檢查的士兵看過通關文書後，王屠夫趕著馬車跟在進城人群的身後，緩緩進入了朝陽城內。

入城後，王屠夫並沒有把南溪先帶去客棧，反而是趕著馬車進入了西城的一個深巷裡。待馬車停在一座院門口後，王屠夫有些激動地對馬車裡的南溪道：「姑娘，咱們到了。」

南溪掀開車簾從馬車上跳下來，望著眼前這座雖然看著有些蕭條，但占地面積一看就很寬廣的宅院，有些不確定地看向一旁的王屠夫。

「這便是師父口中所言的故人的庭院？」師父的這位故人一看就是有錢人哪！

王屠夫警戒地往左右兩邊掃了兩眼後，才對南溪道：「姑娘要隨時記得，某現在是您的屬下，莫要再叫錯了。」

「哦。」南溪吐舌應下後，便用一雙亮晶晶的大眼睛眼巴巴地望著他。

王屠夫點點頭，對南溪道：「這是我以前……一個朋友的私宅，自我……那位朋友離世後，這處宅子便也空置了下來。」

南溪眨眨眼。「我們這樣住進去可以嗎？萬一你那位朋友的家人以後知道了這處宅子，去官府告我們鳩占鵲巢怎麼辦？」

王屠夫卻是很肯定地看著她。「不會，他的家人不會去告咱們。」因為妳就是他的家人。

有了王屠夫的保證，南溪便也放心了，邁步走上臺階，瞅著大門上那個鏽跡斑斑的大鎖，攤開右手。「王伯，把鑰匙給我吧！」

王屠夫下意識便開始在身上找尋鑰匙，直到找了半天才反應過來。「姑娘，屬下沒有鑰匙。」當年他們離開得倉促，這處宅子的鑰匙早已不知所蹤。

南溪愣愣回頭。「那我們要怎麼進去？」

破門而入？可這兩扇大門看起來很厚實的樣子，一看就不好破。再者，這裡是天子腳下，若他們弄出的動靜太大，估計還沒進門就會被官兵以私闖民宅的罪名給帶走。

王屠夫卻走上臺階，伸出一手對南溪道：「可否借姑娘頭上的銀簪一用？」

南溪連忙取下頭上的銀簪遞了過去。

王屠夫接過銀簪，走到大鎖前，兩三下便把大鎖撬開，而後他伸出雙手一推，大門在一陣厚重的吱呀聲中，緩慢向著兩側打開。

大門一開，南溪便好奇地伸著脖子朝裡面看去，卻只看到了一面巨大的浮雕影壁牆。

王屠夫側身讓開，南溪跨進門檻左右看了一眼，這才發現影壁牆兩邊是兩條木製走廊。她背著小手走向右邊的走廊，邊走邊看向先前被影壁牆擋住的庭院。

然而因長期無人居住，庭院中間早已長滿了比成人還要高出一截的雜草，除了一棵枯死的梧桐樹外，再看不到其他。

走廊盡頭，便是庭院正屋，左右兩邊還各有兩間耳屋。

南溪推開正屋大門，首先映入眼簾的是正對著大門、一張蒙上了厚厚一層灰的紅漆楠木太師椅，而後才是左右兩組同樣蒙灰的紅木座椅，以及它們後面的鏤空木架和擺放在上面的各式各樣的物件。

不知為何，南溪看到屋裡的這些擺設，竟沒來由地鼻子一酸。

這屋裡的每件擺設都讓她有一種參觀歷史文物的厚重感，而她也從屋裡的這些擺設中看出，這座庭院的原主人應是個極講究之人。

她正要走向那把太師椅，把馬車安置好了的王屠夫便走了進來。

「姑娘可要到後面去看看？」

「好。」南溪立即轉身走出正屋，隨著王屠夫去逛其他地方。

把庭院前前後後都轉了一圈，南溪大致了解庭院裡的構造，這是一座三進庭院，二進三進的院子裡都有一口井和一個小廚房。三進院後面竟還有一處水榭和一塊不小的園地。

園地左側角是一扇從裡面栓鎖的木門，打開木門出去，竟是一處專門飼馬的馬廄，他們的馬車現下就停在這裡。馬廄的正對面便是庭院的後門，專供馬車出入的地方。

南溪一邊踱著步子，跟著王屠夫慢悠悠地返回一進院。這院子因常年無人居住又經久失修，到處都是一片破敗之象，若想在此落腳，還需重新修葺。

可他們如今初來乍到，一時也不知道該去哪兒找修葺院落的工匠，思慮一番後，她打算今日先簡單收拾出一間屋子住下，待到明日再去外面轉轉看。

王屠夫卻道：「找工匠的事便交給屬下去辦吧，姑娘既然決定要在此長居，那這偌大的院子還需再添些人手。」

南溪覺得有道理，這麼大個院子得多一點人才有人氣，不然就他們兩人也太過冷清。

「那明日我們便兵分兩路，你去找修葺院落的工匠，我去牙行挑選幾個僕人和護院。」

王屠夫頷首。「姑娘先找個乾淨的地方歇會兒，我馬上去後院打水來清理屋子。」

南溪搖頭。「我不累，咱們一起收拾。」

於是，兩人用了小半日時間把廚房和兩間住房整理了出來。

洗刷了一下午的南溪累得坐在一張靠背椅上歇息，還有餘力的王屠夫則不知從哪兒找來一把鋤頭，開始在庭院裡剷除雜草。

很快，暮色西起，歇得差不多的南溪見王屠夫還在鏟草，便轉身去了廚房。

剛才把不能用的都清理了出去，現下廚房裡已是空蕩蕩的一片，什麼都沒有。巧婦難為無米之炊哪！南溪嘆了一口氣，還是先去買一口鍋回來再說吧，不然今晚都沒熱水洗澡。

幸好現在太陽才剛落山，鐵匠鋪應該還沒有關門。

跟王屠夫問了一下朝陽城的大致路線後，南溪帶著碎銀便出了門。

鐵匠鋪就在西城的貓眼胡同裡，她花了五十文錢買下兩口鍋後，又去米行買了一袋米和油鹽醬醋帶回去。

回到庭院，把兩口鍋都開好鍋後，她便開始淘米做飯。

夜幕降臨，做好晚飯的南溪正打算拿出一顆黃瓜種子結黃瓜，就見王屠夫提著一條長約一公尺左右長的菜花蛇走進廚房。

「姑娘，今晚有蛇肉吃了，我先去剝皮。」

南溪嘴角一抽。可以選擇不做這道菜嗎？

當王屠夫把剝好皮並清洗乾淨，宰成一小截一小截的蛇肉放在灶臺前時，南溪認命地開始做蛇羹湯。

雖說做菜的過程不是很美好，但當這道菜上桌以後，吃進嘴裡的感覺卻是很美好。所以，平時胃口挺小的南溪今晚足足吃了三小碗米飯。

飯後，洗漱好的她倒床就睡著了，待到一覺醒來時，已是次日辰時。

打開房門，沐浴了一會兒清晨溫暖的陽光後，她轉身便去找王屠夫。

她昨晚住在二進院的北屋，王屠夫則住在三進院的南屋。來到三進院，才發現王屠夫已經出了門，她只好返回二進院，收拾一番自己後也出了門。

牙行大多開在東城，從西城走過去要小半個時辰，南溪摸摸餓得焉扁扁的肚皮，決定先填飽肚子再去東城。

就近找到一家餛飩攤位，在最外面的那張桌子旁坐下。「老闆，來一碗餛飩，多放點蔥花。」

「好咧，您稍等！」

餛飩攤的生意很好，客人陸陸續續地來，很快，幾張桌子便都坐有人，有的人來晚了沒位子，就去跟別人併桌。

南溪單手撐著腦袋，正望著外面過往的行人出神，一道好聽的聲音便在她身側響起。

「這位姑娘，在下可否在此借個坐？」

她朝聲音的方向抬頭看去，就見一個身穿淺藍色士子服，頭戴深藍色儒巾的俊美書生正靦腆地看著她。

這書生長得跟景鈺有得一拚。南溪收回目光，微微頷首。「請便。」

「多謝姑娘。」

書生向她施了一書生禮，便放下背上的書箱，在她對面落坐。

「老伯，來一碗餛飩，多放點蔥花。」

望著街道上的南溪把目光收回，淡淡看了他一眼。

「姑娘，妳的餛飩！」

攤位老闆是一個笑起來便像彌勒佛一樣的圓臉白鬍子大爺，他把南溪那碗餛飩端過來後，馬上又轉身去忙了。

看著面前這碗色香味俱全的餛飩，南溪食指大動，從竹筒裡抽出一雙筷子，邊吹呼著碗裡的熱氣，邊迫不及待地挾起餛飩放進嘴裡。

哇喔，薄薄的麵皮、滿滿的肉餡，再加上鮮美的醬油湯和燙熟的蔥花香，簡直就是美味！

南溪的餛飩吃到一半，餛飩老闆便把書生的那碗也端了過來。「這位公子，你的餛飩。」

書生連忙伸雙手去接。「多謝老伯。」

「公子可是來參加今年的春闈？」

現下客人們點的餛飩都已端上了桌，賣餛飩的大爺空閒下來，便有了跟人聊天的興致。

書生微微頷首。「後生正是來朝陽城參加四月的春試。」

大爺笑著道：「老朽聽公子的口音，像是鄴城人？」

書生笑著點頭。「後生確實是鄴城人士。」

大爺笑得更加像彌勒佛了。「老朽的祖籍就在鄴城，老朽與公子算是半個老鄉。」

書生聽後面露喜色。「後生複姓鐘離，單名一個玦字，不知老伯貴姓？」

「老朽姓熊，名叫熊壯，在家中排行老大。」

熊大？

「咳咳……」一直默默聽二人聊天的南溪，忽然被碗裡的湯汁給嗆到。見兩人同時看向自己，她尷尬笑笑，跟著便掏出銀錢放在桌上，快速離開。

來到東城，她直奔牙行，跟牙行老闆表明自己的需求後，牙行老闆便快速召集齊幾十個男男女女，排排站在牙行的後院供南溪挑選。

南溪圍著幾十人轉了兩圈，最後抬手點出了四個丫鬟、四個護院、兩個小廝和兩個婆子。

隨後，她拿出銀錢與牙行簽下契約後，便帶著十二人離開了。

因家裡現在百廢待舉，需要置辦許多的貨物，所以從牙行出來後，南溪乾脆領著十二人去各個商鋪都大掃蕩了一圈，直到荷包裡再倒不出一個子來，才打道回府。

等到她帶著手裡都大包小包拿著東西的十幾人回到院子時，王屠夫找來的工匠已經在開始修葺院子。

吩咐他們把東西都拿下去後，南溪找到正在幫工匠忙的王屠夫。

「王伯，我從牙行帶回來十二個人，您可要去看看？」

王屠夫手裡的活沒停。「不用，某相信姑娘的眼光。」

第三十二章

南溪彎著眉眼便去了廚房。

剛買回來的米啊菜啊什麼的都已經被工整地放在了廚房裡，她查看了一下那些東西後，便挽起袖子準備做午飯。

可今日這麼多人，南溪一時不知該下多少米，正在糾結，一個穿醬色衣服的微胖婆子走了進來。

南溪見到她恍若見到救星。「劉婆婆可知做二十人的飯該下多少米適當？」

劉婆子連忙回道：「回姑娘的話，這院子裡的工匠跟護院都是幹重活，飯量定是不小，故僕婦覺得怎麼也得下十斤左右的米吧！」

「有道理！」她扭頭就去量米。

劉婆子挽起袖子走到近前。「姑娘，還是讓老婆子來吧。」她們本來就是姑娘買回來做這些雜活的。

南溪搖頭。「無妨，劉婆婆若無事，便幫我把案臺上的那些肉和菜都拿出來清洗一下吧。」

於是，劉婆子又轉身去案臺那裡清洗東西。

沒過一會兒，另外一個略瘦一點的李婆子也來到廚房幫忙，很快便把二十來人的飯菜做好。待把香噴噴的飯菜端上飯桌，早已餓得饑腸轆轆的眾人便猶如餓狼撲食一般把兩桌飯菜席捲而空。

因庭院太大，破敗的地方亦太多，工匠們足足修葺了六日，才讓庭院煥然一新。

站在正屋簷下的南溪，看著下方清理乾淨的庭院，滿意地笑了。這才是古代庭院該有的樣子嘛！有廊有水有假山，要是那棵梧桐樹不枯死就更完美了。

這時，王屠夫從右廊過來。「姑娘找屬下有事？」

南溪轉身看向他。「王伯，門口的匾額已經破損，我想出去做一副新的掛在大門口，你陪我去吧。」

誰知王屠夫聽了，卻是笑著側身，對她道：「屬下已經買回來了，姑娘可到大門口一觀。」

咦？南溪走到大門口，這才看到，家裡的一個護院正在門口搭著梯子忙碌。而另一護院則站在臺階下，仰著頭指揮。

「往左邊一點，再左一點，高一點，對，就是那裡……」

南溪忙走下臺階，仰頭看去，就看到一塊寫著南府兩個大字的朱漆黑楠木匾額正掛在大門上方。

既然家裡的事都已忙完，那她也該出去走走轉轉了。

南溪背著小手回到屋裡，換上一套新買的男裝便帶著一個機靈的小廝出了門。

半路上，搖著摺扇的南溪問身後的小廝。「東子，你可知這朝陽城裡，最熱鬧的地方是哪兒？」

東子知道他家姑娘問的肯定不是賭坊這種地方，於是道：「回姑娘的話，在朝陽城北城有一個叫聚賢樓的茶樓最是熱鬧，裡面的說書先生說書甚為精彩，不管是王孫貴族還是平頭百姓都喜歡去那裡聽他說書。」

南溪打開紙扇，端的是一副翩翩少年郎的模樣。「那咱們便去聚賢樓轉轉，東子，前面帶路！」

東子立刻上前，抬起手臂指路。「姑娘請往這邊走，這邊可以抄近路去北城。」

「改口喚少爺！」南溪拿紙扇在他頭上輕敲了一記後，才順著他指的方向邁步前行。

「是，少爺。」東子摸了摸腦袋，趕緊跟上他家「少爺」。

朝陽城的東西南北四城，以北城最為繁華，只因黎國是以北為尊，黎國皇宮又建在北城方向，故北城居住的大多都是王孫貴族與朝廷命官。東城南城雖然相對次之，但也有不少權貴把府邸建於此，唯有西城，住的都是些商賈和普通百姓。

東子領著南溪抄了兩條近道，很快便來到了北城。

南溪見他對朝陽城各條道路如此熟悉，便好奇問道：「東子，你怎會對朝陽城各處小道記得這麼清楚？」

東子笑嘻嘻地道：「回姑……少爺，小的以前曾在朝陽城裡四處乞討，把這些大大小小的道路不知走過多少遍，自然記得清楚。」

南溪有些驚訝，看向這個十五、六歲的清瘦少年。「你曾在朝陽城裡乞討過？」

東子點頭。「小的從小被人丟棄，是乞丐阿爹把我撿回去養大的。」

「那你又為何同牙行老闆簽了死契？」她買回來的四個丫鬟，兩個小廝和兩個婆子，牙行老闆給的都是死契。

東子垂著腦袋。「兩個月前，乞丐阿爹生病了，我沒錢給他治病，就把自己賣給了牙行老闆，換了二兩買藥的錢。」

南溪聽了，心裡有些不是滋味。「那你阿爹的病現在好了嗎？」

東子神色有些哀傷地搖頭。「乞丐阿爹半月前便去了。」

南溪拍了拍他的肩膀，表示安慰。

不多時，兩人來到聚賢樓，南溪才徹底感受到了東子口中最為熱鬧是如何一番景象。

聚賢樓總共有三層，一層的大堂中間架有一個高臺，專供說書人說書或賣藝人表演；高臺下方的周邊還設有不少桌凳，以供客人吃茶聽書。二層要稍微高級一點，設的都是雅座。三層則是更加高級的雅室，專供一些出得起錢的人消費。

聚賢樓裡不光有茶，還有各種小吃甜品供客人選用。

為了視野能看得開闊些，南溪帶著東子上了二樓，尋了一個僻靜的位置坐下。剛落坐，殷勤的夥計便提著茶壺走了過來。

「請問公子是品茶還是點吃食？」

南溪打開摺扇輕搖。「你們聚賢樓都有些什麼茶？什麼吃食？」

夥計取下搭在肩上帕子，一邊擦拭桌子，一邊介紹道：「公子若是品茶，咱們樓剛進的一批新鮮清霧茶，甚受客人好評，而價格也很實惠。若是點吃食，那公子一定要嚐嚐咱們樓最新推出的一款小吃——怪味胡豆，那是又香又脆，好吃還不貴。」

這夥計還真是一個推銷小能手。南溪笑著合起扇子。「那便泡一壺清霧茶，一份怪味胡豆。」

「好咧，您先稍坐片刻，小的這就去為您準備。」

夥計下去沒過一會兒，便把清霧茶和怪味胡豆端了上來。

南溪往樓下看去，就見高臺上坐著一位精瘦的長鬚老者，此時正聲情並茂，繪聲繪色地講述一位邊疆將軍大戰敵軍的精彩故事。

南溪聽了一小會兒竟也聽入了迷，想著時間還長，手指在桌上輕輕叩擊了兩下。

「東子，坐下聽。」

「是。」東子有些侷促地坐下。

兩人在樓裡待到近晌午，就見大堂裡的人漸漸變少，而那說書人也在一次拍下醒木後說道：「諸位，今日暫且說到此，欲知後事如何，且聽某下回再講。」

南溪問東子。「這說書人下午還來嗎？」

東子點頭。「來的，今日是集市的日子，他會講一整日，待到他用過午飯便又會開講。」

她點點頭，起身。「咱們先去外面逛逛，用完午飯再來。」

聚賢樓裡只有小吃甜品，沒有正餐，因此若要吃飯還得去外面找別的飯館。二人就近找了家飯館，只是午飯才用到一半，飯館門口便傳來了吵鬧。抬頭望去，就見門口櫃檯那裡，一個小二正欲奪過一個書生的書箱。

「你若沒有銀子付飯錢，便拿這個書箱來抵債！」

書生緊緊抱著書箱。「小生都說了，願意到後廚幫忙洗碗抵債，小哥為何還要步步相逼？」

小二不依不饒。「後廚洗碗不缺人手，不需要你去幫忙。」

書生據理力爭。「那你可另擇一個讓我抵債的方法，這書箱我是斷不可能會給你的！」

小二來氣了。「我就要你這書箱抵債怎麼樣？你吃白食的人還有理了？」

看到飯館裡的人開始對自己指指點點，書生臉紅脖子粗地道：「小生說了，小生沒有白吃，小生只是不知何時把錢包弄丟了。」

小二顯然不信。「少廢話，總之，你要麼把書箱留下，要麼隨我去見官！」

「我……」

「他的飯錢多少？我替他付了。」南溪走過去，拿出一錠碎銀放在櫃檯上。

一直任小二鬧騰的掌櫃立即笑著拿起碎銀。「是，這位公子一共吃了一兩銀子。」

南溪點點頭。「把我的那桌一起結算了。」

小二見有人替書生付錢，便慢慢把那拉著書箱帶子的手鬆開，去忙別的事了。

那書生紅著臉對南溪道：「多謝小公子慷慨解囊相助，不知小公子家住何處？小生以後該如何還你銀錢？」

「不用了。」

南溪背著雙手，心情不錯地離開了飯館。想不到她竟然也來了一場英雄救美的橋段，而且這個美人與她之前還有過一面之緣。

只是，走出飯館還沒幾步，那書生便氣喘吁吁地追了上來。「小公子請留步。」

南溪搖著扇子回頭。「這位兄臺還有何事？」

書生連忙上前，向她躬身施了一禮。「小生鐘離玦，敢問公子姓名？」

南溪想著自己的名字挺中性的，便如實道：「南溪，溪流的溪。」

「南溪？這名字極好，小公子的家人定是希望你的人生如那溪水一般，順遂無阻。」

鐘離玦稱讚出聲，見南溪轉身就欲離開，又連忙跟了上去。

看著跟上來的「狗皮膏藥」，南溪輕皺眉頭。「你一直跟著我做什麼？」

鐘離玦斯文俊美的臉上立即露出一個靦腆的笑容來。「小生……只是想知道南公子的家在哪兒，以便小生日後好去尋你。」

南溪眉梢一挑。「你尋我做甚？」

鐘離玦端正了臉色。「還債。」

「我說了，不用還。」

鐘離玦卻是搖頭。「要還的，不然小生會食不能寐、寢不能安。」

南溪嘴角一抽。敢情她好心不讓他還錢，還成罪過了？她猛搖了兩下扇子，對書生凶巴巴地道：「等你有錢還我了，再來打聽我的住所吧！我現在要去聚賢樓聽書，別再跟著我了。」說完就領著東子快速離去。

酉時初，她從聚賢樓裡出來，見天色尚早，便讓東子領著她又去北城幾條繁華的街上逛了一圈。

待把這幾條街的醫館跟藥材鋪都默默記在心中後，她才領著東子打道回府。

回程路上，南溪腳步輕盈且隨意地在繁鬧的大街上走著，視線也隨意投在街道兩旁那高高飄揚的商鋪招牌旗幟上，因此並未注意到左前方有一群人正在圍觀著什麼。

直到東子抬手一指，驚訝地對她道：「少爺，是剛才那個書生！」

南溪這才扭頭往左前方看去。

左前方，一個尖嘴猴腮的小廝正趾高氣揚地對那蹲在地上撿拾字畫的書生道：「公子想好了嗎？是否要隨小人一起去見我家老爺？」

鐘離玦把散落在地的字畫一張一張撿起來，而後一臉冷淡地看向那小廝。

「小生才薄智淺，不敢去辱了你家老爺的眼。」

「敬酒不吃吃罰酒！」那小廝陰陰地笑了笑，給他身後的兩個壯漢使了一個眼色，便見那兩壯漢快速走過去架住鐘離玦的胳膊。

鐘離玦怒道：「你們想做什麼？快放開我！」

小廝卻是直接把頭一偏，示意兩壯漢把人帶走。

「你們放開我！」

見鐘離玦被帶走，南溪給東子使了個眼色，讓他跟上去後，才湊到圍觀的人群裡，如好事人一般地詢問。「那書生怎麼被人帶走了？是犯什麼事了嗎？」
「他不是犯事了，是遇到……了，造孽喲！」
「也是這書生倒楣，怎就被那位給瞧見了呢？他這一去還不得……」
「唉，可憐哪！」
圍觀群眾搖頭嘆息著慢慢散開。
所以說，鐘離玦是被朝陽城裡某個有權有勢又有特殊癖好的人瞧上並帶走了？
南溪眉頭輕輕一皺。她到底要不要節外生枝的去救人呢？
須臾，東子返了回來，附在南溪耳邊小聲道：「少爺，那幾人押著鐘離公子去了北城與東城相交處的尋玉閣裡。」
尋玉閣？南溪下意識問：「那是什麼地方？」
「尋玉閣是個男倌聚集之地。」
好傢伙！「去尋玉閣！」

如今暮色未臨，客人還未至，尋玉閣的大堂裡只有幾個丫鬟小廝在打掃收拾，偶爾響起的低低琴弦音則來自三樓的房間裡。
三樓一角，兩個全身深灰的壯漢雙手負後，一臉煞氣地站在一間屋外。
屋內，一個長相十分平庸的中年男人正閉著雙眼斜躺在美人榻上，一臉愜意地聽著對面男伶演奏的小曲。

叩叩！

突然響起的敲門聲使中年男人不悅地皺起了眉頭，正要出聲斥責，門外卻及時傳來他貼身小廝的諂媚之聲。

「老爺，小的把人給您帶來了。」

中年男人聞言，雙目倏地睜開，一雙渾濁的眼珠子裡有某種不知名的光亮閃過。他抬手揮退屋裡奏曲兒的男倌，對門外吩咐道：「把人帶進來！」

房門隨著一聲吱呀被打開，一路掙扎的鐘離玦被人架著進了房間。中年男人自榻上坐起身，那雙渾濁又充滿色欲的眼，直勾勾地落在鐘離玦的臉上。

「鐘離公子還真是難請啊！」

鐘離玦見中年男人竟用這種噁心的眼神看自己，恨不得立即去摳掉他的眼珠子。

「王大人請人的方式還真是特別！」

示意手下把人放開後，中年男人走到桌邊，提起酒壺倒酒。

「王某數次想請鐘離公子敘舊，皆被鐘離公子無情拒絕，此番也是迫於無奈。」他拿起剛倒好的兩杯酒，並把其中一杯遞給鐘離玦。「王某給鐘離公子賠個不是。」

鐘離玦垂眸看著遞到自己眼前的酒杯，遲遲不接。「小生與王大人無舊可敘。」

中年男人輕笑一聲，收回酒杯放到自己的嘴邊，意味不明地盯著他。「可本官卻與公子有舊可敘……」

話落，他一抬手，那兩個壯漢便立即退出房間，並把房門從外面鎖死。

鐘離玦見形勢不妙，便朝著對面的窗戶奔去，誰知才跑到一半，頭卻忽然開始發暈，腳下踉蹌著就要摔倒，一隻戴著祖母綠玉戒的大手及時伸過來扶住了他。

鐘離玦忍著噁心去推那隻手，誰知那隻手卻把他箍得更緊，粗重的呼吸噴在他的頭頂。

「鐘離……你逃不掉了！」

鐘離玦奮力把人推開，然後踉踉蹌蹌地往窗戶跑去，可身後的人又迅速追了上來，抓住他的手，一把將他甩到了美人榻上。他正掙扎著從榻上爬起，一具帶著噁心氣味的身軀卻迅速朝他壓了下來。

「鐘離……鐘離……」

被壓倒的鐘離玦怒極，抬起腳便踹。「滾開——」

南溪剛從窗戶那裡翻進來，就看到美人榻上有兩具身軀重疊在一起，不遠處的地上還散落幾塊被撕爛的碎布……

速度這麼快？

她如一道虛影般衝過去，再以一記手刀迅速劈在上面那人的後頸處，而後擰起那人的後衣領一扯，便把人輕易甩到了地上。

被壓在榻下的鐘離玦正在羞憤交加絕望之際，忽感身上一輕，壓在他身上那噁心的東西已經不見，疑惑地抬眼，只有一位藍衣小少年嘴角含笑，站在榻邊看著他。

南溪見他傻愣愣望著自己，以為他是受驚過度，便伸手輕輕拍了拍他的肩膀，柔聲安慰。「別怕，已經沒事了。」

而後，她又扭頭看了一眼地上已經昏迷的中年男人，對鐘離玦小聲道：「你還能走嗎？我們得盡快離開這裡。」

她才剛來朝陽城，還沒摸清朝陽城權貴的底細，不能輕易暴露。

「嗯。」鐘離玦狠掐了自己大腿一把，晃著腦袋，掙扎起身。

這是被人下藥了？怪不得臉那麼紅。可惜她今日換了男裝，也沒把解毒丸帶在身上。

第三十三章

南溪的目光在房間裡掃視了一圈，而後徑直走向桌子，打算用茶水幫他緩解藥性。誰知她伸手一碰，發現茶壺裡的水竟是燙的。

這倒楣孩子！

她嘆了一口氣又折返回來，抬起鐘離玦的胳膊放到自己的肩膀上，攙扶著他往窗戶那邊走去。

「咱們先離開這裡再說。」

「嗯。」

嗅著小少年身上散發出的淡淡清香，鐘離玦暫時忘卻了剛才那畜生身上令人作嘔的噁心氣味。

只是，他的身體好像越來越熱了，熱得他腦袋一片嗡鳴……

從美人榻到窗邊不過十幾步的距離，南溪卻感覺她攙扶的人越來越沈，疑惑地抬頭瞧去，這才發現鐘離玦滿臉通紅，暈了過去。

嘖，這倒楣孩子已經邪火攻心了，得快點給他解除藥效才行。

來到窗邊，她使出了吃奶的力氣才抱起鐘離玦飛出了窗外。

尋玉閣的後巷，東子推著一輛裝滿稻草的板車靜靜候在一處，直到看見三樓有人縱身飛下，他才迅速把板車推了過去。

從三樓跳下的兩人正好掉在他推過來的板車上。

東子擔心上前。

「少爺，您沒事吧？」

南溪從稻草堆裡坐起身，吐掉一根不小心吃到嘴裡的稻草。

「沒事，快走！」

「是。」東子推著板車迅速離開巷子。

回到西城節義坊桐子巷，東子幫著自家姑娘把人扶進了後院。

彼時，被藥物左右了神智的鐘離玦，開始使勁往南溪身上蹭。「熱……好熱！」

熱就可以隨便吃老娘的豆腐了？怒不可遏的南溪在經過水榭時，一腳把人給踹進了水裡。

東子瞠目結舌地看著自家姑娘。這……姑娘怎麼翻臉比翻書還快？

斜眼睥著在水裡使勁撲騰的人，南溪拍著手吩咐東子。「你在這裡守著，等他撲騰得沒力氣了再把人撈上來，我先去配藥。」

翌日，風和日麗，天朗氣清。

「哈、哈啾！」

南府三進院東邊的一間客房裡，一身青衣的年輕書生連打了好幾個噴嚏，有些窘迫地掏出手帕捂住鼻子。

「見笑了。」

「昨日為了替你解除藥效，不得不把你放在池塘裡泡了半個時辰。」已經換回女裝的南溪坐在一張靠背椅上，臉不紅氣不喘地說瞎話。

「原來小公子竟是女嬌娥。」鐘離玦向南溪施了一禮，說道：「多謝姑娘昨日的搭救之……哈啾……之恩。」

「舉手之勞而已。」南溪擺了擺手，試探問道：「昨日那人，權勢似乎很大，你是怎麼惹上他的？」

「此人叫做王遠道，是戶部尚書之庶子，也是宮中盛寵不衰的王淑妃庶兄。前幾日，與我同住一家客棧的考生邀我出城踏青，在出城門時，王遠道的馬車正好從我身邊經過……此後，他便每日都派人來客棧尋我，我不勝其煩，揹著書箱準備換一家客棧，誰知途中卻被人偷了銀錢。昨日與南姑娘分開後，我本想賣字畫換點銀錢，不料卻被他的爪牙發現。」

「他是王淑妃的庶兄？」

鐘離玦點頭。「就是因為有王淑妃的庇護，他才敢在天子腳下都這麼明目張膽地行齷齪之事。」

纖纖玉指輕輕叩擊在椅把手上，南溪垂著眉眼陷入了沈思。過了半晌，她才抬眸詢問鐘離玦。

「你接下來有何打算？」

鐘離玦有些茫然。「春闈還有兩日才開始，現在所有的客棧都有王遠道派出的眼線，小生一時也不知道該避去哪兒。」

南溪溫聲道：「你若是不嫌棄，這兩日便安心住在這裡吧，待到春闈之日，我再派人護送你去考場。」

鐘離玦感激地給南溪做了一個揖。「多謝南姑娘，您真是一個大好人。」

從鐘離玦的房間出來，南溪回了自己二進院的屋裡。把門栓門好後，她從衣櫃裡拿出兩個包袱，打開。

低頭看著手上的幾個銅板，她的嘴角抽了又抽。不過才幾日功夫，就把她攢了近八年的銀錢全部花光了。要不是另一個包袱裡，還有叔伯嬸娘們給的銀錢，她現在怕是就要去喝西北風了。

看來，還是得先賺錢，不能坐吃山空。

拿出兩張銀票，把包袱重新包好鎖進衣櫃裡，南溪打開房門，就去找王屠夫商量賺錢大計。

「姑娘想開一家藥材鋪？」王屠夫放下手裡的活計，看著來找他商量的南溪。

南溪糾正道：「不是藥材鋪，是藥鋪，裡面有坐堂大夫坐診。」

藥材鋪是只管買賣藥材，不管給人看病治病。藥鋪卻不同，既可以抓藥又可以瞧病治病。

「開藥鋪所需的各種藥材，咱們可以找專做藥材生意的王大龍，只是這坐診大夫……姑娘可是打算自己親自坐診？」

南溪背著一雙小手。「嗯，我開這個藥鋪，一是為掙錢，二也是為能在朝陽城裡迅速立住腳根。」

王屠夫恍悟。「姑娘是想用醫術在朝陽城裡揚名？」

南溪微笑著點頭。「我的醫術雖然比不上景鈺和師父，但對付一些普通的疑難雜症還是綽綽有餘的。」

何止是綽綽有餘，以她的醫術，進御醫院都不為過。

王屠夫立即道：「屬下這就去外面轉轉，看看哪兒有合適的鋪子要出租。」

南溪拱手施禮。「有勞王伯了。」

王屠夫連忙伸手阻止。「姑娘莫要如此。」

望著王屠夫離開的背影，南溪微微蹙起眉頭。是她的錯覺嗎？怎麼感覺師父的態度透著恭敬……

南府的後院有一處花圃，由於這些年無人看護，裡面的各種名花已經枯的枯、死的死，南溪覺得那麼大一塊地只用來種花太浪費，於是喚來幾個護院，讓他們按照她的要求把花圃重新翻整。

到了傍晚，王屠夫回府告訴南溪，他找到了一家正要轉讓的藥材鋪。

「這家藥材鋪之前的生意還算尚可，只是後來因經營不善，生意才變得一日不如一日。長期入不敷出，也讓藥材鋪老闆沒了再費心打理的心思，故才準備把藥材鋪轉讓出去。」

南溪聽了，自是高興。「接手這個鋪子需多少銀錢？」

王屠夫從懷裡拿出一張憑據遞給她。「姑娘，這便是那藥材鋪的地契，以及藥材鋪老闆轉讓鋪子的字據，妳收好。」

南溪愣愣地接過地契跟字據，在看到字據上面的成交印章時，抬頭看向王屠夫。「師父已經把鋪子買下來了？」

可她早上都沒給他銀錢。

王屠夫疤痕交錯的臉上露出一抹忐忑。「屬下擔心夜長夢多，便自作主張先買下了這藥材鋪……」

「還是您老想得周到。」南溪彎著眉眼把兩張憑據收好，又從衣袖裡拿出幾張銀票遞給王屠夫。

「師父，這是買鋪子的錢，您收好。」

王屠夫悄悄鬆一口氣。少主不怪他擅作主張就好。低頭看著送到眼下的銀票，他只頓了一瞬便伸手接過。他清楚，若是不收，少主會不高興。

待王屠夫收好銀票，南溪才問：「既然藥材鋪已經被我們買下，我們是否馬上就可以接手營業？」

王屠夫點頭。

「那藥材鋪就在東城什邡街的正中位置，姑娘明日可先到鋪子裡去看看有無需要修整的地方，若是沒有，即日便可營業。」

「好。」

第二日一早，南溪便跟著王屠夫來到了東城什邡街的藥材鋪。

藥材鋪裡，不管是藥材還是掌櫃跟夥計都是現成的，陳列擺設也都中規中矩，並不需要再做什麼修整，她就只讓王屠夫去找人做一副新的門匾便可。

而做一副新的門匾大概需要一日時間，南溪便趁著這空檔，讓掌櫃把鋪子裡儲存的藥材全都拿出來，重新歸納排序。

整理了一天藥材的南溪回到節義街桐子巷，就看到鐘離玦提著個八角燈籠等在巷子口，見到她出現，便面露喜色地上前。

「南姑娘！」

南溪有些驚訝。「鐘離公子怎會在這兒？」

鐘離玦溫文一笑。「小生見今夜烏雲遮月，恐姑娘遲歸時會看不清路，故才……在此等候姑娘。」

南溪挑了挑眉梢，微微一俯身。「勞鐘離公子掛心了。」

「不過舉手之勞。」鐘離玦側過身，與她並肩前行。「姑娘的藥鋪修整得如何？」

「明日便可開張。」

鐘離玦半垂著眸子。「可惜我明日要去參加春闈，不能到場恭賀。」

南溪無所謂地道：「不過是老店重開而已，鐘離公子參加春闈更為要緊。」

次日，她安排了兩護院與一小廝護送鐘離玦去貢院參加考試，臨出門時，還給了他一個香包。

「這香包裡我放了一些可鎮神凝氣的藥材，鐘離公子若是不嫌棄，這幾日可把它佩戴在身。」

「小生謝過南姑娘。」鐘離玦接過香包，鄭重地掛在自己的腰帶上，而後就帶著護院幾人離開了南府，前往北城貢院。

目送幾人離開後，南溪便帶著一個丫鬟和一個護院，坐馬車去了藥材鋪。

藥材鋪，用一塊大紅緞布遮住的新門匾已經掛上門楣，王屠夫就立於門匾下方，幾個路過的婦人見了，開始對他指指點點起來。

「這人怎麼站在藥材鋪門口？他是來求藥的嗎？妳看他的臉，好嚇人啊！」

「聽說這藥材鋪換新東家了，不會就是他吧？」

「就他這塊頭這長相，以後誰還敢進這家鋪子裡買藥啊！」

王屠夫微微皺了皺眉。姑娘怎麼還未到？馬上就要到開張的吉時了。

「哎呀，快別說了，沒見他都變臉了嗎？這種凶神惡煞的人最是惹不得，快走快走！」

「對對對，咱們以後最好還是繞道走！」

好在這時，一輛樸素的馬車從左邊駛來，須臾便在藥材鋪的門口停下。王屠夫幾步步下臺階。

「姑娘！」

車簾從裡面被人掀開，首先出來的是一個綠衣圓臉丫鬟，而後才是一身淡藍色衣裙的南溪。

由丫鬟扶著下車的南溪，抬頭望著被紅布遮住的門匾，眉眼彎彎。「王伯，都準備好了嗎？」

王屠夫微笑頷首。「都按照吩咐準備好了。」

「那便開始吧！」

她邁上臺階，立於王屠夫先前站的那個位置。

跟上來的王屠夫往鋪子裡面揮了揮手，一直候在鋪子裡的掌櫃立即提著一個鑼走了出來，店裡的兩夥計也抬著一盤捲成大圓盤的炮竹走出來，鋪在門口。

待一切就緒，南溪扭頭看向王屠夫。「王伯……」

王屠夫頷首，走過去把炮竹引燃，爆竹聲頓時便響徹了整條什邡街，同時也引來無數人的觀望與駐足。

南溪也在這陣陣的炮竹聲中，抬手揭開了門匾上的紅布，保安藥鋪四個墨黑大字便驟然出現在大家的視野中。

同時，旁邊的掌櫃得到新東家的眼神示意後，立即敲響了手裡的鑼，大聲說道：「各位街坊鄰居、父老鄉親，自今日起，保安藥材鋪正式改為保安藥鋪，以後你們不但可以來這裡買藥，也可以來這裡看病啦！另外，我們新東家說了，為了感恩回饋街坊鄰居以往的支持，咱們保安藥鋪以後每月都會義診三日。故還望街坊鄰居多多替咱們保安藥鋪宣傳宣傳，讓更多的人知道這個好消息！」

圍觀群眾聽完這番話，開始竊竊私語。

「每月都義診三日？當真有這麼好的事？」

「若是真的，那這保安藥鋪的新東家定是一個大善人。」

「是啊是啊！」

「這保安藥鋪的坐堂大夫是誰？醫術如何？」

這時，一個頭包深藍色方巾的黃臉婦人走出來問道：「不知你們藥鋪義診的三日是哪三日？」

南溪看向婦人，溫聲回道：「每月的初三到初六。」

那黃臉婦人低下頭，掐指一算。「今日便是初三。」

南溪微笑頷首。

「不錯，今日便是初三。若你們誰的家中有病人需要醫治，今日便可將他帶來保安藥鋪，我今日一整日都會在藥鋪裡坐診。」

「什麼？她就是坐診大夫？」

圍觀群眾一時炸開了鍋。

「這……看她的樣子還沒及笄吧，當真會醫術？」

「這麼小年紀，即便是當真會醫術，恐也是只懂點皮毛而已，這萬一要是來一個誤診又或是錯診，那豈不是……」

「這保安藥鋪到底是怎麼想的？居然讓一個小姑娘來坐診？」

聽著眾人的質疑聲，南溪淡定地用含著些許內力的聲音說道：「各位街坊鄰居，小女子自六歲便開始跟著師父學醫，到如今已有整八年，故小女子的醫術雖不及師父，但也絕不會像各位所擔憂的那樣，只是懂點皮毛。當然，你們若是信不過我，亦不勉強，你們可去別的地方看完病再來保安藥鋪抓藥。」

「如果在義診那三日，去別的地方看完病再來你們這兒抓藥，還算免費嗎？」人群中，不知是誰率先問出了眾人的心聲。

南溪的目光越過眾人，直接落在剛才發問的那個人身上。

「保安藥鋪每月的三日義診，就是為幫助那些平時無錢看病的窮苦人家能看得起病、吃得起藥。所以在義診期間，即便你是在別處看的病，也一樣可以拿著大夫開的藥方來保安藥鋪免費抓一副藥。」

「這可太好了！」

眾人又開始一陣交頭接耳的討論。

一個衣服上全是補丁的削瘦男子從懷裡掏出一張折疊得皺巴巴的黃紙，猶豫了好半晌，終是鼓起了勇氣走到南溪跟前。

「姑娘，我……我前幾日在別處開的藥方，今日還能在這兒抓免費藥嗎？」

一雙露趾的破鞋，一身洗得泛白的補丁衣裳和一張瘦骨如柴的臉。南溪不動聲色的將這些都收入眼底。

「你的藥方可否借我一觀？」

「嗯。」男子雙手把藥方遞給南溪，舉措不安地站在那裡。

南溪一目十行看過藥方之後，便把藥方交給了身旁的掌櫃。「齊掌櫃。」

「是。」齊掌櫃接過藥方，微笑著對那男子說道：「這位小哥請稍等片刻，老夫這就去給你抓藥。」

南溪也溫和地看著男子。「你若是不放心，可跟進去看著齊掌櫃抓藥。」

男子聽後，連忙跟了進去。

一刻鐘後，該男子提著兩副藥走到南溪面前，深深給她鞠了一躬，才走下臺階。

圍觀的人見他下來，忙上前七嘴八舌地詢問。

「你抓的這兩副藥真沒付錢？」

男子搖頭。「分文未付。各位鄉親，請讓讓，我得趕緊回去替我阿娘熬藥。」

他離開後，南溪再次開口。「各位街坊鄰居，要免費看病抓藥的可要趕緊，不然一會兒怕是就要排長隊了。」

眾人聞言，又是一番竊竊私語。最開始問話的那位黃臉婦人在看了看左右之後，率先走上了臺階。

「我要看病。」

南溪右手一抬。「這位大嫂，請隨我來。」

「劉家媳婦真去讓她瞧病了？」

「反正是義診，去看看也沒什麼損失不是？要不咱們也去瞧瞧？」

「隔壁李郎中說我胃寒體濕，我進去讓小姑娘給我瞧瞧，若是她的診斷跟李郎中不差，我便信她學了八年的醫術。」

於是乎，圍觀群眾裡又站出幾人往保安藥鋪裡面走去。

第三十四章

藥鋪大堂裡，南溪正坐在左側方一張長形矮桌後面，給那位黃臉婦人把脈。幾個後進來的人見了，便自主來到婦人身後排隊等著。

片刻後，南溪收回診脈的手，以手背觸碰婦人的額頭，詢問道：「大嫂近日可是感到全身乏力，偶爾還會有發暈和噁心的症狀？」

黃臉婦人點點頭。「是。」

南溪又抬手指了指她的右胸口下方。「這裡是否也會時而感到隱隱作痛？」

黃臉婦人忙不迭地點頭。「對對對。」

南溪頷首，拿起擱旁邊的紙筆就準備寫藥方，卻見黃臉婦人一臉忐忑地望著她。

「姑娘，哦不，大夫，俺這是得的啥病？嚴重不？」

南溪一邊蘸墨下筆，一邊道：「妳得的是肝瘟，不過好在只是初期，及時服藥便可。」

肝瘟，通俗點說就是肝炎。這婦人臉色蠟黃，一看便是屬於黃疸性肝炎，得此類病症的，一般都是長期酗酒，又或是因長期營養不良而導致免疫力低下的人。顯然，這個婦人是屬於後者。

須臾，南溪擱下筆，把寫好的藥方交給黃臉婦人。「妳且拿著這個藥方去掌櫃那裡抓藥，他會告訴妳藥抓回去後該如何煎服。青鳶，妳帶這位大嫂去藥臺那邊抓藥。」

「是。」丫鬟青鳶上前。「這位夫人請隨我來。」

「多謝大夫！」原本還有些不安的黃臉婦人見有人領著自己去抓藥，頓時便安心地拿著藥方跟著青鳶走了。

黃臉婦人前腳剛走，等在她後面的紫衣婦人便坐在南溪的對面。

「小姑……大夫，我最近老是食欲不振，多夢少眠，妳幫我瞧瞧……」

南溪慢條斯理伸出兩根手指搭在那婦人露出的手腕上。「此乃胃寒體濕所致，若想根除，需以湯藥內服，艾灸外治，再加飲食調理……」

紫衣婦人見南溪不但只一瞬就診出她的病症，還同李郎中一樣詳說了如何根治，目光裡的那點輕視頓時收斂，身體也坐得端正。

後面幾個原本只是來湊熱鬧的人聽了，你看我，我看你。看來這小姑娘是真有些本事的。

於是，得益於這幾位的宣傳，待到下午，前來保安藥鋪看病抓藥的人已經排起了長龍。好在南溪早有準備，讓護院站在外面維持秩序，王屠夫站在門口一個一個地放進來，如此，倒也一直都井然有序。

只不過前來看病的人實在太多，南溪滴水未進地忙到傍晚才診了一半人數，王屠夫看著雙唇發乾的南溪，心疼勸道：「這才義診的第一日，姑娘莫要累壞了身子。」

南溪捶著有些發痠的右手臂，望了一眼外面昏黃的天色。「外面還有多少人？」

青鳶在門口數了數，走過來稟道：「外面大概還有三、四十人在排著隊。」

南溪沈吟。「今晨耽誤的時間太多，青鳶，出去告訴他們，今日義診結束，明日義診從卯時一刻開始。」

「是。」

北城安平街，尚書府內。

「滾！」王遠道一腳踢開匍匐在腹部的小妾，提好褲子起身。

待小妾抽抽泣泣地穿好衣服退出房間，王遠道煩躁地來到外室，提起桌上的茶壺倒水，卻發現壺裡一滴水都沒有，不由怒火中燒，把茶壺砸在地上。

「人都死哪兒去了？」

候在門外的小廝聽到動靜，連忙躬著身子進來。「老爺……哎喲……」才剛跨進門檻，就被一只迎面飛來的茶杯砸中了腦袋。

「你們就是這麼伺候本老爺的？茶壺裡沒水了也不知道添，啊？」

小廝顧不得腦袋上的疼痛，一陣哈腰。「老爺息怒，小的馬上就去給您端新茶來。」說完便飛快跑下去備茶，屋外的丫鬟則戰戰兢兢地進來收拾地上的碎片。

「一群廢物！」王遠道只著一件白色單衣地坐在桌旁，目光陰陰沈沈地盯著門外某處。那日，到底是誰壞了他的好事？他一定要把人揪出來碎屍萬段！

他垂眼看向收拾碎片的丫鬟。「李六呢？去把他叫來。」

「是。」丫鬟如釋重負地出去找人。

沒過一會兒，李六便步履匆匆趕來。「老爺，您找我？」

王遠道一邊喝著小廝新端上來的茶，一邊斜眼看向李六。「事情查得怎麼樣了？」

李六躬身上前，附在他耳邊低聲道：「小的查到，鐘離公子昨日是從西城方向過來的，並且當時他身邊還跟著兩壯漢一小廝……」

王遠道放下茶杯，雙眼微微瞇起。

「明日春試結束，找人跟著鐘離玦，我要知道他去了哪裡。」

「是。」

義診的第三日，來看病抓藥的人開始慢慢變少。

傍晚，一直在旁邊幫忙的青鳶望向已無人排隊的門口。「姑娘，咱們今日可以早些回家了。」

南溪給最後一個病人診完脈，又寫好藥方交給他，才抬眸看向門外，甩了甩有些發痠的肩膀。

「話說，鐘離玦這個時候已經從貢院裡出來了吧？王伯安排人去接他了嗎？」

青鳶微笑著走到她身後，輕輕為她捏起肩膀。「姑娘放心，中午奴婢便聽到王伯吩咐趙山和魏鵬去貢院接鐘離公子，想必現在他二人已經把鐘離公子接回桐子巷了。」

南溪頷首，把全身放鬆，享受著青鳶的服務。「咱們再待半個時辰，若是還無人來看診，便關門打烊。」

「是。」青鳶捏完肩膀又開始捶背。

南溪舒服地靠在青鳶身上，閉上雙眼養神。

傍晚，她回到桐子巷，正好碰到考完春試的鐘離玦從貢院回來。

看了一眼他身後，南溪問道：「趙山和魏鵬呢？」

鐘離玦臉色有些不好。「他們去處理身後的尾巴了。」

南溪眉梢微微一挑。「怎麼回事？」

鐘離玦抿了抿唇。「應是王遠道派來盯我的人，居然一路從貢院跟著來到西城。趙山他們發現後，便使了一個小計讓我先脫身離開，他們則留在後頭善後。」

南溪點點頭。趙山與魏鵬曾經當過鏢局裡的鏢師，倒是無須擔心他們的安危。她看向鐘離玦。「鐘離公子這三日想必是累壞了，且回府休息吧。」

「可趙山他們還未……」

「他們應該很快就會回來，鐘離公子無須擔心。」

「如此便好。」

鐘離玦這才隨南溪一起入府。

天色將黑之時，趙山和魏鵬終於從後門回來，到正院堂屋跟南溪彙報情況。

「……我與魏鵬幫助鐘離公子脫身後，便把跟蹤我們的那夥人引到了兩街之外的一個偏僻小巷裡敲暈。」

南溪點頭，思忖道：「你們兩個這段時間便先跟著鐘離公子。」

兩人齊齊躬身。「是！」

待二人離開，她又喚青鳶找來王屠夫。

王屠夫走進堂屋，一眼便看見坐在太師椅上低眉沈思的南溪。那坐在太師椅上考慮事情的相同姿勢，那相似的眉眼……恍惚間，王屠夫彷彿看到了自己的主子。

「主子……」

南溪聞聲抬頭。「王伯來了？」

王屠夫忙垂下眼。「姑娘喚屬下來有何吩咐？」

她起身走到門口，左右看了一眼，才回到王屠夫的身旁，小聲道：「師父，我好像撿了個大麻煩回來。」

王屠夫濃眉微蹙。「姑娘是說鐘離公子？」

南溪忙不迭地點頭，並把今日趙山他們引開跟蹤者的事與他講了一遍。

王屠夫聽完，沈吟道：「姑娘是覺得王遠道遲早會盯上南府？」

她頷首。「若是他當真盯上了南府，那保安藥鋪……」以後還能不能開得下去都是一個問題。

「可要屬下去把人……」王屠夫把手放到脖子下方一劃。

師父什麼時候變得這麼嗜殺了？她趕緊搖頭。「不可，此人乃是尚書之子，把他殺了恐有後患，我們不如這樣……」

夜半，天空無星無月，四下一片寂靜。

青磚紅瓦之上，一身黑衣打扮的南溪緊跟在同樣一身黑衣的王屠夫身後，身如鴻雁地往北城尚書府方向飛去。

「天乾物燥，小心火燭！」街道上，打更人一邊打更一邊吆喊。

古人將一夜時間等分為五更，一更等於現在的兩個小時。打更人剛才敲了三下鑼，說明現在已是三更，也就是晚上的十一點左右。

待打更人的身影消失在巷子裡，屋頂上的南溪腳下一點，縱身飛進對面的一座大宅院。尚書府不光大，還很奢華，裡面的花花草草，假山涼亭，水榭樓閣無一處不精緻。望著這麼大一座宅子，王屠夫與南溪對視一眼，決定分頭去找王遠道的住所。

南溪小心避開宅子裡值夜的護院與藏在暗處的暗衛，一路從前院找到一個偏僻的小院。落在院中，看著四周破敗的景象，她轉身便走。這裡與前方各院的精緻截然不同，王遠道肯定不會住在這種地方。

就在她轉身之際，某間還閃著微弱光亮的屋內突然傳出一陣咳嗽聲。

「咳咳……咳咳……」

緊接著，一道帶著哭腔的聲音隨之響起。「阿娘，怎麼了？妳別嚇蘭兒，阿娘，妳醒醒，救命啊，救命啊……」

而後便見那房屋的門突然打開，一個纖細羸弱的身影從裡面跑了出來，南溪趕緊側身躲進角落，卻見那身影直直朝著她這個方向奔來——

南溪雙目一凝，抬手隨時準備劈暈那道身影。誰知那身影卻直接從她眼前跑過，衝向旁邊的木門，一邊拍打，一邊哭喊。「開門，快開門啊！我阿娘吐了好多血，快去找大夫！求求你們快去找大夫……」

可任她拍了許久，木門外也沒有絲毫的動靜。

「嗚嗚嗚……來人啊，誰來救救我阿娘……」她無力而又絕望地癱坐在地上，用那早已拍得紅腫的手不死心地一下下拍在木門上。

正打算離開的南溪被她哭聲裡的絕望所觸動，她扭頭看向那間房屋，猶豫了一瞬便從暗處出來，壓低聲音道：「別哭了，帶我去看看妳阿娘。」

癱坐在地上的女子先是被嚇得一驚，而後猶如抓住了救命稻草一般，抓住南溪的褲管。「求求你，救救我阿娘，救救我阿娘！」

南溪立即捂住她的嘴巴，凶巴巴地嚇唬她。「不想死就給我收聲！」

女子似乎被嚇到，連忙睜大眼睛不住點頭。見她消停，南溪這才示意她起身跟自己回屋。

房間裡，微弱的燈光下，一位瘦骨如柴的中年婦人歪倒在一張木板床邊沿，嘴角和下巴都是血。

「阿娘！」女子掙開南溪的手，急奔向床邊。

見此情形，南溪亦快步走過去，又是探婦人鼻息又是把脈。須臾，她從懷裡掏出一個瓷瓶，倒出一顆藥丸塞到婦人嘴裡，隨後又在她後背重重一拍，使她能順利吞下藥丸。

待婦人的氣息終於平穩後，南溪把手裡的瓷瓶交給女子。

「這藥給妳，以後妳阿娘若再咳血便餵她吃一顆。記住，只能吃一顆，不能多吃。」

這婦人已經病入膏肓，根本無藥可治，這瓷瓶裡的藥只能給她吊命。

「多謝恩公！」女子接過瓷瓶時，視線在南溪露出的手腕上停頓了一瞬，隨後便跪下磕頭。

只是，屋內一片安靜。

女子疑惑抬頭，卻發現屋裡早已經沒人。

南溪離開小院後，便快速往北邊院落飛去。然而才剛來到北邊，前方便響起了一陣急促的敲鑼聲。

「有刺客，抓刺客！」

師父──南溪心中一驚，提氣便要飛去前方院落看看，一隻大手卻從身後伸來，按住了她的肩膀。

「姑娘。」

南溪倏地回頭。「師父？」

王屠夫望了一眼已變得燈火通明的院落，低聲道：「先離開這裡再說，走！」

二人小心避開尚書府裡的人，快速退離宅院，回到南府書房。

南溪取下面上的黑布，轉身看向跟進來的王屠夫。「師父，剛才……」

王屠夫把書房門關上，取下蒙面黑布。「另外有人潛進了王遠道房中。」

她有些驚訝。「所以那院裡的動靜不是師父您弄出來的？」
王屠夫搖頭。「不是，屬下比姑娘還晚一步到那裡。」
想不到，今夜潛入尚書府的竟然還有別人？而且那人也是衝著王遠道去的。會是誰呢？南溪摩挲著下頜，一臉深思。
「屬下明日一早便去北城那邊打探一下情況。」
她頷首。「嗯，時辰不早了，師父先去休息吧。」
王屠夫拱手。「姑娘，屬下現在是妳的護衛，莫要再叫錯了。」
她嘆了一口氣。「知道了，王伯。」
次日，南溪用完早飯，正準備帶著青鳶去鋪子裡坐診，就看到一身藍色士子服的鐘離玦等在門口。
見到她們出來，他俯身拱手。「南姑娘早。」
南溪疑惑看著他。「鐘離公子這是？」
鐘離玦笑容靦腆。「鐘離這些時日一直都在南府白吃白喝，心中甚是過意不去，故想隨姑娘一起去藥鋪，看看能否幫得上一些忙。」
你一個書生能幫什麼忙？南溪面上帶笑。「鐘離公子不用過意不去，這些日子在南府的消費青鳶都有記在帳上，等你高中之後，把這帳算清便是。」
鐘離頓時愣住。他還以為……
以為我會讓你白吃白住？南溪眉梢一挑。怎麼可能？當初把他救回來不過是出於道義，該收的錢還是得收。

見他一時愣在那裡不語，南溪的頭微微一偏。「鐘離公子可還有事？」

鐘離玦回過神，看向她的眸光似乎與平時有所不同。他微笑著側身。「沒有，南姑娘請。」

南溪向他微微頷首，隨即便帶著青鳶出了門。

什邡街保安藥鋪。

義診結束後，來藥鋪看病的人便變少了許多。

望著外面街上的行人，南溪心中悠悠，如此下去，她要何時才能在朝陽城揚名？又要何時才能引起那位的注意？

「姑娘！」一道厚重的聲音喚回了南溪飄遠的思緒。她扭頭看向正走上臺階的王屠夫，輕輕頷首，轉身進了藥鋪。

保安藥鋪的大堂後有兩間倉庫和一個院壩，是平時用來儲存和晾曬藥材的地方。王屠夫站在一間倉庫門口，小聲跟南溪稟道：「屬下打聽到，王遠道昨夜不但被人挑了手筋腳筋，還被嚇成了癡傻。」

什麼？南溪驚訝得睜大了雙眼。「那他們昨夜抓到人沒？」

王屠夫搖頭。「沒有，不過尚書府昨夜便去京兆府報了案，如今京兆府正派人全力追查凶手的下落。」

她低眉沈吟。「既然已經有人幫我們解決了王遠道的事，以後便無須再過多關注尚書府，以免反被京兆府的人盯上。」

王屠夫垂首。「屬下明白了。」

第三十五章

三日後，春闈放榜。

傍晚，主僕二人回到府中，正好看到趙山從三進院那裡出來，青鳶連忙招呼。「趙護院。」

趙山聞聲抬頭，見是南溪二人便快步走過來。南溪問：「鐘離公子考得如何？」

趙山垂首，小聲道：「鐘離公子他……落榜了。」

南溪有些訝異。「他人呢？」

「鐘離公子在得知自己榜上無名後，便一直待在房間裡喝悶酒。」

北邊的一間廂房裡，鐘離玦趴在桌子上，醉眼朦朧地搖著手裡的酒壺。「怎麼又沒了？」

砰——房門被人從外面推開。

鐘離玦抬手擋了擋門外投進來的光，瞇著眼睛看向走進來的身影。「南……南姑娘？」

屋內濃郁的酒味讓南溪微微皺起了眉頭。

她走到桌前。「鐘離公子意識可還清醒？」

鐘離玦撐起腦袋，雙頰泛紅地道：「南姑娘請說。」

南溪在他對面坐下。

「鐘離玦公子可是不日便會啟程回鄴城？」
鐘離玦慢半拍地點頭，她從身後拿出一張寫滿墨蹟的字據和一盒印泥，放到他面前。
「這是鐘離公子這幾日在南府吃住的銀錢，你且看一下可還合理？若你認為合理，便在這字據上按個手印……」
她就這麼怕他回去後會不認帳？垂眸看了一眼桌上的字據，他聲音悠悠。「原來這些時日我竟給南姑娘添了這麼多的麻煩。」
知道就好，回去記得把錢還到位。「不過是舉手之勞——」
「為報答南姑娘的收留之恩，小生決定暫時不回鄴城了。」
南溪愣愣看著他。「你不回家了？」
鐘離玦重重點頭。「小生決定留在南府，任南姑娘差遣。」
南溪嘴角一抽。我懷疑你是想留在南府繼續白吃白喝！
自那日後，鐘離玦當真就留了下來，且還毛遂自薦當了管家，開始管理起府中的大小事宜。閒暇時，還會繪製畫冊拿去文淵書閣售賣。
南溪則是每日辰時去藥鋪，酉時歸。
這日，她正在藥鋪後院，吩咐夥計把倉庫裡一些回潮的藥材拿到院中晾曬，掌櫃的便急匆匆從大堂找來。
「姑娘，有貴客到！」

他來到南溪跟前，附耳低語了幾句。
南溪聽完，側目看了他一眼，隨後便轉身出了後院。
藥鋪大堂，南溪一出現，一位玄衣束裝、一臉冷峻的中年漢子便立即上前來，拱手道：「鎮南王府小王爺貼身侍衛衛峰，見過南大夫。小王爺聽聞南大夫醫術超群，特派我來請您到王府看診。」
南溪問出心中疑惑。「不知小王爺是從何處聽聞民女醫術超群？」
就算她近日小有名氣，但也不至於讓鎮南王府的人棄御醫不要，轉而請她吧？要知道，鎮南王乃是黎國首位鐵帽子異姓王，戰功顯赫，深得嘉禾帝器重，故而哪怕是鎮南王府的管家看病，都是請宮中御醫。
可現在，鎮南王府的小王爺卻派人來請她這個初出茅廬的小大夫去王府看診……這怎麼看怎麼不正常啊！
衛峰卻是避而不答，垂首道：「時間緊迫，還請南大夫隨在下即刻前往鎮南王府。」
南溪扭頭。「青鳶。」
「是。」青鳶隨即揹上藥箱。
衛峰見此，立即側身，讓主僕先行。
王府派來接人的是一輛套雙馬的豪華馬車，南溪足下踩著用羊毛毯鋪就的地墊，坐在那張固定於馬車車壁的紅楠木矮桌旁，看著桌上那些固定住的器皿裡裝盛的精緻點心與茶水，暗道等她有錢了，也要把馬車弄得這麼舒適！

青鳶坐在馬車門口，小心翼翼瞄向車內，隨後又有些忐忑地看向南溪。

「姑娘。」

南溪回了她一個安心的眼神。

鎮南王府就在東城北街的石榴巷，從什邡街坐馬車不過一刻鐘便到。

在王府大門下了馬車後，南溪眼觀鼻鼻觀心地跟在衛峰後面，穿過廊院，繞過水榭，最後在一棟三層樓閣面前停下。

南溪主僕就等在樓閣外，由衛峰先進去通報。

稍許，衛峰從樓閣裡出來，領著她們上了二樓。待幾人來到一間緊閉的房門口，衛峰回頭對南溪道：「南大夫，裡面請。」

南溪頷首，就要領著青鳶推門進去，卻又被衛峰攔了下來。

看了跟在她身後的青鳶一眼，衛峰客氣道：「還請南大夫的婢女在外等候。」

青鳶一臉無措地看向南溪。

「沒事，妳且在外面等著。」

南溪回過身，接過藥箱挎在自己肩上。

青鳶趁此小聲地道：「姑娘小心。」

南溪眉眼含笑，點點頭。

推開房門，她剛走進去，衛峰便把房門從外面再次關上。

南溪站在門口望向屋裡，就見一張八仙桌的後方有一簾珠簾，而透過珠簾，則隱約能看到裡面有一張美人榻，上面此時正斜靠著一位著藍色衣袍的男子。
「站在那裡做甚？還不進來！」
許是見南溪久久未曾移動腳步，裡面的男子突然出聲。
這聲音……南溪雙目一瞠，當下便快步過去，撥開珠簾——
「你怎麼會在這兒？」看著榻上那張熟悉面容，她吃驚開口。
景鈺自榻上起身，走至她跟前，伸手把她肩上沈重的藥箱取下，放到一邊。
「這裡是我家。」
南溪瞪著他。「你就是衛峰口中的小王爺？」
「嗯。」景鈺拿起旁邊的茶壺倒了杯茶，把茶水送到南溪的嘴邊，嘴角噙著笑意說道：
「先喝口水壓壓驚。」
南溪沒好氣地奪過茶杯，仰頭一口就把茶水喝完。
「咳咳……」
她猜測過景鈺的身世不一般，但沒想到會這麼不一般。他居然是鎮南王蒼起的兒子！
景鈺連忙抬手在她後背上輕拍。「妳慢點。」
南溪眼神凶巴巴地看著他。「你故意的？」故意不讓衛峰告訴她小王爺就是他，就為了看她現在這副樣子。
景鈺拿走她手裡的空杯子，輕笑。「我只是想給妳一個驚喜。」
南溪不領情地哼了一聲。「你什麼時候回朝陽城？」

景鈺拿起另外一個茶杯，給自己倒了一杯茶水。「昨日夜裡。」歇了一宿，今日一早他便派了衛峰出去尋找她留下的暗記，故才能這麼快得知她在保安藥鋪裡坐診。

就在景鈺舉杯喝茶之際，南溪眼尖地發現他右手腕處露出了一小截白色。

「你右手怎麼了？」

景鈺低眸看了一眼，無所謂地道：「一點小傷，無礙。」

南溪上前拉過他的手，撩起袖子察看，就見他手腕至手肘處都纏著白布，其上面還隱隱滲出血漬。

她皺起眉頭。「你這傷是怎麼弄的？怎麼那麼不小心？」

景鈺抬起另一隻手，揉了揉她的腦袋。「真的無礙。」

南溪雙手抱臂，斜睨著他。「說，還是不說？」

景鈺摩挲了一下鼻梁，老實交代道：「回程的時候遇到伏襲，敵眾我寡，一時不察中了敵人一刀。後來才發現那刀上塗了劇毒，為防止毒素蔓延，我只好削掉手腕上的一大塊肉……」

南溪聽得是心火蹭蹭地往上冒。「你隨身攜帶的解毒粉、解毒丹呢？」

景鈺無辜地看著她。「裝解毒粉的瓷瓶在雨中打鬥的時候撒了，解毒丹只剩下一顆，給風叔了。」

「離開桃花村的時候，你明明帶了很多解毒丹在身上……」

景鈺淡然返身坐回美人榻。「都用完了。」

所以說，分開的這一個多月，他一直都身處凶險之境？南溪把放置在一旁的藥箱提過來，繃著一張小臉。

「把手給我看看。」

瞅了她黑沈的臉色一眼，景鈺乖乖把右手伸到她眼前。

南溪小心把帶血的白布拆開，當看到他手上那被削去了大片血肉的森森傷口時，胃裡突然就一陣翻湧……

景鈺見她臉色突然發白，迅速把手抽開，並從身上取下一個香包遞到她的鼻間。「聞聞這個會好受一點。」

南溪拿過香包用力嗅聞，直到把胃裡那股翻湧完全壓了下去，才又重新拉過他的右手，給他上藥。

景鈺見她低著頭，沈默地給自己上藥，溫聲道：「要不還是我自己來吧？」

南溪抬頭瞪他一眼。「你閉嘴！」

這麼大一塊傷口，他還有臉說只是小傷！她有些氣憤地把藥粉全都撒到傷口上。

「嘶！」景鈺臉色忽地一變。這姑奶奶是想廢掉他這隻手嗎？

然而當他抬眼看著南溪一副「你還知道痛啊」的表情時，硬是咬著牙，一聲都不敢再吭。

見此，南溪只低下頭，手下快速給傷口消毒上藥，再找來布條包紮好。

「好了。」

景鈺把右手抬到眼前瞧了瞧，挑眉道：「綁得不錯。」

南溪把東西都收回藥箱後，抬眼看他。「你大張旗鼓地把我從藥鋪接來，應該不光只是為了敘舊吧？」

「就是單純的敘舊。」景鈺慢條斯理地把衣袖放下。

南溪用腳勾了一張凳子過來，雙手抱臂地坐在他對面。

「八年相處，你尾巴一翹，我就知道你是要拉屎還是撒尿。」

景鈺抬手就給她一個爆栗。「說話別那麼粗鄙。」

南溪揉著被敲了的地方，一雙杏眼不滿地瞪著他。「沒大沒小，我可是你師姐！」居然敢動手敲師姐。

景鈺的目光落在她嬌小的身軀上一瞬，淡淡吐露。「只長年齡不長個子的師姐？」

南溪圓目怒瞪。見她就要炸毛，景鈺連忙轉移話題。「我讓衛峰接妳來府中，確實還有另外一個目的……」

屋外，青鳶頻頻望向那扇緊閉的房門，臉上是藏不住的焦急跟擔憂。

姑娘已經進去快兩個時辰了，怎麼還不見出來？不會有什麼事吧？

守在門口的衛峰用眼角餘光瞄到青鳶在一旁如熱鍋上的螞蟻般打轉，酷酷開口。「別轉了，南大夫不會有事。」

他突如其來的出聲把青鳶嚇了一跳。

青鳶偷瞄了臉色冷峻的衛峰一眼，乖乖到另一邊站好，不再亂打轉。

大概過了半刻鐘左右，緊閉的房門終於從裡面打開，南溪挎著藥箱走出房門。

「姑娘！」青鳶連忙上前。

南溪把藥箱交給她，而後回頭對跟出來的人道：「我過兩天再來給小王爺換藥。」

「有勞南大夫。」景鈺微微頷首，側身吩咐衛峰。「把南大夫安全送回保安藥鋪。」

「是。」

衛峰躬身對南溪道：「南大夫請。」

南溪頷首，隨後便帶著青鳶離開了樓閣。

幾日後，坊間突然多了一則傳聞──

鎮南王府的小王爺前段時間身中劇毒，連宮中御醫看了都搖頭嘆息，無能為力，沒承想，居然被東城什邡街保安藥鋪的坐診大夫給治好了。

「真的假的？你從哪兒聽說的？」

「我表姑的小姑子的手帕交的兒子就在鎮南王府當差，這些可都是他在王府親眼所見……」

「如此說來，那保安藥鋪坐診大夫的醫術，豈不是比宮中御醫還厲害？」

「關鍵人家還是一個未曾及笄的女娃子，聽說她每月還在保安藥鋪義診三日。」

「女大夫？義診？文淵書閣最近出的幾刊連載畫本裡，畫的就是女大夫義診救人，你們說這會不會就是畫她啊？」

「你這麼一說，還真有點像……」

東子提著食盒快步從幾人身邊經過。等他走進藥鋪，卻沒有看見南溪的人影，就連青鳶也不在。他走到藥臺詢問正在給人抓藥的齊掌櫃。

「齊掌櫃，姑娘人呢？」

齊掌櫃抬頭。「姑娘到尚書府去看診了。」

「尚書府？哪個尚書府？」

這朝陽城可有六個尚書府，姑娘去的是哪一家？

「禮部尚書章大人府上……瞧，姑娘回來了。」

東子回頭，就見南溪正跨進藥鋪，他忙提著食盒走了過去。「姑娘，我給您送午飯來了。」

南溪頷首，青鳶連忙放下藥箱去擦拭看診的桌面。東子打開食盒，拿出裡面的飯菜。

青鳶吸著鼻子湊近食盒。「我好像聞到了雞湯的味道。」

東子笑著把最後一道菜拿出來。

「是鐘離公子說，姑娘近日太過勞累，得補一補，所以劉婆婆今日便為姑娘熬了雞湯。」

隨即揭開蓋子，冒著熱氣的白色雞湯頓時香飄四溢，使人垂涎欲滴。

「好香啊！」本就餓了的青鳶聞著香味，連吞了好幾口口水。

東子把青瓷碗盛滿雞湯，再雙手捧給南溪。「姑娘，給。」

南溪小心接過青瓷碗，吹了吹面上的熱氣，就著碗沿小口吸飲著雞湯。

「嗯，好喝！」

她正要埋首吸飲第二口，景鈺便拎著一個盒子跨進藥鋪，見到她面前桌上擺放的飯食時，他劍眉微皺。

「怎麼才吃午飯？」

青鳶見到景鈺，連忙屈膝行禮。「見過小王爺。」

藥鋪裡的其他人一聽，亦連忙過來行禮。唯有南溪面不改色坐在那裡，捧著碗繼續喝雞湯。

景鈺擺手示意其他人免禮，便走到南溪對面坐下，把手裡拎著的盒子放到矮桌上。

「喏，福記甜品鋪的點心。」

南溪瞅了一眼點心盒，放下小半碗的雞湯，笑咪咪對他道：「這雞湯很好喝，小王爺可要嚐嚐？」

景鈺輕輕頷首。

「既然南大夫盛情相邀，那小王便嚐嚐這雞湯的味道吧。」

裝，明明一雙眼睛自進來起就一直盯著桌上的雞湯盅。

南溪給自己碗裡再盛了一點雞湯，便把一盅雞湯都放到他的面前。「這裡沒有多的碗，你就用這個盅吧！」

而景鈺也當真拿起勺子就著盅，喝起了雞湯。
隨後，他一聲不吭地把一隻雞腿舀出來放到南溪碗裡，南溪也很自然拿起雞腿便啃，並沒覺得有什麼不妥，眾人卻在一旁看得目瞪口呆。
怎麼感覺姑娘與小王爺之間的氛圍，十分微妙？就像是很熟稔一樣。
待把雞湯喝完，景鈺掏出帕子擦拭嘴角。「這雞湯味道不錯。」
南溪讓青鳶和東子把東西都收走，她則帶著景鈺去了後面的院壩。
今日也是好天氣，她站在一個木架前，抬手翻著簸箕裡的草藥。
「今日怎想起來我藥鋪？」
景鈺站到她旁邊，拿起一根草藥放到鼻尖輕嗅。「今日約了人去聚賢樓談事情，談完便順道來妳這兒看看。」
把這邊簸箕裡的草藥都翻了一遍之後，南溪又走到另外一個簸箕旁翻曬。
「說到聚賢樓，我都許久沒去聽書了。」她還是剛到朝陽城那會兒去聽過兩回。
景鈺放下草藥，抬眼看向她。
「妳應該再請一位坐診大夫在藥鋪看診，自己在特定的時間偶爾來一趟藥鋪，不必事事親為，如此便不會這麼累。」
南溪回頭看他。「我有想過這樣，可藥鋪才剛開張沒多久，我一時找不到願意來藥鋪坐診的大夫，再者，我也不放心。」
「妳啊，就是喜歡自己折騰自己。」景鈺看向簸箕裡的草藥。「這些草藥放置時間過久，藥性起碼減掉了一半。」

「沒辦法，這裡不像桃花村，可以自己栽種藥草，只能從藥材商那裡購買。」

儘管她有時候會在自己房間偷偷用異能栽種草藥，但沒有寬敞的土地輔助，總歸是杯水車薪。

第三十六章

景鈺雙手攏在衣袖裡，說道：「朝陽城外有不少空置的莊子，那些莊子大都帶著農田，可用來大量栽種草藥。妳可以去打聽一下，有哪些人願意轉賣或是租憑……」頓了頓，他又自顧道：「算了，我看妳也抽不出時間去打聽，還是我派人去辦吧。」

南溪彎起眉眼。「那就多謝小景鈺了。」

景鈺淡淡瞅了她一眼。「需要順便再幫妳找個坐診大夫麼？」

南溪思忖一瞬，搖頭。「這事待三個月以後再說吧。」她還需用三個月時間，把保安藥鋪做到家喻戶曉。

景鈺又哪裡會不知道她的心思。「無須三月，我可以幫妳。」

南溪拍拍手，轉過身來白他一眼。「你自己都要養傷，還想著幫我？先顧好你自己吧！」

他前幾日已經幫過她了，如今朝陽城裡許多人都知道，是她把身中劇毒的小王爺從鬼門關給救回來的。沒見現在連戶部尚書府裡的人都請她去看診了嗎？相信借著他這股東風，定能在三月之內把保安藥鋪的名聲徹底打響！

而且不讓他幫忙還有一個最主要原因，那就是他如今的身分，她不想以後因自己的事連累了他。

景鈺摩挲了一下鼻梁，沒敢說這次是為了降低對方戒心才故意受傷的，他怕南溪會生氣。不過，既然她不要他明面上的幫忙，那就在暗處幫著點好了。

他說出來藥鋪的第二個原由。「我三日後可能會進宮。」

「聽說宮中規矩繁多，你進宮後自己謹慎一點，別出差錯……幫我把上面那個簸箕拿開一下。」南溪把木架下層的簸箕拿了出來，打算換到上層來翻曬。

景鈺過來幫她把上面的簸箕拿開，待到她把手裡的簸箕放到上層，他才又把自己拿著的簸箕放到下層。

「放心，我那位父王這些年一直駐守在南境，就連我失蹤這八年，他都未能抽身出來尋我，即便我此次進宮不小心犯了錯，嘉禾帝亦會看在我父王的面子上，不予計較。」

南溪撥弄著草藥。「伴君如伴虎，總之你自己小心一點沒錯。」

景鈺睨了她一眼，垂下眸子，淡淡地嗯了聲。

既然她沒想到，那便算了。

半個時辰後，他帶著衛峰出了藥鋪。

南溪站在門口目送他離開。她知道，景鈺其實是專程來告訴她，他會在進宮的時候，幫她打探阿娘的消息。她卻故意裝作沒想到，只提醒他在皇宮裡需處處謹慎，勿要行差踏錯。

她轉身走到看診的位置坐下，拿過桌上的點心盒打開，一股甜膩的奶香味頓時飄入鼻尖。看著盒子裡製作精美的乳白糕點，她輕輕捏起一塊放入口中。

入口即化，甜而不膩，最重要的是還帶著一股濃濃的奶香味……這什麼糕點？好好吃！

南溪雙眼發亮又捏起一塊，不知不覺把盒子裡的糕點全都消滅了。

之後幾日，景鈺沒有再來找南溪，南溪也還是像往常一樣，一天基本都待在藥鋪坐診，只偶爾會有權貴之家請她上門看診。

直到這日，她坐在後院倉庫門的門檻上搗藥，一雙繡著雲紋的鎏金錦靴忽然出現在眼前。

她抬起頭，就見一身天青色錦袍的景鈺立於門外。

「你已經進宮面聖了？」

景鈺於門檻的另一邊側身坐下，拿走她手裡的藥杵，很自然地接手搗藥的工作。「嗯，陛下賞賜了我不少東西。」

南溪揉著因長時間低頭而有些僵硬的脖頸，好奇問道：「都賞賜了些什麼東西給你？財帛？還是美人？」

景鈺瞥她一眼。「財帛和一把鑲嵌著寶石的玄鐵匕首。」

「他賜你一把匕首做什麼？」

他把搗好的藥倒在早就放置在一旁的乳缽裡，又把旁邊的藥材放入碓臼繼續搗。「自是賜給我防身所用。」

南溪對那把御賜的匕首挺感興趣。「我可以看看御賜的匕首嗎？」

景鈺把綁在腿上的匕首取下遞給她。

南溪接過匕首，無視它精緻的外觀，緩緩從皮鞘裡拔出匕刃，隨意揮舞了幾下，道：

「這匕首結實鋒利，卻又過風無聲，不愧是御賜之物。」

景鈺頭也不抬地道：「妳喜歡就拿去。」

「我有古姨送的短匕，這個你留著自己防身吧。」南溪把匕首插回皮鞘裡還給他。

景鈺把匕首插回小腿上。「妳來朝陽城後，可有收到過胖虎的飛鴿書信？」

南溪搖頭。

「我昨日進宮，聽到那些大臣們在朝中討論，再過兩月便是五年一度的武林大會，屆時五湖四海的武林人士都會匯聚於朝陽城外的紫荊山，以武會友——」

南溪雙眼亮晶晶地打斷他。「胖虎的大伯一定會去，他也一定會帶著胖虎一起去！」

景鈺頷首。「兩月後，妳可要隨我一起去紫荊山？」

「當然要，我現在就去貼告示招坐診大夫！」話落，她便起身去大堂裡寫告示，獨留景鈺一人坐在門檻上搗藥。

看著她興奮地離開，景鈺無奈搖頭。

前幾日還說三月之後再找坐診大夫，現在一聽胖虎要去紫荊山，立即跑去貼招人的告示。

就在南溪拿著寫好的聘請告示去門口張貼的時候，鐘離玦突然來了。

「南姑娘。」

南溪一臉驚訝地看著他。「鐘離公子，你怎會在此？」

鐘離玦神色溫潤。「小生剛去文淵書閣交繪畫冊，路經此處……」

景鈺從裡面出來，見南溪正與一男子交談，神色淡淡地出聲。「這位是？」
南溪介紹兩人。「這是鐘離公子，鄴城人士，目前暫住在南府。鐘離公子，這位是鎮南王府的小王爺，蒼景鈺。」
鐘離玦微笑著向景鈺拱了拱手。「鐘離見過小王爺。」
白面臉、桃花眼，看著就不像個靠譜的，南溪究竟是從何處認識此人？景鈺的目光落在他身上好一會兒才收回。
「免禮。」他看向南溪。「我已經讓衛峰去打聽城外那些閒置莊子都是哪些人的，若他們當中有人願意把莊子轉賣，屆時妳再出面。若妳抽不開身，便讓王伯代妳。」
南溪向他屈膝行禮。「民女謝過小王爺。」
景鈺雙手負後，清了一下喉嚨，微微仰首道：「不過是區區小事，與南大夫對小王的救命之恩相比，尚微不足道矣。」
南溪眉梢一挑。景鈺還滿有演戲天賦的嘛！
之後兩人像是打太極一般又說了一些場面話，景鈺才告辭離開。
臨走前，他目光帶著深意地睨了鐘離玦一眼。
鐘離玦也眸色不明地瞥了一眼他離開的身影。
離開藥鋪的景鈺沒有馬上回王府，而是去了聚賢樓。
才剛走進聚賢樓，聚賢樓的掌櫃便親自出來，迎著他去了三樓的一間雅室裡。
「小王爺可真是讓人好等啊！」一個背對門口的灰衫男子等到景鈺落坐後，揶揄開口。

景鈺伸手接過男子遞過來的茶杯，淡淡問道：「事情查得如何？」

灰衫男子搖頭嘆息。「你那繼母心思細膩，近期內怕是很難抓住她的把柄……」

景鈺斂著眼，盯著杯裡的茶水看了一瞬，冷涼地吐露出一句。「抓不住她的把柄，就給她製造一些把柄出來，我沒功夫再陪她玩這些內宅的把戲。」

「你才回王府幾日，這麼心急？」

「你可知從青州到朝陽這一路，她派出了多少批殺手來殺我？哼，整整十二批人，先是死士，再是用重金雇傭的江湖殺手……我本來還不想這麼快就對付她的，是她自己非要找死。」

灰衫男子喝了一口茶。「可如今鎮南王府裡基本全是她的人，你現在動手很有可能會失敗，到時候她若在你父王面前倒打你一耙，那你……」

「無妨，虎毒不食子，便是我那位父王信她，他也不會把我如何，頂多就是關禁閉挨家法。」

「也是，誰讓你是他唯一的嫡子呢！」

景鈺扯了扯嘴角，仰首把茶水一口飲盡。

幾日後，衛峰來到藥鋪找南溪，說是已經找到一個帶農田的莊子，問她可要親自出城去看看。

可這幾日又正巧是南溪義診的日子，委實是抽不開身，便讓王屠夫代她去看看。

傍晚，王屠夫回到藥鋪。

南溪立刻起身，詢問道：「王伯，如何？」

王屠夫笑著點頭。「屬下去看了，那莊院雖是偏了點，但它前後帶著良田，十分適合姑娘栽種草藥。」

她點頭。「王伯，買下那莊子大概需要多少銀兩？」先前景鈺只說讓他們去看莊子，並未說購買這莊子得準備多少銀子。

「那莊子附帶周圍近十畝農田，因此原來的莊子主人要價三千五百兩。」

「這麼貴？」南溪蹙起眉頭，開始在心中默算手裡還有多少銀錢。

就在這時，衛峰從外面進來，向南溪抱拳行禮之後，從懷裡掏出來一張字據遞給她。

「南大夫，這是小王爺讓屬下交給妳的。」

南溪接過他手裡的字據一看，驚訝抬頭。「景……小王爺把莊子買下了？」

而她手裡的這個字據，是一張租憑字據，上面寫著田莊之主蒼景鈺，願意把田莊佃租給她，底下還蓋了他的私章。

衛峰點頭。「小王爺說，把這莊子及其周圍的農田全都佃租給南大夫，至於佃金，您看著給就是了。」

南溪能說什麼呢？只能說，有個土豪竹馬就是好啊！

她把字據仔細收好。「還勞衛侍衛代我多謝小王爺，改日民女再親自登門道謝。」

衛峰抱了抱拳，轉身離開藥鋪。

三日義診結束後，來藥鋪看診的人比往常少了許多。

南溪把藥材搗鼓得差不多了，見沒病人，便領著青鳶出了藥鋪。

辰時末，東城的主街道上，一位著淺藍色衣裙的姑娘領著一個青衣丫鬟正在四處閒逛，一輛馬車從後方緩緩駛來。

行人見了紛紛讓到兩側，南溪也拉著青鳶側身讓道。

那輛馬車經過她們身邊時，一陣微風吹起窗簾一角，南溪的目光正好與坐在車內的美婦人對上。

那婦人看著只三十左右，卻頭戴東珠吉服冠，身穿石青底鎏金邊朝褂，雍容華貴中帶著一絲刻板。

待馬車駛遠，青鳶才小聲道：「姑娘，那是鎮南王府的馬車。」

南溪一臉疑惑地回頭。「妳怎麼看出來的？」

青鳶指了指遠去的馬車。「姑娘看那車頂上插著的正藍色三角旗，咱們上次坐的那輛鎮南王府的馬車上也有。」

南溪眺目一看，發現還真是。所以那馬車裡的婦人是景鈺的繼母——鎮南王妃？

主僕倆正準備繼續逛，衛峰這時卻突然出現在她們面前。「南大夫，小王爺請您到雅閣茶肆裡飲茶。」

南溪隨即將目光投向街道對面的茶樓，果然看到景鈺正坐在二樓的一間茶室裡，遙遙望向她這邊。

須臾，南溪跟著衛峰來到二樓。看著茶桌上被人用過的空茶杯，她挑眉睨著景鈺。「剛跟誰在這裡喝茶呢？」

「一個朋友。」景鈺示意衛峰去添一壺新茶。

等衛峰退出房間後，南溪身子向前傾，一臉八卦地問道：「你才回朝陽城便交到朋友了？男的女的？」

那雙水靈靈的大眼睛突然湊近，讓景鈺有一瞬的愣怔，但是很快，他便用一根食指抵住她光潔的額頭，聲音淡淡地命令道：「坐好。」

嘖，臭小子，一點都不尊重她這個師姐！儘管在心中一陣吐槽，但南溪還是退回到座位上乖乖坐好。

衛峰很快便從外面端進來一壺新茶。

景鈺提起茶壺為她倒了一杯茶水。「男的。待以後機會成熟，介紹給妳認識。」

南溪點點頭，端起面前的茶杯，吹了吹冒著熱氣的茶水，低頭淺抿了一小口後，道：「剛才那輛馬車裡的人便是你那位繼母，鎮南王妃吧？」

「嗯。」景鈺一口喝完先前剩下的半杯茶水。

南溪放下茶杯。「有一點我不是很明白。」

景鈺睨著她。「嗯？」

「你繼母又無子嗣，為何要對你趕盡殺絕呢？」

按她以前看過的那些宮鬥劇來分析，繼母暗害嫡子無非就是為了給自己的子嗣鋪路。可景鈺的繼母現在並無一兒半女啊，所以，她對景鈺下黑手又是為哪般？

景鈺的目光閃了閃，幽幽道：「或許是恨屋及烏吧。」

南溪眨巴眨巴眼。「恨屋及烏？」

景鈺給自己的茶杯倒好茶水，才娓娓道：「她恨我的母妃。聽風叔說，我父王與她本是青梅竹馬，兩家的長輩也默許了親事，只待兩人長成，便可議婚待嫁。可惜天有不測風雲，我父王十六歲的時候，南境起亂，我祖父奉命領軍出征，誰知卻戰死沙場。我父王當時乃是血性男兒，當即便請命去南境，還在朝堂上立下誓言——不報父仇，不平南境，不回朝陽城。他這一去便是六年，六年後，當他帶著妻兒回到朝陽城，才知道朝陽城裡還有一個女子在等著他……」

鎮南王蒼起，原來是個渣男？

景鈺睨了她一眼。「我父王臨走時，曾讓風叔給她帶去過一封信，信裡大抵的意思就是，他此去生死難料，希望她另擇良婿，不必苦守於他。」

呃……還不算渣，南溪把張大的小嘴合上。

景鈺抿了一口茶，嘴角帶著一抹嘲諷，繼續道：「他沒想到他的青梅會苦等他六年，故而每當他看到自己妻兒的時候，心中便會升起一股莫名的愧疚。所以他開始對自己的妻子冷漠，對自己才剛滿兩周歲的兒子不聞不問。而他的妻子也因為這突然改變的態度變得鬱鬱寡歡，不到兩年便患上了不治的心疾，於一個深夜病逝。」

南溪小心翼翼地瞅著他。「這些都是風叔告訴你的？」不然當時才兩歲的他，哪裡會知道這些？

「也不全是。」景鈺的眸子微微一閃，低頭又抿了一口茶。「妳知我自小便過目不忘，當年我雖然年紀尚小，但母妃每晚偷偷哭泣的畫面，我到現在依然記憶猶新。」

她定論太早了，鎮南王就是一個渣男。南溪皺起眉頭。「你父王在你母妃過世沒多久就娶了他的青梅做續弦？」

景鈺頷首。「母妃逝世三月後，皇帝便下旨賜婚。」

南溪一巴掌怒拍在桌面上。「他還去請皇帝賜婚?!」

「倒不是他自己去請旨。」景鈺的語氣就好像是在講別人家裡的故事一樣。「在宮裡一直盛寵不衰的王淑妃是那女人的表妹，是她去求皇帝下的旨。」

「昏君！」南溪端起杯子，一口喝掉茶水，完了還把茶杯重重放下。

真心疼那時的小景鈺，生母才剛走，就要看著另一個女人嫁進王府來代替他的母親。

第三十七章

景鈺替她把茶水倒滿，語調不急不緩，繼續道：「那王淑妃當時請旨的理由是我年幼喪母，需要照顧，加上皇帝當時有意再派鎮南王去駐守南境，王府裡需要有人打理……所以，皇帝便一口應允了。」

南溪一臉譏諷。把自己的妻子用冷暴力活活熬死，再去娶自己心心念念的白月光，鎮南王真是好手段！

景鈺輕笑出聲。「呵，妳知道我那繼母為何這麼多年都沒有子嗣嗎？」

南溪一臉懵懵地問：「為什麼？」

景鈺看著她。「因為那個女人這一輩子都不可能生育。」

淡漠的聲音從薄唇裡緩緩吐露，他的一雙瑞鳳眼裡滑過一抹冷涼。

南溪眨巴眨巴眼，就聽他繼續道：「他們成親半年，那女人便查出了喜脈，只可惜一次意外使她滑胎，傷了根本，御醫說她以後都不能再孕。」

南溪看著景鈺嘴角勾起的冷笑，心下一驚。「你……」

景鈺凝著她的目光，薄唇吐露。「妳猜得沒錯，那個意外就是『我』弄的。」

南溪一雙大眼不可思議地望著他。「你那時候才幾歲？怎麼會……」

景鈺抬手，幫她把垂落的髮絲撥到鬢邊，聲音低柔地道：「那女人懷孕後，她身邊伺候的人便開始一人得道雞犬升天，時常趁鎮南王不在，故意對一個三、四歲的小孩使絆子，而那女人卻假裝看不見，又或者那些人就是受她的指使也不一定。那次，她們故意找藉口抓走『我』的乳娘，並把她打得半死不活……」

「所以你就把她害流產？」南溪突然覺得景鈺有些陌生。

景鈺撥開髮絲後，鬼使神差地捏了捏她的臉頰，被她一把拍開。他眼底的冷光散開，淺淺笑意漫上雙眼。

「不錯，『我』找來幾個小廝在她每日的必經之路玩捉迷藏，然後在她路過時，故意戴著一張夜叉面具在她面前出現……她禁不住嚇，就那樣滑胎了。事後，『我』被鎮南王關了七天禁閉，期間沒有人來送過一滴水，若不是風叔發現得及時，『我』早已去見自己的母妃了。」

南溪臉色沈沈。「鎮南王是想活活把你餓死嗎？」

景鈺輕輕搖頭。「是那個女人搞的鬼，鎮南王把我禁閉的第二天，便奉旨去了南境。」

南溪一臉複雜地看著他。「我覺得她對你趕盡殺絕不只是恨屋及烏，還有你小時候害她滑胎並使她終生不孕的事。」

又因為他是鎮南王如今唯一的嫡子，那女人不敢做得明目張膽，所以才一直在背地裡對他使陰招。

「嗯。」景鈺喝了一口茶。儘管那個時候的『他』還不是他，但若真換成是他，他會讓那個女人更不好過。

南溪忽然想到一個問題。「你說，你當年被人販子拐走，會不會也是你那繼母做的？」

「雖然我沒有證據，但當年我被拐的事確實是她做的。」

南溪突然不知道該怎麼說才好。

景鈺卻在這時問起了另外的事。「那莊子，妳可去看了？」

她搖頭。「還沒呢，正打算趁這兩日藥鋪不忙，抽空去看看。」

景鈺放下茶杯。「擇日不如撞日，就今日吧，我跟妳一起去。」

她想了想，點頭。「行，我先回藥鋪打個招呼。」

景鈺指了指窗外的天空。「快到午時了，讓妳的丫鬟回藥鋪說一聲，妳與我在這裡用完午飯便直接出城。」

於是南溪便讓候在外面的青鳶先回去，她獨自和景鈺去城外的莊子。

用完午膳，兩人坐著馬車出城。等出了城門口，南溪撩起窗簾看向外面，卻發現城門外有許多臨時營帳。

她扭頭看向坐車裡閉目養神的景鈺。「景鈺，城門外為什麼會搭這麼多帳篷？」

景鈺睜開眼睛，順著她撩起的縫隙看向外面。

「那裡面住的都是護城河下游附近村子的流民。前段時間大雨，下游的河水決堤，沖毀了房屋，也淹沒了莊稼，致使他們無家可歸，四處流浪。嘉禾帝得知後，派人在這城門外徹夜搭起營帳，以供這些無家可歸的流民有個暫時的安家之所。」

南溪看著外面一頂頂的白色帳篷，沒有說話。

出了城門，馬車又行駛了半個時辰，才在一座莊院門口停下。

「主子，到了。」衛峰的聲音在馬車外響起。

「走吧。」景鈺掀開車簾先下馬車，隨後又轉身去扶後出來的南溪。

南溪扶著他的手跳下馬車後，才發現他們現在是站在一個半山腰的位置。「這莊子居然是建在半山腰的？」

景鈺雙手負後，站在她左側。「嗯，站在這裡可以清楚看到山下的農田。」

南溪繞到馬車的另一邊俯視下方，果然看到許多農田。

望著那些農田裡種植的莊稼，她忽然想到——

「這些農田一直都有佃戶種莊稼，若我全部收回，用來栽種草藥，那他們以後的口糧……」

「他們每年收的糧食有近七成都上交給了東家，自己則只留下三成，一些家裡人口多的都不夠餬口，還得另謀出路。這農莊之前的奴僕全都是原先莊主人的家生子，如今莊子轉手，那些人也都全部撤離了莊子。我讓衛峰去查訪了一下，山下近十畝的農田有六戶人家租種，若是擔心他們以後的生計，可以聘用他們來為妳看守莊子。一般農戶家裡全年的收入也就十八兩銀子左右，妳以後按照此標準給他們發放銀錢便可。」

南溪大眼睛亮晶晶地看著景鈺。「景鈺，你怎麼能想得這麼周全？有你在身邊就是好。」她都不用動腦子了。

是妳自己太笨！景鈺嫌棄地睨了她一眼，藏在衣袖下的五指張開又收緊，終是忍住了想敲她腦門的衝動。

算了，再敲她說不定會變得更笨。

他淡淡開口。「先去莊子裡面看看吧。」

「嗯。」南溪轉身，隨著他進了莊子。

這莊子確實不大，面積甚至比南府還要小上一些，但南溪卻很喜歡裡面的格局。逛完莊子，她還興致勃勃地拉著景鈺去了後山。

「咱們去山上看看有沒有菌子或是野味。」

於是，兩人找了工具，從莊子的後門直接上山。

莊子既然能建在半山腰，說明生活在這後山的野物都不足為懼，所以景鈺便放心讓南溪走在前頭。

揹著個背簍，手拿一把鐮刀的南溪興奮地走在山路上。

「景鈺，你有沒有覺得這裡跟桃花村的後山好像？」

目光看向四周參差不齊的樹木和綠草，景鈺正兒八經地道：「確實像，都有樹木跟綠草。」

南溪回頭瞪著他。「你都不懷念咱們在桃花村生活的那些日子嗎？」

「懷念。」景鈺手裡拿著一把粗糙簡易的弓箭，見她總是回頭與他說話，卻不注意腳下，淡淡提醒。「別總是回頭，注意看路。」

「看著呢。」南溪轉身，繼續往前走。

經過一棵大樹的時候，南溪的背簍不小心碰到了樹幹，棲息在樹上的鳥兒頓時驚得四處飛竄。

望著頭頂大片飛走的鳥雀，她感嘆道：「好多肥鳥，要是胖虎在就好了，他的彈弓一準把這些肥鳥都射下來。」

景鈺聽了，從背後抽出一根箭矢勾到弓上，然後向天瞄準，射出。如此一連射出三箭後，他才扭頭看向已經驚呆了的南溪。

「我的箭不比胖虎的彈弓差。」

南溪一雙大眼睛直直盯著落在前方不遠處的三支箭矢，驚呆了。這傢伙，居然三箭射下六隻鳥！

景鈺把三支箭矢撿回來，並取下鳥兒放進她的背簍。「傻愣著幹麼？不進山了？」

南溪回神，揹著背簍繼續往前走。「我都不知道你射箭原來這麼厲害。」

「在青州的時候練的。」

她頓住腳步。「青州與南境相鄰，你此前去青州可是為了去見鎮南王？」

景鈺正要回答，卻在這時，前方突然竄出一隻灰毛野兔，他連忙拉弓，瞄準。箭矢如流星般從半空劃過，最後穿透兔子的小短腿。

南溪連忙跑過去提起兔子耳朵，咧著嘴笑。「今天晚上可以弄麻辣兔肉吃啦！」

景鈺聽了，眸光一亮，轉身道：「我再去多獵兩隻兔子。」

一個時辰後，景鈺又獵了兩隻兔子和三隻野雞，南溪也找到了好多菌子，兩人可謂是滿載而歸。

莊子外面，衛峰正在奇怪兩人怎麼進去了那麼久，便見他家小王爺兩手提著獵物從裡面走出來，就連跟在他身後的南大夫也拿著滿滿的東西。

衛峰快步過去拿走景鈺手裡的東西。

「主子，您上山了？」

景鈺避開他伸來的手，吩咐。「去幫後面的南大夫。」

「是。」衛峰又連忙走到南溪面前。「南大夫，屬下來拿吧。」

南溪微笑著把手裡的東西遞給他。「那就麻煩衛侍衛了！」

「南大夫客氣。」衛峰偷瞄了自家小王爺一眼，趕緊撤到馬車那裡。

由於莊子是在半山腰，因此回去的道路全是下坡路，而馬車由於慣性，速度也比來的時候更快更顛簸，好幾次都差點把南溪顛進坐正前方的景鈺懷裡。

而南溪的臉也在這數次的「投懷送抱」之後，徹底黑了。

「這什麼破……破路！」

話都還沒說完，身子便又是一個趔趄往前栽去，好在景鈺再次眼疾手快地扶住了她，見她一雙大眼睛裡似盛著熊熊火焰，景鈺眸中帶笑地對外面的人吩咐。「衛峰，把車趕穩一點！」

「是。」衛峰馬上把手裡的韁繩又纏了一圈，迫使前面的馬放慢馬蹄子。

馬車在快到城門的時候，南溪撩起車幔。如今已是傍晚，許多的營帳外面已經架起了鍋開始做飯熬粥，三五個孩童則在營帳附近玩著捉迷藏。
望著外面被安置妥當的流民，南溪心裡有千頭萬緒。
景鈺見她一直望著外面，出聲問道：「在看什麼？」
「沒什麼。」南溪放下簾子，看著他，問：「你待會兒可是要隨我一起回南府？」
景鈺彈了彈膝蓋上的袍子。「嗯，妳不是說要親自下廚麼？我許久都沒吃過妳做的菜了，甚是想念。」
南溪沈吟一瞬。「那咱們待會兒經過酒肆，再順便買兩罈酒回去吧，我也許久沒有飲酒了。」
景鈺睨著她。「就妳那一杯便倒的酒量，沒我跟胖虎在身邊時，妳最好別碰酒。」
南溪雙手捧腮，彎著眉眼笑咪咪看著他。「我沒碰啊，今日這不是有你在麼？」
景鈺滿意頷首，吩咐衛峰在路過酒肆時停一下。
而後，他盯著她的大眼睛。「還沒問妳，那個姓鐘離的書生是怎麼回事？你們是如何認識的？」
「他呀……」南溪整了整坐姿，開始跟景鈺講她與鐘離玦是如何認識的。
稍後，景鈺眉峰一攏。「怎會每次都那麼巧，被妳碰到？」
南溪嘻嘻一笑。「說明他跟我有緣唄！」
景鈺卻是端正了臉色。「趁早把人打發走。」
她收了笑，兩手把玩著置於胸前的一股秀髮。「安啦，我有分寸。」

馬車入城後，就在北城東街口的一家酒肆門口停下後，衛峰進酒肆買酒。南溪在馬車裡等得無聊，便揭開了車幔。

「清風酒肆？」她低聲唸出酒肆的名字。「醉擁清風，靜賞明月，這酒肆名好聽。」

景鈺看著她。「妳還想醉擁清風？」

南溪疑惑回頭。「啊？」

他沈著臉。「清風是這家酒肆老闆的名字。」

這時，一個五大三粗的紅臉漢子從酒肆裡面搖搖晃晃地走出來，剛走出門檻沒兩步，便撲通一聲摔倒在地上，躺在那裡一動不動了。

酒肆裡的人見了哄堂大笑，皆以為他是醉倒了。

南溪卻是眉頭一皺。這人臉色發紅，手腳輕微抽搐，很明顯是酒精中毒了。

既然遇到了就不能見死不救，她正要起身下馬車，卻見一人已經蹲在酒肆門口。

只見他抓起大漢的手便開始探脈，片刻又翻看大漢眼皮，然後就在那大漢的身上這裡按按那裡捏捏，沒過多久，仰倒在地上不動的醉漢便突然一個翻身，嘔吐出來一堆穢物。

南溪眉梢一挑。這人有兩下子。

衛峰也在這時，提著兩罈酒從酒肆出來。

半個時辰後，一輛馬車在南府大門口停下，從藥鋪回來的青鳶見了，連忙迎向馬車。

「姑娘。」

車簾掀開，從裡面出來的卻是景鈺。

青鳶一臉驚訝。「小王爺？我家姑娘呢？」

「在這兒呢！」南溪跟在景鈺身後走出來。

小王爺居然親自送姑娘回來！青鳶收起驚訝，走過去扶南溪下馬車。

南溪回頭看了一眼馬車裡的東西，對青鳶道：「妳去喚東子他們出來幫忙拿東西。」

「是。」青鳶看到車上的一堆野味，連忙轉身進府裡喚人。

須臾，東子跟另一個小廝阿田還有青鳶從大門裡面出來。

南溪指著馬車吩咐道：「東子，把馬車牽去馬廄，順便給馬餵點草，阿田和青鳶幫忙把這些野味拿去廚房。」

「是。」

待衛峰跟著青鳶他們一起拿著東西去了廚房後，南溪才看向自下馬車便望著南府沒有作聲的景鈺。

「在看什麼呢？」

景鈺收回目光。「買下這宅子妳花了多少銀錢？」

南溪得意地挑起一邊眉毛。「一分錢都沒花。」

他詫異。「沒花錢？」

南溪頷首。「這宅子是王伯一位故友的私宅。這位故友已過世多年，家中也無其他親人，致使這宅子這麼多年來一直都是空著的。故，王伯與我便借用了他故友的宅子。」

景鈺跟著她跨進大門。「觀這宅子的周邊，應該是西城最大的一座宅院了，看來王伯這位故友的家底很殷實。」
把景鈺帶到堂屋，並吩咐青荷上茶後，南溪就去了廚房忙碌。一個時辰後，麻辣兔肉、涼拌雞肉、野雞燉蘑菇等美味菜餚被端上了飯桌。
景鈺許久沒嚐過南溪的手藝了，一頓飯用得甚是飽足。
次日，南溪剛跨進藥鋪大堂，齊掌櫃便從藥臺那邊走過來，稟道：「姑娘，昨日快要打烊的時候，有人前來應招坐診大夫。老朽見天色已晚，姑娘又不在，便讓他今日再來。」
南溪走到自己的位置坐下。「且看他今日還會不會再來吧。」
「是。」齊掌櫃又回到藥臺開始忙自己的事。
下午，她到西城給一位商賈的妾室看完診回來，就見一位穿灰色布衣的男子正坐在她平時坐診的位置上，給人看診。
在藥臺抓藥的齊掌櫃看到她回來，連忙走過來道：「姑娘，這人便是昨日來應招坐診大夫的林大夫……」
南溪頷首，揮手讓齊掌櫃退下，而後走到那人身後，看著他為病人診脈，開藥方。
待把病人的藥方開好，那人站起身，對南溪躬身道：「在下林靜之，剛才因救人心切，越俎代庖，還請姑娘恕罪。」
南溪笑著擺了擺手。「無妨，不知林大夫行醫幾載？」

第三十八章

林靜之拱手道：「五載有餘，之前一直都在花塘村裡行醫看病。」

南溪一臉驚訝。

「被護城河水淹沒的那個花塘村？」

林靜之輕輕點了點頭。

南溪走到診桌後方坐下。

「頭一月是試用期，只二兩月俸，過了試用期，便是三兩月俸。不過若是一月之後，你讓我不滿意，你便只能拿著二兩銀子去另覓高處了。」

林靜之臉上露出喜色。「林某明白！」

南溪站起身，微笑道：「一旦來保安藥鋪坐診，便不可無故遲到早退。你今日先回去把自己的事情安排好，待明日辰時，準時來此報到。」

「是。」

與此同時，鎮南王府的地牢裡，一個披頭散髮、滿臉烏青的人被鐵鍊呈大字型地綁在牆壁上，身上的單衣已經被血浸染得看不出顏色。

地牢裡此時很安靜，安靜得他只輕輕動了動手腕，便把坐在椅子上打盹的看守吵醒。看守伸了一個懶腰，從一旁的鹽桶裡抽出一條有倒刺的鞭子。

「醒了？那咱們繼續玩！」

那人看著看守拿著鞭子一步一步走近，身體開始不由自主地顫抖。「我……我要見……見你……你們主子！」

東側殿的一片空地上，一道青色身影正在執劍揮舞，只見他時而輕盈如燕，點劍而起，時而驟如閃電，行走四身。

站在遠處守護的衛峰抱著佩劍，滿眼崇拜地看著院中人舞劍。

稍許，一個僕人打扮的中年男人步履匆匆地從外院走過來。衛峰見了，直接提起手中的劍阻擋來人去路。

那人立即俯身，恭敬道：「衛侍衛，小的有要事要稟報。」隨即便附到他的耳邊低語。

衛峰聽完，眉峰一皺。

那邊，景鈺最後挽了一個劍花，便把劍遞給候在一旁的下人，取了一塊帕子擦手。

衛峰快步走過去，在他耳邊低聲道：「小王爺，那人全招了！」

景鈺擦手的動作一頓，隨後，把帕子隨意丟回下人端著的托盤裡，聲音淡淡開口。「把人交給雲隱，他知道怎麼做。」

「是。」衛峰領命離開。

侍衛峰走後，景鈺皺著眉頭嗅了嗅身上的汗味，返回殿內。

「準備熱水，小王要泡湯池。」
「是。」
煙霧縈繞的梅花型湯池邊上，景鈺閉著雙眼，一臉舒適地靠在那裡，似睡非睡。
這時，屏風外傳來一聲輕微的開門聲，有人進來。
景鈺眉頭一皺。「滾出去。」
他不是已經吩咐下去了嗎？
在他泡浴的時候，任何人不得進入湯池房。
可那人就像是沒聽到一樣，仍在一步步緩緩靠近。
景鈺倏地起身，扯過放置在旁邊的乾淨衣物快速套在身上，同時，右手也五指成爪地抓向來人的脖頸。
待看清對方是一個衣著暴露的妙齡少女時，景鈺的眸光瞬間變得陰寒。
「誰派妳來的？」
「小王爺饒……饒命！是……是王……王妃讓奴……奴婢來……來伺候的……」
景鈺聽後，眸中的冷意比之先前更加重了幾分。
他五指一收，只聽「喀嚓」一聲，原本還在他手中掙扎的少女瞬間便垂下了腦袋。
把屍體隨意扔在地上後，他喚來王府的一個護衛。
「把人給王妃送回去，就說小王多謝她的好意，以後必定投桃報李。」
「是。」

招到了坐診大夫的南溪心情很好，把藥方交給病人去藥臺抓藥後，她拿了一錠碎銀交給青鳶。

「現在不忙，妳去昌華街福記甜品鋪買一點羊奶糕回來。」

青鳶接過碎銀，問道：「姑娘是要栗子味的還是綠豆味的？」

南溪糾結地擰起眉頭。

「兩種味我都想要。」

青鳶笑著收好銀子。「那就兩種口味都買一點。姑娘且先等一會兒，奴婢馬上就去買回來。」

南溪大眼睛一彎，嘴角往上揚地催促。「快去快去。」

青鳶笑揣著銀子走到門口，正好與冷面寒霜的景鈺碰個對面。「小……小王爺？」今日的小王爺看起來好嚇人！

景鈺沒有理她，抬腳跨進門檻後，徑直走到低頭寫東西的南溪面前。

南溪抬起頭。「誰惹你了？」一張俊臉都快要冷出霜了。

景鈺瞥了一眼左右，見此時並無病人，便拉著她的胳膊讓她站起來。

南溪的一雙大眼睛裡寫著兩個大大的問號。「到底怎麼了？你幹麼不說話？」

景鈺把拉她胳膊改為牽她的手，然後把她拉去大堂後面。

南溪從未見過景鈺如此失常的模樣，剛到後面，她就迫不及待地關心問道：「出什麼事了？是不是你那個繼母使下作手段欺負你了？」說完，又覺得不太可能，因為以景鈺的智商，他那個繼母應該欺負不了他才對。

她有些急躁地瞪著景鈺。「快說！到底怎麼回事？」

景鈺盯著她充滿關心的神色，看了好一會兒，才聲音悶悶地吐露。

「她噁心到我了。」

「呃？」她眨眨眼。「她是怎麼噁心你的？」

景鈺半垂下眸子。「趁我沐浴的時候，派來一個衣著暴露的婢女來伺候我……」

南溪倏地瞪大雙眼。「你才十三歲啊，她居然就對你使用美人計？」

景鈺斂下的眸中冷光嗖嗖。

「在許多權貴家裡，少爺公子十三、四歲已經有通房丫鬟伺候，所以，她會走這一步也不足為奇。」

南溪託現代網文小說的福，她一下就明白通房丫鬟這四個字的含義。「然後呢？你中計了嗎？」

景鈺猛地抬起眸子。「我怎麼可能會中計？」

南溪心裡鬆一口氣。沒中計就好，她安撫地拍了拍他的胸口。「別氣別氣，咱找個機會去報復回來就是了。」

景鈺低下頭。她的小手似乎有一種神奇的力量，瞬間就把那一直堵在他心口的鬱氣給驅散了。

「嗯。」

見他臉上的冷意慢慢退去，她又好奇問道：「後來你是如何處置那個婢女的？」

景鈺的眸光閃了閃。

「自然是把她送還給我那位賢慧的繼母了。」

南溪擰了擰眉，覺得不該就這麼輕易放過那位婢女，開始諄諄教導。「你下次再碰到這種事，不管死活，直接把人甩出門外去，記住了嗎？」

景鈺一雙瑞眸中閃過笑意。

「嗯，記住了。」

南溪滿意點頭，與他分享藥鋪裡的事情。「我今日招了一位坐診大夫。」

景鈺挑眉，轉身就走。「是嗎？他現在可在大堂？我出去看看。」

南溪笑著拉住他。「我讓他先回去安排好自己的事，明日辰時再來上值。」

景鈺收回腳步。

「那還真是遺憾，不能替妳考驗他一番。」

「無須考驗，此人便是之前在清風酒肆救治醉漢的那位灰衣醫者。」

景鈺聞言，挑眉道：「還真是巧。」那日他在馬車裡，同樣也看到了那人是如何救治醉漢的。

次日，林靜之準時來到保安藥鋪報到。

南溪給林靜之講了一些需要注意的相關事宜後，便放手讓他給病人看診了。她則到藥臺那邊去搗鼓藥材，只有來看診的病人多起來的時候，才去幫忙。

如此幾天觀察下來，她對林靜之是越來越滿意，後面便放心讓他在藥鋪裡挑起大梁，她則跟隨王屠夫去了城外的莊子上。

這段時間，王屠夫都在為草藥的事情四處奔走。沒辦法，因為要大量種植草藥就需得去尋草藥種子，又或者是幼苗。可這兩樣都極其難尋，尤其是一些珍貴草藥的種子，簡直難如登天，便是自認為能力尚可的王屠夫，都愁白了幾根毛髮。

「姑娘，屬下現下只尋到一些普通藥草的種子，稍微珍貴一點的草藥，屬下還未尋到。」

南溪彎著眉眼，從衣袖裡拿出兩個鼓鼓的荷包來。「王伯不用去尋，我這兒有。」

王屠夫驚訝地看著她手裡的荷包。「姑娘怎會有這麼多的草藥種子？」

南溪掂著荷包。「以前在桃花村存了一些，還有一些是在藥鋪的倉庫裡找的。」她自然不會告訴王伯。只要給她一顆種子，她就可以繁殖出無數種子。

況且，胖豆芽最近似乎又長了一些，能力也比之前強了不少。

如今她已經可以隨意操控綠植大面積的攻擊或是防禦了，再也不會像八年前那樣，救人不成反倒連累了景鈺和胖虎。

王屠夫如釋重負，鬆一口氣。「如此便好，姑娘打算什麼時候開始栽種？」

南溪走出莊院門，站在外面的空地上看著下方綠油油的農田。「等他們把這季的糧食收了再說吧。」

「可屬下尋到的那些草藥幼苗須盡快栽種。」

南溪沈吟一瞬，轉回頭看向王屠夫。「我看那些幼苗也不多，咱們可以先在莊院後山圈一塊地出來栽種。」

王屠夫想了想，覺得可行，不過——

「後山的土質不比田地裡的肥沃，怕是不好種活……」

南溪聽了，眉眼彎彎地拍著胸脯。「王伯放心，肯定能種活。」

由此，王屠夫也不再糾結。

「屬下這就下山去找人把後山那片地整理出來。」

王屠夫的效率很快，不到半個時辰便找來了三個莊稼漢、兩個農婦，幾人說話做事都很索利，聽完南溪的要求，揚起鋤頭就開始做。

就這樣，還不到一個上午，幾人便在莊院後面圈了一塊種植地出來，然後又用了一個時辰把草藥幼苗也全部栽種好。

南溪滿意地付給他們每人一吊工錢，幾人一陣感恩戴德地捧著錢離開。

趁著王屠夫出去送幾人的功夫，南溪動用異能，讓那些才剛栽種下去的幼苗在地裡快速紮根。

直到看那些幼苗一副生機勃勃的樣子，她才滿意地離開了後山。

回到莊院裡，南溪抬頭看了看頭頂的太陽，才發現已經晌午了，怪不得肚子開始唱起了空城計呢！

從這裡回朝陽城還需一個多時辰，到時肯定已經餓扁，還是先去廚房找找看有什麼吃的東西沒有吧？

如此想著，南溪果斷轉身，去了莊院的廚房。

來到廚房，發現鍋碗瓢盆什麼工具都有，就是沒有米糧油。南溪洩氣地走了出去。

送幾位農戶下山的王屠夫正好回來，南溪見了，好奇地走過去。「王伯，你衣袍裡兜的是什麼？」

王屠夫從裡面拿出一個綠皮酥梨遞給她。

「屬下回來的時候在半路看見一棵野酥梨樹，上面結滿了果子，想著姑娘興許餓了，便去摘了一些。」

「謝謝王伯。」南溪雙眼亮晶晶地接過酥梨，在衣袖上隨意擦了幾下就送到嘴裡咬一口。

嗯，皮薄肉多，汁多渣少，一口下去，又甜又脆，太好吃了！

吃了兩個酥梨墊肚子的南溪又去到山下，把每塊地裡的土質都研究了一番後，才坐上馬車回了朝陽城。

一路上，她都在腦海裡規劃以後用哪一塊地來栽種哪一種草藥，栽種好以後，各種草藥又該如何維護……想著想著，竟打起了盹來。

直到王屠夫的聲音在外面傳來——

「姑娘，前方樹林邊上有人在打鬥。」

打瞌睡的南溪猛然清醒，挑起車簾子看向前面的樹林邊，就見幾個白衣女子正在圍攻一個紫衣男子。

她放下簾子，對王屠夫道：「王伯，咱們小心繞過去。」

那邊，紫衣男子許是不想再與幾人糾纏，一直未亮出兵器的他，伸手在腰間一抹，一柄軟劍便出現在手裡。

他劍指其中一位白衣女子，不耐開口。「爾等若再糾纏不休，就莫要怪我劍下無情！」

那被他用劍指著的女子，一雙漂亮的眼睛裡頓時聚集了一汪清水，煞白的小臉上，貝齒緊咬，像是受盡了委屈，卻又偏偏倔強得不肯讓眼淚掉下來。

旁邊一位看起來比她稍微年長一點的女子見到這副模樣，立即怒斥紫衣男子。「秦承燁，你毀我師妹清譽在先，竟還有臉說我們糾纏不休？今日，你若不給我們一個滿意的說法，休想離開！」

秦承燁氣得差點跳腳。「要小爺說多少次妳們才聽得懂？當時那溪水裡有一條水蛇，小爺是在救她、救她，明白嗎？」

年長女子仍然不依不饒。「即便你是為了救我師妹，可毀她清譽是事實，你讓她以後還怎麼嫁人？」

好心救人沒想到卻被反咬一口，秦承燁的胸口起伏不定。「妳們不說我不說，有誰會知道？」

「不行！」這時，另外一個女子站了出來，怒瞪著他。「你今日必須給我師妹一個交代！」

這群女人還真是沒完沒了！秦承燁抬頭看了一眼天色。快黃昏了，讓這幾人再這麼糾纏下去，怕是就要趕不上進朝陽城了。

於是，他嘆了一口氣，無奈道：「行行行，我的錯行了吧？我不該多管閒事去救人，不該沒捉住那條水蛇，以證我自身清白！說吧，妳們想怎麼樣？不過事先講清啊，我是不會娶她的，我已經有未婚妻了。」

「你！」那位臉色蒼白貝齒緊咬的女子終是沒關住眼眶裡的淚水，吧嗒一聲就掉了下來，跟著越哭越厲害。

她的幾位師姐見了，那可心疼壞了，連忙圍過去安慰。

「小師妹！」

「碧柔，別哭！」

好機會！秦承燁見此，收了軟劍就要溜走，卻被碧柔的一個師姐看見並攔住了去路。

「秦承燁，你把我師妹欺負哭了，休想走！」

秦承燁被她的話給氣笑。「我又怎麼欺負她了？」

「少廢話，看劍！」一柄泛著寒光的利劍直襲他的面門。

秦承燁這會兒也是真的惱了，這群女人簡直一個比一個更不講理，當下，他不再憐香惜玉，手裡的軟劍如白蛇吐信一般，輕鬆化解女子攻勢的同時，也一掌把人劈出老遠。

「柳絮師妹！」

「師姐！」

其他幾人見了，哪裡還忍得，一臉憤慨地提劍向秦承燁攻去。秦承燁也不再顧忌，招招犀利，只在須臾之間，便把幾人手中的劍都挑飛。

碧柔見師姐們的兵器都被打飛，已無力還擊，急忙出聲。「秦承燁，你別傷我的師姐們！」

秦承燁瞥了她一眼，收起軟劍。

「以後別再糾纏小爺！」說完就大步走出小樹林。

「駕！」

正當他要走上官道的時候，一輛馬車從他眼前快速駛過。

咦？那馬夫有點眼熟啊！秦承燁抓著後腦勺邊走邊想。

忽然，他眼睛一亮，腳下更是生風般地朝著馬車消失的方向追去——是王屠夫！那馬夫是王屠夫！

阿爹的信上說，王屠夫跟著南溪一起去了朝陽城，所以，那馬車裡的人很有可能就是南溪！

王屠夫駕著馬車行了一段距離，便察覺到後面有人跟了上來。

「姑娘，後面有人在追我們。」

南溪正拿著一個酥梨在啃，聽到此話，伸手掀起車窗簾子往後看。是剛才那個被眾女圍攻的紫衣少年，他想幹麼？

「王伯，別讓他追上。」

「嗯。」

王屠夫揮鞭往馬背上一抽，馬兒跑得更快了。

第三十九章

真的是南溪！

秦承燁看著馬車裡探出來的熟悉面孔，興奮得正要抬手呼喊，卻發現前面的馬車又加快了速度。

難道南溪沒有把他認出來嗎？心裡難過了一瞬，他腳尖一點，把輕功用到了極致。

察覺後面的人沒甩掉，反而還追上來了，王屠夫從馬車的夾板下方抽出一柄長劍來，待那人剛追上馬車，王屠夫便提著劍向他刺了過去。

「王伯，是我，胖虎！」秦承燁險險側身躲開的同時，也連忙出聲表明身分。

胖虎？王屠夫趕緊勒住馬繩。

「胖虎？」南溪猛地掀開車簾子。

胖虎氣喘吁吁又可憐兮兮地看著兩人。「可……可不就是我麼！」

片刻後，胖虎坐在馬車裡，一手拿一個酥梨猛啃。「唔……甜，真甜，渴死我了！」

南溪眉眼彎彎地看著他。「你慢點吃。」

胖虎兩三下就把手裡的酥梨吃完，剛挑起車窗簾子把梨核扔出車外，一張乾淨的月牙白手帕便遞了過來。抬眼看去，對面的小姑娘正一臉笑意地看著他。

「給你擦手。」

胖虎咧著嘴接過手帕，擦擦嘴又擦擦手，然後把手帕塞進了自己懷裡。

「手帕髒了，我洗乾淨再還妳。」

南溪無所謂地擺擺手。「小樹林那裡是怎麼回事？那幾個白衣女為什麼要圍攻你？」

先前，她見那幾個女子圍攻一個男子，就先入為主地以為是男的做了什麼欠妥的事。可如今知道這男子是胖虎後，她又護短地認定胖虎絕對不會做出什麼欠妥的事。

說起這個，胖虎就憋屈。「別提了，我好心好意去救人，結果人家不領情，不領情就算了，還誣衊我毀她清譽！她門中的師姐們一路追著我討要說法，我要怎麼給說法？娶她？哼，想得美！」

南溪聽得有些雲裡霧裡。「你說清楚一些？你是怎麼從救美的英雄變成毀人清譽的壞人的？」

「就是那日……」

原來在一個月前，胖虎收到他阿爹的來信，說南溪已經離開了桃花村，去了朝陽城。同時又聽大伯說，今年武林盟會的地點定在朝陽城的紫荊山。於是前幾日，他便趁大伯事務繁忙，無法抽開身的空檔，留下一封信，溜出了秦家莊。美其名曰是想先到都城裡去見識見識，其實就是來找南溪。只不過在途中偶遇了百花宮的弟子沈碧柔。

那日，他趕路經過一條溪河邊，看見有人在那裡洗頭，正要轉身離開之際，卻發現一條水蛇藏在水草裡，伺機而動。他當即便撿起一顆石子往水草裡擲去，然後水蛇是被嚇跑了，可同時，那個正在洗頭的女子也被他嚇得腳下一歪，跌進了溪河裡。

見此，他又立即下水去救人。可那女子卻一巴掌甩在他的臉上，罵他流氓！

「……然後她的師姐們也趕了過來，任我怎麼解釋她們都不聽，非說我毀了她們師妹的清譽，要我給說法！」

南溪聽完後，噗哧一聲笑了出來。

胖虎雙眼幽怨睨著她。「妳還笑！」

見他好似生氣了，南溪馬上止住笑，開始幫他分析。「咳咳……那姑娘對你如此不依不饒，莫非是看上你了吧？你們之前可認識？」

不然，換一般女子遇到這種事，豈會如此胡攪蠻纏？一般人，要麼聽了胖虎的解釋後，通情達理地各自別過，要麼不聽解釋直接把胖虎視為登徒子，見一次打一次，又哪裡會像她那樣，只追著討要說法？

胖虎沈吟。「之前，我隨大伯去百花宮的時候，站在百花宮宮主身邊的人就是她。」

南溪聽完，越發肯定了自己的猜測。「那姑娘叫什麼名字？」

胖虎皺眉想了一會兒。「她的師姐們好像叫她碧柔。」

南溪一雙大眼睛裡閃過狡黠。「有機會我去會會她。」這說不定是胖虎未來的媳婦哪！

胖虎把頭偏向一邊。「見什麼見，最好老死不相見！」

南溪彎起大眼睛，歪頭看他。「胖虎，你長大後變了好多，我都差點沒認出你來。」

長大的胖虎，沒了少時那張一看就像是地主家傻兒子的胖臉，取而代之的是一張輪廓分明、五官端正的俊臉。

胖虎回過頭來。「妳還好意思說，我在妳探頭的時候一眼就認出是妳了，妳呢，沒認出我來就算了，居然還讓王伯把馬車趕快一點！」害他在後面一直追。

南溪捂著嘴直樂。「我沒想到會在這裡遇見你啊！我們有八年沒見了，而你的變化又那麼大，我一時沒認出來也是情有可原嘛。」

胖虎雙手環臂，從鼻孔裡哼氣。「哼，狡辯！」

南溪舉起雙手。「好好好，怪我，怪我沒一眼就認出你來，就罰我回去為你做一頓好吃的接風宴如何？」

「行吧！」胖虎回答得似乎很勉為其難，只可惜嘴角上揚的弧度早已出賣了他內心真實的想法。

另一邊小樹林，百花宮的人見胖虎很快就消失不見後，面面相覷，最後都看向沈碧柔身邊的年長女子。

「大師姐，我們現在該怎麼辦？」

沈碧柔也看著她，聲音柔柔低低地開口。「若薇師姐，不若就算了吧？」

張若薇牽起她的手。「咱們好不容易才讓秦承燁上當，怎麼能輕易放棄？師妹難道忘了離開百花宮時，師父交給妳的任務了嗎？」

沈碧柔低下頭。「碧柔沒忘，可……師姐剛才也聽到了，秦承燁已經有未婚妻了，他不可能會娶我。」

張若薇眼睛一瞇。「只要他們還沒成婚，咱們就有機會！」說完，她又溫柔地看著沈碧柔。「師妹，師父把百花宮未來的前途全都寄託在妳身上了，妳可千萬別讓她老人家失望啊！」

沈碧柔抬起頭，見幾位師姐都目光灼灼地看著她，頓時堅定道：「我不會讓阿娘失望。」

回到南府，南溪先領著胖虎去後面的院子選了間住房，隨後吩咐東子去鎮南王府請景鈺。

胖虎跟在南溪身後，一邊欣賞府內的景色，一邊聽她說自己的事。

「……總之呢，你且先在這裡住著，等到一月後，咱們仨一起去紫荊山看武林盟會。」胖虎十指交叉扣在後腦勺。「行啊，到時候我讓我大伯給咱們留一個方便觀看他們切磋的好位置。」

「好啊。」

南溪正要把胖虎帶回到前院堂屋，鐘離玦卻從走廊上過來。「南姑娘，這位是？」南溪給他介紹。「這是我兒時的玩伴……」頓了頓，她看向胖虎。「胖虎，你的全名叫什麼？」

胖虎無奈看她一眼，向鐘離玦抱拳道：「在下秦承燁，梁城人氏，敢問閣下如何稱呼？」

鐘離玦回了一個書生禮。「鐘離玦，鄴城人。」

「鐘離兄。」

「秦兄。」

南溪看向鐘離玦。「鐘離公子這是剛從外面回來？」

鐘離玦頷首，拱手道：「小生不打擾兩位敘舊了，告退。」

望著他快步離開的背影，她蹙起了眉頭。這人今天有點不對勁。

胖虎見她一直盯著人家離開的背影，腳下一動便擋了她的視線。

南溪抬頭看他，就聽他說：「南溪，我餓了，妳不是說要親自為我準備接風宴嗎？」

「我現在就去準備，你看你是先去堂屋等景鈺，還是自己去四處轉轉。」

胖虎搖頭。「我跟妳一起去廚房，好久都沒幫妳燒火了。」

南溪笑睨著他。「你養尊處優了八年，確定還會燒火？」

「當然會。」

於是，南溪便帶著他去了廚房。

廚房裡，劉婆子已經把府裡所有人的晚飯做好，如今正在備菜。南溪想了想，拿了一條魚和一塊肉，就帶著胖虎去了二進院的小廚房。

二進院的小廚房平時也使用，主要是給南溪準備每天用的熱水，柴火、水什麼的都有。打發走了幫忙拿各種調味料過來的李婆子，南溪挽起袖子就開始處理起魚和肉。

「胖虎，幫我把鍋刷一下。」

「好咧。」

景鈺跟著東子來到南府，卻沒有看見兩人，東子找來青寧一問，才知道兩人去了二進院的小廚房。

他轉身就要向景鈺回稟。「小王爺，我家姑娘現在在……欸？衛侍衛，小王爺人呢？」

衛峰抱著佩劍，面無表情地道：「小王爺去了小廚房。」

小廚房裡，胖虎已經燒起了柴火。須臾，他把手掌放在空鍋上方頓了頓，朝南溪喊：「南溪，鍋熱了！」

「來了。」南溪把切好的肉片放到盤子裡，提著香油來到灶邊，倒油。

油剛入鍋便響起一陣的呲呲聲，胖虎連忙拉著南溪後退幾步。「小心油濺起來燙到妳。」

「沒事。」南溪把油桶放回原來的位置，開始切薑蒜和泡椒下鍋。

「你們倆躲在小廚房裡做什麼好吃的？老遠便聞到了香味。」景鈺長身如玉地跨進小廚房門檻。

「景鈺！」

胖虎一臉激動地過去，張開雙臂就要給他一個大大的擁抱，誰知景鈺見了卻是面色一變，快速閃開。胖虎就那樣伸著雙手，尷尬地站在那裡。

景鈺撣了撣衣袍，看著他淡淡道：「把你手裡的柴火拿遠一點。」

胖虎低下頭，這才發現自己的左手還拿著一根柴火。「嘖，你小子，還是這麼不討人喜歡。」

他把柴火扔到柴堆那裡，再拍掉手上的灰塵，重新伸出雙臂。「這下行了吧？趕快過來給胖虎哥哥抱抱。」

景鈺一臉嫌棄。「兩個男人摟摟抱抱，成何體統？」

他就不信抱不到他！

眼角餘光瞄到他臉色的景鈺，快速後退避開，胖虎不甘心地再撲，景鈺再躲，就這樣，兩人竟是在小廚房裡比劃了起來。

一旁的南溪剛開始是由著他們鬧，畢竟他倆也許久沒見了。可當他們鬧騰的動作越來越大了，她馬上叉著腰，大聲制止。「你們倆要鬧騰就去外面的院子裡鬧騰，別在這裡給我添亂！」

兩人這才同時停下動作。

「不鬧了不鬧了，我繼續幫妳燒火。」胖虎乖乖坐回灶前，拿起一根柴火放進灶裡。

景鈺聞著大鍋裡飄出來的肉香味，忍不住走到南溪身旁。「怎麼沒讓下人來幫忙？」

「就做我們三個人的菜，不用那麼多人幫忙。」南溪把炒好的回鍋肉裝進盤子，使喚他。「幫我把盤子先拿去案臺上放著，我刷鍋炒下一個菜。」

景鈺端著盤子，趁轉身的時候，快速捏起一塊肥瘦相間的回鍋肉放進嘴裡。嘶！好燙！

胖虎也看見了，立刻起身過來。「我也要嚐一塊肉！」

景鈺走到案臺那裡抽出一雙筷子遞給胖虎。「自己挾。」

看著胖虎拿過筷子就往嘴裡挾肉，南溪搖著頭轉身，繼續刷鍋。結果等她刷好鍋的時候，那盤回鍋肉已經被兩人吃得只剩下配菜了。

後來，為防止她炒一個菜，他們兩人就偷吃一個菜，南溪直接把炒好的菜用筲箕蓋上。因為胖虎和景鈺都喜歡吃辣，她今晚便做川菜。除了那盤回鍋肉，還做了水煮肉片、麻辣魚和酸辣馬鈴薯絲。

胖虎湊到案臺邊看著做好的幾道菜，問南溪。「南溪，沒有拍黃瓜嗎？我超級想吃妳涼拌的拍黃瓜。」

南溪搖頭。「廚房裡今日沒買黃瓜。」忽然，她又好像想到了什麼。「你等我一會兒。」話落，便邁步出了小廚房，不過很快又回了廚房。

「妳剛才去哪兒了？」

「回房拿種子。」南溪把手攤開，就見她手心裡放著幾顆大小不一且顏色也不同的種子。

胖虎抓著腦袋。「只要黃瓜種子就夠啦，妳拿這麼多種子來是要？」

南溪彎著眉眼，指著手心裡的種子問道：「你們想吃什麼飯後水果？這裡有草莓，蜜桃，石榴，柿子和酥梨。」

胖虎和景鈺八年前就知道她有異能的事，因此她在兩人面前也不再藏著掖著。

胖虎聽到有這麼多好吃水果，搓著雙手，嘿嘿笑道：「要不，每一種都來一點？」

景鈺已經先一步走到門口把門關上，聽到胖虎貪心的話後，他轉身看著南溪。「就草莓吧，其他的水果種出來占地方。」

對哦，像桃樹石榴樹那些種出來太顯眼了。胖虎連忙點頭附和。
「對，草莓方便，還可以做草莓汁！」
南溪收起了其他種子，只把黃瓜種子和草莓種子留在手心。她把兩顆種子分別放在兩隻手的手心，然後笑咪咪地看向兩人。「你們看仔細嘍，我要開始變戲法了。」
話音才剛落，手心裡的兩顆種子便以極快的速度發芽長莖。右手的黃瓜藤很快從她的手心長到了地上，開花結黃瓜。待黃瓜長到能吃了的時候，南溪讓呆愣在一旁的兩人把黃瓜摘走，隨後把右手一收，那彷彿長在她手心裡的黃瓜藤便瞬間枯萎。而左手上的草莓苗還在不停地開花結果。
一刻鐘後，胖虎和景鈺已經麻木地一人拿著一個盤子在南溪手心上摘草莓。
南溪一邊抬著左手，一邊用右手拿景鈺盤子裡的草莓來吃。見他們的盤子都已裝滿，便問：「夠了麼？」
胖虎嘴裡包著兩顆草莓，不好開口，只能不停點頭，表示夠了。
景鈺把嘴裡的草莓吞下去後，也說道：「可以了。」
如此，南溪才收了異能。隨後，她走去案臺，快速把黃瓜洗淨拍好涼拌後，又手腳極快地做了三碗草莓汁，三人便端著幾道菜去了二進院的一間膳房。
待三人就坐準備開吃時，南溪突然起身。「既是接風宴，又怎麼能沒有酒？你們先吃著，我去拿酒。」
「妳快點啊！」胖虎挾了根拍黃瓜放進嘴裡。

景鈺則瞟了一眼自己面前的草莓汁，想著要不要把草莓汁先喝了，畢竟待會兒還要喝酒。

稍許，她從前院抱來一罈酒，給三人碗裡都倒上後，端起碗對二人道：「來，咱們碰一個。」

胖虎和景鈺隨即端起酒碗，與她相碰。

胖虎咧著嘴。「咱們仨已經八年沒聚在一起喝酒了，今日必須不醉不歸！」

「只怕有人不勝酒力。」景鈺放下酒碗，目光淡淡看向坐他身旁的南溪。

「放心，我有準備這個。」南溪從荷包裡拿出一個瓷瓶，放到桌上。

坐她左邊的胖虎好奇問道：「這是什麼？」

南溪晃著腦袋，眼睛彎彎地道：「解酒藥啊！」

胖虎恍然。「這個好，有了這個妳就不——」

咚！

他話還沒說完，南溪便已經醉倒在桌子上。

這酒量，還真是跟八年前一樣——一點沒變。胖虎連忙拿起瓷瓶。

「咦，這什麼味？這麼難聞。」

景鈺在他打開瓶子的那一瞬便屏住了呼吸，見胖虎把瓶子放到南溪的鼻子下方，他剛要開口說沒用，卻見南溪皺著眉頭清醒了。

呃，這次怎麼又有用了？

第四十章

「這解酒藥不錯啊！」胖虎塞好瓶塞，隨手就把瓷瓶收進自己懷裡。

南溪晃了晃腦袋，有些吐字不清地道：「窩……窩後面就……就以……以草莓汁代酒了。」

「我的草莓汁給妳。」景鈺拿走她面前的酒碗，把自己那碗草莓汁輕輕推過去。

南溪捧著碗喝了好幾口草莓汁，才感覺腦袋不再那麼沈了。之後，三人一邊吃菜喝酒，一邊各自講著自己這些年的經歷，雖然大多數時候都是胖虎在講，南溪和景鈺在聽。

一頓晚飯，就這樣被三人有說有笑地吃到了夜深人靜時，臨到散場的時候，南溪竟是唯一清醒的一個。

看著左右喝趴下的人，她輕笑著搖了搖頭，起身去找人來幫忙把兩人都送到胖虎下午挑選的那間廂房。

清晨，陽光微熹。

小廚房裡，南溪正在烙餅，幫忙燒火的青鳶用力吸了吸鼻子。

「姑娘烙的餅好香啊，奴婢聞著突然就饞了。」

「喏，先給妳解饞。」南溪把烙好的第一個餅鏟起來放到盤子裡，拿給青鳶。

「謝姑娘。」青鳶喜上眉梢地接過盤子，隨後低下頭，捏起餅的一角就咬下一大口。

道。

「呼～～好次！」儘管因為吃得太急燙到了嘴巴，青鳶仍是一邊用手搧著風，一邊讚

南溪忙放下鍋鏟，去水缸那裡舀了一碗水遞給她。「小心點，剛出鍋的餅很燙的。」

「蟹蟹姑涼！」青鳶接過涼水，咕嚕咕嚕喝了好幾口，那燙麻的舌頭才感覺好了一些。

沒過一會兒，南溪就烙好了所有的餅，想著餅太多裝在盤子裡不好散熱，她又拿來一個笸箕把所有的餅攤開，然後炒了一份青菜。弄好這一切便與青鳶一起，把這兩樣和早先就煮好的稀粥拿到膳房。

碗筷都擺好後，南溪便轉身去三進院裡叫昨夜宿醉的兩個傢伙起床。

跨進三進院的時候，西廂房的一間房門正好打開，胖虎伸著懶腰走了出來。見到南溪，他連忙笑著問候。「早啊，南溪。」

「景鈺呢？」她微笑著走近。「我早飯已經備好，就等你們倆了。」

景鈺捏著眉心從胖虎身後走出來。「妳府裡就沒有別的房間嗎？怎麼把我和他安排在一個房間？」

胖虎就是一個床霸，與他同睡一晚，不是被他用腿壓，就是被他用腳踢！害他現在全身痠痛。

「這不太晚了麼，其他房間還沒來得及收拾出來。」

南溪轉著眼珠子，有些心虛。其實她是擔心這兩人半夜會吐，乾脆把他們都放在一起，畢竟收拾一間房屋總比收拾兩間要輕鬆一些。

用完早飯，景鈺便離開了南府，之後的幾日都沒見到他的身影。

南溪則趁著這幾日不忙，帶著胖虎逛遍了朝陽城。

此時，聚賢樓的二樓，待夥計把茶水添好退下後，胖虎感嘆道：「這朝陽城不愧是都城，繁華至極。」

南溪輕笑著端起茶杯，目光看向樓下大堂。「這茶樓的說書先生說書甚是精彩絕倫。」

「是嗎？那我倒是要好好一飽耳福。」胖虎也扭頭看向樓下。

樓下，說書人把驚堂木往桌子一拍。

「——卻說文聘引軍追徐將軍至長阪橋，只見趙飛倒豎虎鬚，圓睜環眼，手綽蛇矛，立馬橋上……」

臺上說書人正講得起勁，臺下卻有人出聲喊：「這長阪之戰我們早已聽膩，先生能不能講一個新鮮點的？」

「是啊是啊！」

一人出聲，眾人附和。

說書人抬起雙手，示意眾人安靜，隨後就聽他道：「那鄙人就講一個近日發生在朝陽城的事。」

「好！」樓上樓下頓時掌聲如鼓鳴。

朝陽城近日發生的事？頓時，南溪也來了興致。

啪！臺上的驚堂木一拍。「戶部尚書王謙的庶子王遠道，在一月前的一個月黑風高之夜，被潛入尚書府的賊人挑斷了手筋腳筋的事，你們都聽說了吧？」

「自然聽說了，這事當時鬧得可大了。」一聽到這事，吃茶的人便開始七嘴八舌討論起來。

「聽說京兆府現如今都還沒抓住那賊人，而王尚書隔三差五便要去京兆府裡施一次壓。」

「要我說，那賊人倒是做了一件好事，替朝陽城的老百姓除了一害！」

其他人雖然沒有出聲，卻都在點頭附和。

這時，一道聲音從三樓的一間雅室裡傳出。「說書先生要講的新鮮事莫非就是這王遠道的事？」

這聲音一出，四周頓時就安靜下來，一雙雙目光皆落在站在臺上的說書人身上。

說書人見大家都望著他，便撫著八字鬚點頭道：「不錯，這戶部尚書府裡自那晚出事後，便又加多了一倍的護院在夜裡巡邏。也因此，竟逮到後院不少的骯髒事……」

聽著樓下說書人繪聲繪色地講著戶部尚書府裡的家醜，胖虎回頭對南溪道：「這說書先生挺厲害的呀，竟能把一個尚書府扒拉得如此清楚！」

南溪把剝好的花生放進嘴裡，目光落在下方臺上，未發一言。

胖虎對別人府裡的骯髒事不感興趣，他感興趣的是那個至今還沒抓到的賊人。「照理說，京兆府辦案，效率應該很快才是，可此案他們辦了這麼久卻仍沒抓到凶手……我覺得應該是有兩種可能。」

南溪回過頭。「哪兩種可能？」

胖虎剝開一個花生殼，把裡面一顆花生米扔向半空，然後張嘴接住。「要麼是京兆府的人沒有盡心盡力抓人，要麼就是凶手藏匿的手法很厲害，他們根本就沒有辦法找到。不過我更偏向第二種可能。」

南溪抓過一把花生到自己面前來。「還有第三種可能，就是凶手早已出了朝陽城，京兆府的人已經鞭長莫及。」

胖虎咀嚼著嘴裡的花生米。「憑我的直覺，我認為凶手應該還在朝陽城。」

男人也會憑直覺判斷事情嗎？南溪無言以對。

胖虎自顧說道：「此人悄無聲息地潛入尚書府，又在傷了人之後全身而退，武功必然不弱。也不知他與我交手，能過得了幾招？」

南溪聽完，連眨了幾下大眼睛。「你想去幫京兆府的人捕捉凶手？」

胖虎搖頭。「又沒有賞銀，我才不去做這種吃力不討好的事。」

不去就好，她剛鬆一口氣，就聽他接著道：「不過我如今在朝陽城也無其他的事做，倒是可以去幫他們找找人。」

這不就是閒著沒事幹嗎？「你最好別去蹚這趟渾水。」

胖虎不解。「蹚什麼渾水？」

南溪沒有回答，只用一雙明亮的大眼睛一眨不眨地看著他，直到把他看得不好意思地出聲詢問。「妳這樣看著我做什麼？難道我臉上有東西？」說完還用手在自己臉上摸了摸。

南溪笑道：「胖虎，我發現你只要一說到功夫，雙眼都在閃閃發光。」

「是嗎？」胖虎抓著後腦勺，憨憨一笑。「可能是這些年我都與武為伴吧！剛到秦家莊那會兒，我常常因為想念桃花村想念你們，躲在被窩裡偷偷哭。有一次被我大堂哥發現了，就拖著我起床去練拳，直到我練得累趴下，倒床就睡……後來，我只要一想你們，就去找幾個堂哥陪我練拳，久而久之，竟形成了習慣，遇到高手就想上去切磋一番。」

南溪雙手放在桌上，捧著臉頰，眉眼彎彎道：「想不到小時候不喜歡練功的胖虎，長大後竟成了武癡。」

胖虎拉過她一隻手，把剝好的花生米放到她手心裡。「沒到癡迷那麼嚴重，我就是單純地喜歡與人切磋武藝。」

近兩年，大伯帶著他去了許多宗派拜訪，目的就是想讓他與那些宗派弟子多多切磋武藝，從而不斷提升自己的實力。

南溪捏起一顆花生米放嘴裡咀嚼，過了半晌，才平淡地吐露一句。「什麼時候咱們倆也切磋切磋。」

端著茶杯的胖虎一愣。「跟妳切磋什麼？」廚藝麼？

已經猜到了他心裡想什麼的南溪白他一眼。「自然是切磋武藝！」

胖虎放下茶杯，驚訝問：「妳習武了？這幾年來往的書信裡，妳怎麼都沒有提起過這事？」還有他阿爹和景鈺，竟也一次沒提起過。

南溪慢條斯理地提起茶壺往兩人茶杯裡添茶。

「是在你離開桃花村之後。最初不告訴你，是因為我自己都不知道自己能不能夠堅持下去。後來……也就不好再提起了。」

胖虎沈默了一瞬，又端起茶杯問：「妳拜了哪位叔伯為師？」

南溪抿了一口茶水，道：「王伯。」

「咳咳——」胖虎差點被茶水嗆到。待氣順之後，他才一臉複雜地看著南溪。「妳怎麼會選王屠……王伯做師父？」

這人操練起人來可是一點都不會手下留情，當初的他和景鈺就是例子。他都能夠想像得出，小南溪這些年受了多少苦。

南溪吃著花生米。「王伯挺好的啊，面惡心善，聽說我要習武，更是傾囊相授。而且，我雖然正式拜師的人是王伯，但村裡其他的叔伯嬸娘們只要有空，也會來小院教我一招半式，所以其實桃花村裡的人都是我的師父。」

「走，咱們現在就回去切磋切磋！」胖虎猛地站起，一雙虎眼閃閃發亮。

南溪一把拉住他的手，目光卻落在樓下的檯子上。「不急於一時，難得來聚賢樓聽書，先聽完再回。」

從來都不會拒絕她的胖虎，順著她的目光看向樓下，便見那說書人正在口沫橫飛地講述著戶部尚書府內的醜事。

「……說來這王玉堂也是色膽包天，竟就在他叔父的屋裡，與他叔父的那位小妾赤身肉搏。且不說已經癡傻在床的王遠道看著有何反應，就說王玉堂正酣戰淋漓、蓄勢待發之時，恰巧有一隊巡邏護院路經此處。那巡邏隊長察覺到王遠道的房間裡有異後，領著十幾個護院踹開房門就衝了進去。諸位可以想像當時那場面，嘖嘖……」

樓下樓上的聽眾頓時一陣大笑。

「哈哈哈……那王玉堂當時定是被嚇得立馬就成了縮頭烏龜！」

「噗哈哈哈……說不定此後都會雄風不振了！」

「雖說這王遠道也不是個東西，但王玉堂如此不顧倫常，當面羞辱自己的叔父，怎就沒受到重罰？」

「你怎知他沒受到重罰？」

「這不前兩日還有人看到他去了西街的教坊司聽曲兒嘛！」

「王玉堂可是王尚書的嫡長孫，而王遠道不過是一個廢了的庶子，這孰輕孰重顯而易見嘛！」

「嘖，如此看來這王尚書的子孫都不是什麼好東西。」

「可王家有位爭氣的女兒啊！」

「可不是麼，若不是他王家有天家罩著，光老百姓的唾沫都能把他們活活淹死。」

說書人喝了一口茶潤了潤嗓子後，接著道：「這王玉堂被捉姦後，王遠道的生母不依不饒地找王老夫人要說法，誰知愛孫如命的王老夫人卻硬要說是那小妾故意勾引王玉堂，只把那小妾處死，而王玉堂則依然逍遙快活……」

眾人聽完，又是一陣唏噓。「這是助紂為虐啊！」

又重新坐下來的胖虎見南溪竟聽得津津有味，不由抬手敲了她腦袋一記。「這種事有什麼好聽的？」

南溪看著他。「你不覺得奇怪嗎？」

「什麼奇怪？哪兒奇怪？」

她跟他低聲分析道：「且不說這尚書府內院的事，說書人是如何得知的，就說那幾個附和最大的聽眾，如此大膽的言論，當真就不怕禍及家人嗎？」畢竟這王家還有位淑妃在背後撐腰，不然那王家的子孫也不敢如此猖狂。

胖虎聽了，隨即把目光投向樓下。

「興許這幾位大哥都是性情中人，故才仗義執言。」

「或許吧！」她低頭喝了一口茶。可她更覺得這是有人故意為之。

一個時辰後，喝完茶的南溪和胖虎準備離開。

在快要走到樓梯的時候，正巧看到一位著朱色錦衣的中年大叔從三樓下來，而他的身後還跟著幾日沒見的景鈺。

「南溪，是景鈺。」胖虎碰了碰她的胳膊，就要上前去打招呼。

南溪卻一把將他拉了回來，自己也側過了身子避開。

胖虎雖然不解她為何要躲，卻還是用他的寬肩把南溪護在一角。

直到景鈺和那個中年大叔出了聚賢樓，並坐上馬車離開，兩人才從樓上下來。

聚賢樓門口，南溪一時望著景鈺他們馬車的方向出神。胖虎看出她的反常後，關心詢問。「南溪，怎麼了？」
南溪搖了搖頭，轉身道：「沒什麼，我們回去吧。」
一路上，她都有些心不在焉，回到南府後，更是撇下胖虎獨自回了房間。
胖虎也在她回房以後，轉身出了南府。
東城北街的石榴巷裡，有一座氣勢恢宏的府邸。大門口，那暗黑楠木門匾上面，龍飛鳳舞地寫著鎮南王府四個朱漆大字。門匾下方，則有兩位持紅纓槍的士兵，似門神一般地站在大門兩邊守著。
而大門口的九階臺階下，兩頭威風凜凜的鎮宅石獸分別爬臥在臺階兩側。
這時，一輛精緻的馬車緩緩駛近，須臾便在兩座石獸前停下。
景鈺從馬車裡出來，正準備進王府，左邊的石獸旁邊卻忽然傳來一聲鳥叫聲。
他警覺地回頭瞥了一眼，隨後便抬手揮退身邊的人，獨自朝左邊石獸走去。
「你怎麼找來這裡了？」
胖虎把他拉到一邊，然後小聲問：「今日與你同去聚賢樓的那人是誰？」
景鈺有些驚訝。「你今日也在聚賢樓？」他竟然沒有注意到。
胖虎點點頭。「南溪帶我去的。」
景鈺聞言，瞳孔一縮。「她也在？」那豈不是……
胖虎再次點頭，一臉沈重道：「她自聚賢樓回去後就把自己關在房間裡，所以我只好來此找你了。與你一起的那個中年男人是不是我想的那位？」

景鈺頷首。「是他。這幾日我之所以沒來找你們，就是一直在陪他微服私訪。」
雖說其實已經猜到答案，但真被景鈺證實了，胖虎心裡還是驚了一下。
「微服私訪？」
「嗯，他想了解真實的民生民情。」
胖虎恍悟地「哦」了一聲。「那他怎麼讓你陪著？」
景鈺卻是拉著他就走。「先去西城看看南溪。」

西城節義坊桐子巷，南府。
胖虎和景鈺正要去二進院找南溪，卻見她和王屠夫從正房的堂屋裡出來。
「南溪。」兩人相覷一眼，快步走過去。
南溪見到他們二人，喜道：「你們來得正好，我正有事情想請你們幫忙呢！」
「什麼事？」兩人幾乎異口同聲問道。
她回頭對王屠夫道：「王伯，你先去忙吧。」
「屬下告退。」
咦？胖虎抓著腦袋，一臉疑惑地看著王屠夫離開的背影。王伯怎麼成南溪的屬下了？
「你們先跟我來。」她轉身往二進院走。
待三人來到二進院的一間空房，她反手就把房門關上。
胖虎與景鈺對視一眼後，出聲詢問。「什麼事搞得如此神秘？」

「你們過來幫我看看。」南溪把一個包袱放在桌子上打開。
待二人走近才發現，這包袱裡有近上百把的短刃暗器。

第四十一章

這麼多暗器！胖虎張著嘴巴久久無法合攏。

「這些都是古姨給妳的？」景鈺拿起一柄月牙型短刃端詳，那刃身上泛著的寒光，一看就不是凡品。

南溪搖頭，指著那些兵器。「不全是，暗器跟短匕是古姨給的，銀針是阿秀姨給的，短刃是姜伯伯給的，還有這些是村裡其他叔伯給的。」

胖虎吃味地道：「叔伯們真偏心，我走的時候他們什麼都沒送我。」

景鈺瞥他一眼。「不只是你。」他走的時候也沒有。

南溪大方地指著那些暗器道：「這裡的暗器，你們隨便挑。」

胖虎連忙搖頭。「我說笑的，這些暗器我都用不著，妳自己好生收著。」

景鈺卻把手上的那柄月牙短刃收進了衣袖。「這柄短刃給我吧。」

「好。」南溪知道他如今在鎮南王府危險重重，便答應了。

收好短刃，他溫聲詢問。「不是說讓我們倆來幫忙？幫什麼忙？」

南溪支吾道：「我想讓你們充當一下我的移動靶子……」

算了，誰叫他剛才收了人家的東西呢？拿人手短哪！景鈺嘆著氣答應。「可以。」

胖虎也摸著鼻子道：「行吧，我不入地獄誰入地獄。」

南溪訕訕扯出一抹笑。「放心，我會很小心擲這些暗器的。」

景鈺看著包袱裡的各種暗器，沈吟了片刻，道：「妳若不想讓外人知道功夫深淺，可以去城外的莊子裡練習。那裡場地寬，也無人打擾。」

南溪在桌旁坐下。「練習肯定是要到莊子上去的，不過我需先把府裡和藥鋪的事安排好。」

景鈺睨著她。「如此，到時妳可以直接去山裡找飛禽走獸練習，根本無須我倆做活靶子。」

她眨巴著眼睛，一臉無辜地看向景鈺。「這不還有幾日才能去莊子上麼，王伯又有其他事情要做……」

景鈺不解。「為何急於這一時？」

「我不急啊，就是我之前沒用過這麼多暗器，怕手生。然後你們倆今日又剛好在，所以就想先找你們倆練習一下。」

他就不該跟著胖虎來這裡……

胖虎看看這個又看看那個，問：「你們在說什麼莊子？」

南溪笑咪咪地看著他。「我租來種草藥的莊子。」

胖虎聽完，興沖沖地問：「南溪，妳什麼時候去莊子上？帶我一個唄。」

她點點頭。「好啊，過兩日我們一起去。」

也想跟去卻沒法跟去的景鈺，轉身走到一處角落。「不是要練習嗎？開始吧。」

接下來，南溪就在這個狹小的房間裡練起了暗器投射，而景鈺和胖虎則負責一人躲避她擲的暗器，一人接住她的暗器，如此才不會讓她把房間內部射得千瘡百孔。並在她偶爾擲不精準時，還得教她如何把手裡的暗器拋擲得更加快狠準。因為每一種暗器射出去的傷害程度不同，拋擲的力度跟方位也會有所不同。

就這樣，兩人在房間裡陪著南溪練到天幕將黑。

用過晚飯，趁膳房裡無人，胖虎喚住欲離開的南溪。

「南溪，妳今日突然開始練習暗器，是不是跟在聚賢樓遇到的那個中年男人有關？」

南溪垂首沈默了一瞬，才道：「我想潛進皇宮找阿娘。」

胖虎大驚。「妳瘋了?! 皇宮是什麼地方？不但戒備森嚴，且還臥虎藏龍，妳一個小丫頭片子是想去找死嗎？我知道妳找錦姨心切，但咱們也不能以卵擊石，自不量力啊！」

南溪抬起頭，對他扯出一抹微笑。「我知道的，以我現在的實力，只能先蟄伏。放心吧，我現在只想盡快提升自己的實力，不會衝動行事的。」

妳這樣子誰會放心？胖虎在心裡嘆了一口氣，道：「總之妳千萬別衝動……」

兩天後，把事情都安排妥當的南溪同胖虎一起出了城。

兩個時辰後，一輛馬車停在一個半山腰的莊院門前。

「南溪，到了。」胖虎跳下馬車，掀開車簾。

她一手拍著差點被顛出來的心臟，一手揉著被顛痛了的屁股走出來。

胖虎見她如此，一臉心虛地搓著鼻梁。「我已經把趕車速度放很慢了。」

南溪瞪著他。「我信你個鬼！」隨後直接繞過他去打開莊院大門。

胖虎跟在她後面。「這是我第一次駕馬車，沒經驗，我保證下次一定不會再像這樣了。」

下次我寧願步行回城，也再不願坐你駕的馬車了！南溪心裡暗暗說道。

因為要在莊子裡待上一段時間，所以馬車裡還有米糧油那些。胖虎把這些東西都搬去廚房，南溪則去找了兩間相隔不算遠的房間，打掃收拾。

一頓忙活下來，很快就到了晌午。

來到廚房，看著角落那個大水缸裡滿滿的一缸水，南溪挑了挑眉，轉身問坐在灶前準備幫忙燒火的胖虎。「這缸水你從哪兒打來的？」

胖虎拿出火摺子吹了吹。「自然是山下的水井裡啊！為了把這水缸裡的水裝滿，我來回跑了十幾二十趟呢，把我給累的！」

南溪挑了挑眉，好心告訴他。「莊院的左後側就有一口水井。」

胖虎雙眼含怨地看著她。「妳為什麼不早說？」

「咳咳……我也沒想到你會問都不問一聲就跑去山下挑水啊。」

由於早上被顛得太厲害，後來又收拾了一上午的屋子，有些疲憊的她用過午飯，就回房間休息了。

無所事事的胖虎則把莊子裡裡外外都轉悠了一圈，最後拿了一把弓箭去了後山。

夏日的天氣最容易使人困頓，南溪這一睡就睡到了太陽落山。待她打著哈欠走出房門，遠遠看到胖虎提著兩隻野雞、扛著一頭野豬從後山回來。

胖虎見她站在那裡，便興沖沖地走了過來。「南溪，咱們有野味吃了。」

南溪看了一眼他手裡提的兩野雞，又抬頭看向他肩上扛著的、大概有兩百多斤的野豬。

「這麼多，咱倆一時也吃不完，把野豬殺了做成醃肉吧！」

「行，我這就去廚房燒水。」他扛著野豬轉身就往廚房走。

南溪連忙跟在他身後。「還是我去燒水吧，你去殺豬。」

兩人在莊子裡忙著處理野味的時候，景鈺也在王府忙著處理一些礙眼的人。

鎮南王府的後花園裡，一位粉衣少女正在花叢裡歡快地撲著彩蝶，不遠處的涼亭裡，則坐著一名穿得一絲不苟的半老美婦。

「年輕真好啊！」美婦看著在花園裡嬉笑的撲蝶少女，輕聲感嘆。

站在她身後的老嬤嬤聽了，立即奉承道：「王妃如表小姐這般年紀時，亦是俏皮可愛，天真爛漫得緊呢！」

柳惜若端起石桌上的茶水，吹了吹上面的浮末，低聲問道：「那邊可有什麼消息？」

老嬤嬤躬下身子。「奴婢聽張三說，小王爺近日往西城跑得挺勤。」

「西城？」柳惜若頓住動作。「那位女大夫可是就住在西城？」

「正是。」

柳惜若聞言，眼底滿是譏諷。「讓張三給我仔細盯著！」

「是。」

「姨母，妳這裡太好玩了，我撲了好多蝴蝶！」粉衣少女像一隻粉色蝴蝶般跑進涼亭。

柳惜若一臉慈愛地拉著她坐下。「覺得好玩就多留幾日，就當是陪陪姨母？」

少女吐了吐香舌。「麗芝自然想留下來多陪陪姨母，可是祖母那裡……」

柳惜若輕拍著她的小手。「只要妳願意留下來，妳祖母那裡，姨母自會去說。」

聞言，王麗芝雙眼亮晶晶地看著柳惜若。「麗芝願意留下來陪姨母。」

柳惜若滿意地點點頭。「我待會兒便差人去一趟尚書府。」

「嗯！」王麗芝暗自歡喜。她也想留下來，與鎮南王府的小王爺朝夕相處。長這麼大，她還是首次見到這麼俊美的少年郎，只一眼，便已情愫暗生。

柳惜若因身體原因，只在涼亭坐了一會兒便回了寢殿歇息。如此，花園裡就只剩下王麗芝和她的貼身丫鬟小蝶。

小蝶瞇眼望著天上的太陽，對自家小姐道：「小姐，陽光毒辣，咱們也回屋裡躲躲吧？」

王麗芝蹺著腳，搖著圓扇。「我要在這裡曬太陽！」

「可現下太陽這麼毒……」

王麗芝柳眉一豎，瞪著她。「妳是小姐還是我是小姐？我都不怕太陽毒妳怕什麼？」

小蝶撲通一聲跪在地上。「奴婢知錯！」

「真是晦氣！」王麗芝厭惡地撇開腦袋，一雙細長的眼睛一眨不眨地盯著花園右側的一道拱門。
那裡，是小王爺每日的必經之路。
景鈺自回王府的那日起，風叔便開始教他如何處理王府裡的大小事務，所以，他每日有一個多時辰是待在書房的。
把今日的交易處理完後，景鈺又看了一會兒書才走出書房。守在外面的衛峰見他出來，忙緊隨其後。
走在前頭的景鈺神色淡淡地開口。「雲隱那邊情況如何？」
衛峰在他身後小聲道：「雲公子已經把搜集到的所有證據送去了南境，相信不日便會送到王爺手裡。」
景鈺嘴角幾不可見地扯了一抹嘲諷的弧度。接下來就要看蒼起是如何抉擇了，看他是想要兒子還是想要女人！
他抬頭望了一眼天空。仲夏的太陽還真是火辣辣。
「衛峰，從地窖裡取些冰塊送去莊子裡。現在就送去。」南溪那丫頭最是受不了熱，今日的太陽這麼毒，她怕是晚上會睡不著。
「是！」
待衛峰離開後，景鈺慢悠悠地踱步回自己的寢殿。
就在他經過後花園的一道拱門時，裡面忽然傳來一聲驚呼。
「啊！有蛇，救命！」緊接著，一道粉色身影就從裡面飛奔而出。

看著那道朝自己撲來的粉色身影，景鈺淡漠地抬起一隻腳——

隨後，花園裡就出現了一道美麗的粉色身影。

「小姐！」一道驚恐的尖叫聲隨之響起。

景鈺拍了拍腳上並不存在的灰塵，一臉漠然地離開。

傍晚，床上的王麗芝悠悠轉醒，一直守著她的小蝶見她醒來，高興出聲。「小姐，妳終於醒了！」

「我……」王麗芝想要坐起身，卻發現自己全身痠痛難忍，根本使不上勁。隨即，昏迷前發生的一幕閃過腦海。想到了什麼的她，無比驚恐地問道：「我怎麼了？」

小蝶剛要回答，把御醫送走的柳惜若返了回來，見王麗芝已醒，兩步走到床邊。

「麗芝，妳終於醒了。」

王麗芝故作虛弱地叫了聲姨母。

柳惜若在她床邊坐下，滿眼心疼地替她拂開一邊碎髮。「別怕，御醫已經幫妳把錯位的骨頭接回去了，後面只需臥床靜養。」

接著，她又一臉冷寒地說道：「妳且好好待在王府養傷，姨母會幫妳討回公道的！」

安撫好王麗芝，柳惜若來到前院，叫來當時隱身在花園各處的隱衛，大發雷霆。「你們當時人在何處？為何沒有保護好表小姐？」

隱衛們低垂著腦袋，有口難言。花園裡哪裡有蛇，明明是表小姐找藉口想往小王爺身上撲，誰知卻被小王爺一腳踢進了花叢裡，他們也是始料未及啊！

況且，他們又豈敢為了王妃娘家的一個表小姐而冒犯王府真正的主人？

翌日清晨，莊院門口。

胖虎扶著肩上的兩隻腳，抬頭問道：「南溪，好了沒？」

「快了快了，馬上就好了。」南溪一手拿著硯臺，一手拿著毛筆，從胖虎的肩膀上跳下來，然後指著莊院門的上方，一臉得意地問胖虎。「怎麼樣？我寫得如何？」

胖虎活動了一下肩膀，抬頭看向頭頂，捧場道：「行雲流水，落筆如雲煙，這字寫得好！」

南溪望著大門上方剛剛寫下的「山莊」二字，煞有介事地點頭。「我也覺得這山莊兩字寫得頗具氣勢。」

站在門外欣賞了一會兒自己的墨蹟，南溪才拿著筆墨進了莊內。

由於天氣炎熱，她練習暗器的時間都是在早晚，早上在莊內練，晚上去後山林子裡練。其餘時間，她不是在和胖虎研究野味怎麼弄好吃，就是一個人到後山給她的那塊小藥地除草澆水及搭棚子。

這期間，景鈺也來過山莊一次，帶了一車冰塊。為了感謝他送來冰塊，南溪還借花獻佛地做了一份冰鎮冷飲給他吃。

半個月時間，就這樣一閃而逝，紫荊山的武林盟會即將開始。

兩邊都是鬱蔥青山的官道上，一輛簡易馬車噠噠噠地從遠處駛來。待到馬車近了一些，才發現駕馬車的是一個戴著斗笠的靈氣少女。

「師姐，確定是這輛馬車嗎？」沈碧柔看著前方越來越近的馬車，不確定地問著身旁的女子。

「半月前，秦承燁確實是駕了這輛車頂臥著一隻木鳥的馬車出城。」被叫做師姐的女子一臉肯定。

這邊，南溪甩著馬鞭，嘴裡哼著小曲，駕著馬車不急不慢地往前行駛著。

胖虎掀開車簾，與她打商量。「還是換我來趕馬車吧！」哪有讓女子趕車，他一大男人卻坐車裡的道理。

南溪可不想自己再受罪。「你給我乖乖坐好。」

胖虎據理力爭。「上次我只是沒經驗，這次我一定慢慢趕車，妳相信我！」剛說完，馬車便停下。胖虎心裡一喜，立即鑽出馬車，可等到他出了馬車才發現，前方此時正站著六個白衣女子。

那六個女人看到他出來，立即抽出了手中的長劍對準他。

胖虎見到那六人，煩躁地抓了抓頭髮。「妳們怎麼總是陰魂不散？」

南溪目光一閃，悄悄把左手伸到背後，扯了扯胖虎的褲管，而後便見她彎起眉眼，向著那六人露出一抹人畜無害的笑容，聲音甜甜地問道：「各位女俠，敢問你們因何攔住我們的去路？」

所謂伸手不打笑臉人，張若薇上前一步。「小妹妹，此事與妳無關，妳且先退到一邊。」

南溪眨眨眼。「不行啊，家裡人還等著我回去呢。」

沈碧柔看看胖虎，又看看南溪，問道：「妳是秦承燁的什麼人？」

南溪也把目光落在她的身上，反問道：「這位女俠姊姊覺得呢？」

沈碧柔一時噎住。她旁邊的另一個女子上前，把南溪從頭到腳打量了一遍，輕嗤一聲。

「妳不會就是秦承燁口中的未婚妻吧？」

嗯？胖虎什麼時候有未婚妻了？南溪扭頭看向身後的胖虎。

胖虎縱身跳下馬車，語氣是非常不耐煩。「妳們到底想怎麼樣？」

「想向你討一個說法。」

他一雙虎眼徑直看向站在中間的沈碧柔，問道：「妳想要什麼說法？」

「我……」沈碧柔被他隱含怒火的雙目盯得心中微顫，一時竟忘了師姐先前教她的話。

第四十二章

張若薇見此，立刻擋在沈碧柔的身前。「秦承燁，你別嚇唬我師妹，雖說你是秦家莊的人，但我們百花宮也不是好欺負的！」

好傢伙，當著我的面凶胖虎，不能忍。

南溪一副無害模樣。「這位女俠姊姊，我哥哥沒有嚇唬妳身後那位小姊姊喲，他只是在問她想要怎麼樣。倒是妳，說話聲音那麼大，差點就把我嚇哭了。」說完，還費力眨了眨眼，一雙水靈靈的大眼睛頓時就變成了水汪汪的。

她不跟小丫頭片子一般見識，正事要緊！張若微深吸一口氣，直視胖虎。「我們只希望你能對我師妹負責！」

「我說過我不會——」

胖虎正欲拒絕，卻被南溪搶先一步道：「這位女俠姊姊，妳放心，我哥哥一定會對妳師妹負責的。」

胖虎猛地回頭，聲音驚悚。「南溪！」

南溪扭頭看他。「哥哥，小姊姊長得好看，你一定要對她負責，幫她找一位能與之相配的好夫婿啊！」

胖虎聽了，眼睛一亮。「妹妹說的是。」隨後他便看向張若薇等人。「妳們放心，我一定會替沈姑娘找到一位不嫌棄她的好夫君。」

「你！」百花宮的人顯然沒想到他們會這樣說，面面相覷之後，同時望向她們的大師姐張若薇。

南溪也笑咪咪地看向張若薇。「妳看我沒騙妳吧，我哥哥一定會對妳師妹負責的。現在，妳們可以讓開了嗎？」

張若薇看著坐在馬車上一臉無害的小姑娘，微微眯起了雙眼。半晌後，她扯出一抹冷笑，盯著南溪的眼睛問道：「若是妳哥哥找不到呢？」

這次，不用南溪開口，胖虎便搶先答道：「放心，若是當真找不到讓沈姑娘滿意的夫婿，我秦家莊養她一輩子。」反正秦家莊要養那麼多的人，多她一個也沒差。

聽了這番話，沈碧柔就是臉皮再厚也不好繼續糾纏下去了，她率先轉過身。「師姐，我們走吧！」

「師妹！」張若薇見她離開，連忙收劍，追了上去。

其他幾位自然也跟在她身後追了過去。

見百花宮的人全部離開，胖虎長長吐出一口氣，扭頭笑看著南溪。「南溪，還是妳厲害，三言兩語就把她們打發走了。」今日若是只他一人在這兒，怕是最後又要動手。

「其實，那位小姊姊滿好看的。」南溪一臉恨鐵不成鋼地看著胖虎。「你怎麼就不懂美人恩呢？」

胖虎卻撇了撇嘴。「最是難消美人恩。」

南溪眉毛一挑。這是被糾纏怕了啊！

這時，胖虎趁她不注意，一躍上了馬車，然後一把提著她的後衣領，直接將她提進了馬車裡。

反應過來的南溪掀開車簾，朝他怒吼。「秦承燁！」居然像拎小雞一樣拎她！

胖虎笑嘻嘻回頭。「這次我一定好好趕馬車，絕對不會再顛到妳。」

南溪哼哼了兩聲，放下了車簾，閉目養神。

胖虎這次的趕車技術確實要比上次出城時好上許多，至少屁股也沒像上次那麼痛。

在臨近城門的時候，南溪掀開了車簾子，發現那些紮在城外的白色營帳外面一片安靜，架鍋熬粥的婦人和嬉鬧奔跑的孩童都不見了蹤影。

怎麼回事？這些流民都去哪兒了？

她蹙眉思忖之際，胖虎高亢的聲音在車頭響起。「景鈺？你來接我們的嗎？」

「我在辦差。」

南溪掀開車簾子，瞅了一眼他身後那兩名穿朝服的官員，知道現在不是敘舊的時候，便對胖虎道：「胖虎，我餓了，咱們先回城吧。」

「好。」胖虎向景鈺點了點頭，駕著馬車繼續往城門的方向趕。

進了城門，南溪讓胖虎繞道去一趟東城的昌華街，她要去買一點甜品。

在福記甜品鋪門口，胖虎坐在馬車上，一手搭在屈起的左腿上方，一手百無聊賴地用馬鞭手柄摩擦著身旁的木板。

這丫頭進去甜品鋪快半炷香了，怎麼還沒出來？

正當他準備進去瞧瞧的時候，卻看到一個熟悉的身影從對面的客棧裡出來。

他心裡一驚，連忙躲到馬車後——大伯怎麼這麼早就到了朝陽城？

南溪抱著買好的甜品出來，就看到胖虎躲在馬車後面，往前方探頭探腦的。她走到他身邊，歪著頭，好奇地順著他窺探的方向看去。

「你躲在這裡做什麼？」

「沒什麼。妳買好了嗎？那咱們回府吧。」見那道熟悉的身影已經消失在街角，胖虎探出身子。

待馬車行到一條沒人的巷子後，南溪撩起車簾問外面的胖虎。「胖虎，你剛才可是在躲什麼人？」

胖虎無奈地老實交代。「我剛才看見我大伯了。」

她有些驚訝。「秦大伯提前來朝陽城了？」紫荊山的武林盟會還要十日後才開始，秦大伯怎麼這麼早就來到了朝陽城？「他不會是來抓你的吧？」

胖虎點著腦袋。「很有可能。」畢竟他留信出走，向來疼愛他的大伯定會很生氣。

晌午剛過，景鈺便來到了南府。南溪見他滿頭是汗，忙去給他做了一份草莓汁。

堂屋裡，景鈺拿著果汁碗，掃視了屋內一圈後，問：「怎麼沒看到胖虎？」

南溪正捧著草莓汁小口喝著。「他呀，剛用過午飯就出去了，想來應該是去找秦大伯了吧。」

景鈺驚訝抬頭。「秦天行在朝陽城？」

「嗯，我們回來的時候，胖虎在昌華街看見他了。」

他頷首。「武林盟會即將召開，秦天行身為前武林盟主之子和秦家莊莊主，理應先其他人一步到此籌劃。」

南溪不太關心這個，只問景鈺。「先前在城外，你說你在辦差？」

「嗯，陛下從國庫撥銀數千兩，令工部派人助花塘村村民回鄉重建家園，並命我跟隨監督。」

她斂著眸子。「皇帝很重視花塘村村民的災後重建嘛……」

景鈺黝黑的眸子直視著她。「就目前看到的而言，陛下他算得上一位仁君。」

可他抓走了我阿娘。南溪抿著唇半晌不出聲。

見此，景鈺也不知道要說些什麼才好，只得隨意扯了一個話題。「妳藥鋪裡招的那位坐診大夫可是花塘村的人？」

她抬起頭。「是啊，怎麼了？」

「原先住營帳裡的那些流民，基本都領了朝廷發放的補貼，收拾包袱回了花塘村建設新家。他可會繼續留在妳的藥鋪坐診？」

對啊，若林靜之要回去繼續做一名鄉醫，她還得重新找一位坐診大夫。南溪皺起眉頭。

「我待會兒便去藥鋪裡瞧瞧。」

景鈺站起身。「我回王府正好要路過什邡街，一起吧。」

於是，南溪搭著景鈺的馬車去了什邡街保安藥鋪。

馬車的腳程快，藥鋪很快就到。跟景鈺道了聲謝，南溪便下了馬車。剛下去，卻又忽然想起來一件事，她連忙扭頭看向坐車內閉目養神的人。

「既然那些流民都離開了，城外的那些營帳怎麼還沒收？」

景鈺睜開眼睛看向她。「武林盟會快開始了，屆時五湖四海的江湖人士都會來到距朝陽城不足二十公里的紫荊山……」

南溪明白了。「所以，不撤營帳，是為了留給十日後來參加武林盟會的那些江湖人？」

因為每屆的武林盟會都要舉行三五日，這期間周圍的客棧酒樓，甚至農戶小院都無一不爆滿。而江湖人一般率性而為，以至於許多個人或是幫派喜歡在此期間逞凶鬥狠，使官府在治安管理這一塊上很是頭疼。

如今，朝廷正好借用安置了流民的營帳來統一管理那些江湖人士。

景鈺點頭。「朝陽城畢竟是都城，是天子腳下，自然不會讓那些江湖人大批湧進，故陛下下旨，此次來紫荊山參加武林盟會的人皆住城外的營帳，不可擅自進城。」

「我明白了。」南溪點點小腦袋，轉身離開了馬車。

保安藥鋪裡，林靜之正在給一位婦人把脈，青鳶就站在他身後為他打扇。南溪甫一跨進門檻，一直待在藥鋪的青鳶便瞧見了她，拿著蒲扇就奔了過來。

「姑娘，什麼時候回來的？」

南溪微笑走向自己的診桌。「快晌午的時候。」

林靜之為婦人開好藥方，才起身向南溪拱手道：「姑娘。」

南溪彎著眉眼，噙著笑。「這半月，林大夫辛苦了。」

林靜之俯身。「不敢言苦，都是靜之分內的事。」

南溪坐下後，直言道：「聽聞官府已經在幫助花塘村村民新建家園，不知林大夫是何打算？」

林靜之向她拱手。「若姑娘不棄，靜之願意繼續留在保安藥鋪坐診。」

「如此甚好。」南溪在心中偷偷鬆一口氣。

青鳶端著茶水過來，先是瞅了一眼林靜之，再對南溪道：「姑娘，奴婢有一事想要求您一個恩典。」

南溪疑惑地看著她。「什麼事？妳說。」

青鳶規規矩矩的向她行了一禮。「奴婢想請姑娘給林大夫找個合適的住處。他自離開營帳後，每日都要步行兩個時辰才能到藥鋪裡坐診，待到傍晚打烊又步履匆匆地走兩個時辰的路回去……」

他自己根本沒有多餘的時間去打聽租房子的事，因此唯有找姑娘幫忙了。

林靜之有些訝異地看向青鳶。沒想到這個小丫鬟的心思竟這麼細膩。

「多謝青鳶姑娘的好意，可靜之並不想在朝陽城內租房。」

青鳶回頭瞪著他。「為何？」

「花塘村本就只我一人會點醫術，如今我白日在藥鋪坐診，晚上回去後還可為他們瞧瞧病。可若我在朝陽城裡租房住下，那便沒人給花塘村的人瞧病了。」

他幼時被父母丟棄，幸得花塘村的老鄉醫所救，後又是吃花塘村的百家飯長大，花塘村的村民之於他乃是再生父母，不能棄他們不顧。

南溪沈吟一瞬，問他。「可會騎馬？」

林靜之搖頭。「少時倒是騎過騾子。」

南溪起身。「我出去一趟。」

「姑娘，帶上奴婢。」青鳶連忙拿了一把油紙傘跟在她身後。

西城西街的西市裡，青鳶一邊給南溪撐著傘，一邊左右張望。

「姑娘，咱們到牛馬市場來做什麼啊？」

「來給林大夫買一頭驢。」南溪在這攤上看看又在那攤上看看。「騾子跟驢長得差不多，他會騎騾子就一定會騎驢。」

於是乎，主僕倆在西市逛了一圈又一圈，終於挑了一匹驢買回去。

當林靜之從青鳶口中得知，南溪是專門去為他買驢後，大受感動，當即便表示自己可以不要這月的月俸，卻被青鳶斥責了一通。

「姑娘給你買驢是看你醫者仁心，且做事又勤懇，不是為了吞沒你那區區二兩銀錢的。」說完便氣哼哼地出了藥鋪，找自家姑娘去了。

而被她斥得一愣一愣的林靜之則是有些丈二金剛摸不著頭腦，不明白青鳶今日為何突然對他這麼凶？明明在南姑娘離開的這半月裡，他們倆相處得挺好的啊！怎麼南姑娘一回來，青鳶就跟變了一個人似的？

回南府的路上，南溪斜睨著為她撐傘的青鳶。

「青鳶，妳是不是有什麼事瞞著妳姑娘我？」

青鳶睜大眼睛。「姑娘，奴婢沒有什麼事瞞著您啊！」

「是嗎？」南溪停下腳步，側身看著她。「那妳今日為何要為林靜之出頭？」

青鳶臉上一紅。「奴……奴婢是……是見他每日要走那麼遠的路，可憐他，所以才……才……」

南溪背著雙手，慢悠悠地向前走。「看來有人紅鸞星動嘍！」

「姑娘！」青鳶跺了跺腳。

傍晚，臨吃晚飯時，胖虎才姍姍回來。

飯後，南溪問：「你這一下午都去幹麼了？」

胖虎喝了一口她為他做的冰鎮草莓汁，喟嘆道：「上午我不是瞧見我大伯了麼？用完午飯，我便出去打聽他的住處，結果卻在一家客棧裡碰到了百花宮的宮主……」

當時，他本想轉身就走，可百花宮的宮主卻叫住了他，並十分客氣地邀他一敘。百花宮宮主跟他大伯是同一輩，他一個後生自不好拒絕，於是跟著她去了一家茶肆，聽著她絮絮叨叨的說了一大堆廢話。

南溪很好奇。「她都跟你說了些什麼？」

胖虎撇了撇嘴。「前面說了一大堆的廢話，到後面才說沈碧柔的事她已經知曉，已經斥責了幾名是非不分的弟子，還讓我千萬不要對百花宮有所芥蒂。」

南溪眉梢一挑。「看來薑還是老的辣。」

胖虎把草莓汁喝完。「我管她辣不辣，反正我已經決定，以後看見百花宮的人就繞著走。」

「那後來呢，你沒打聽到秦大伯的住處？」

「打聽到了，他就住在城外的一頂營帳裡，和我那些堂哥們一起。」

那些？南溪眨巴著水靈靈的大眼睛。「胖虎，你有幾個堂哥？」

胖虎掰著手指頭數了數。「有十一個吧，大伯家兩個，二伯家三個，還有我叔公家幾位叔伯生的有六個，加起來共有十一個堂哥。不過這次陪同我大伯來的，只有我們這一房的五個堂哥，叔公家的幾位堂哥喜文不喜武。」

「你就沒有堂姊堂妹？」

「沒有啊，連堂弟都沒有，全是堂哥！」對此，胖虎也很無奈。

南溪咂舌。「你們秦家是掉進兒子窩了？」她又好奇問道：「打聽到秦大伯的住處後，你沒去相見？」

胖虎有些慫慫地道：「我不敢去，怕他還在生我的氣。我決定等到武林盟會的時候再出現在他面前。」

南溪單手撐著下頜，一雙大眼睛半斂地看著他。「我覺得，要是秦大伯曉得你明知道他來了朝陽城卻不去找他，會更生氣。」

胖虎篤定道：「他不曉得我知道他來了朝陽城。」

「你確定？」

在胖虎疑惑不解的目光下，她似笑非笑地道：「百花宮宮主與秦大伯是舊交吧？你今日可是與她閒談了一個下午。」

只要兩人碰面，秦大伯肯定就會知曉。

「我怎麼忘記這茬兒了！」胖虎倏地起身，步履匆匆往外走。「南溪，我今晚不回來了。」

南溪揮著小手。「記得替我向秦大伯問好！」

之後幾日，胖虎都沒有回南府。南溪雖知道他不會有事，卻還是讓趙山去城外打聽了一番。

得知胖虎被他大伯勒令在武林盟會開始之前，不得離開他的眼皮子底下後，南溪在心裡默默可憐了他三秒鐘。

這日，她正在藥臺那裡搗鼓藥材，就聽到外面一陣的吵吵鬧鬧。

大堂裡的幾人都好奇地擠到門口觀看，過了一會兒，青鳶來到藥臺，告訴南溪。「姑娘，對面那家包子鋪的老闆被官府的人帶走了。」

「他犯了何事？」南溪頭也沒抬，隨意問道。

青鳶搖了搖頭，她也不清楚。「奴婢去打聽打聽。」說完便出了藥鋪。

南溪抬頭看了一眼她的背影，搖著頭由她去了。

沒過多久，青鳶提著裙襬，氣喘吁吁地從外面跑回來。
「姑娘，奴婢打聽到了！」
南溪抬起頭看她。「妳這是身後有人攆嗎？跑這麼急做甚？」

第四十三章

林靜之見青鳶喘得厲害，好心地給她遞過去一杯茶水。

「青鳶姑娘，喝口茶歇歇氣。」

青鳶有些粗魯地奪過林靜之手裡的茶杯，待一口氣喝完茶水，又把杯子塞還到他的手裡，奔至南溪的跟前，講述她打聽到的消息。

「奴婢聽在包子鋪外面擺攤賣布的大娘說，今晨有一位客人當著包子鋪老闆的面調戲包子鋪老闆娘，然後包子鋪老闆就與那人打了起來。現在兩人都被帶去了衙門，包子鋪老闆娘如今正抱著孩子在鋪子裡痛哭呢！」

南溪見過對面包子鋪的老闆娘，是一位一顰一笑都帶著風韻的雋秀女子，盲猜應該有二十五、六左右，因為他們最大的孩子也才八歲，最小的兩歲。

南溪埋首繼續搗藥材。「只是打架，衙門應該打一頓板子就會把人放回來了。」

誰知過了幾日，對面包子鋪竟然掛上了轉賣的木牌。

對這事上了心的青鳶又出去打聽一陣，完了再回來分享給南溪。

「……原來包子鋪老闆被那個客人給訛了，那人要包子鋪老闆在十天之內賠他五十兩傷藥費，不然就要讓包子鋪老闆去吃牢飯。聽說，那人的哥哥就在京兆府的牢房裡當牢頭。包子鋪老闆想要息事寧人，卻拿不出那麼多銀錢來，只得掛出牌子轉賣包子鋪。」

旁邊的林靜之把前因後果聽完後，皺眉道：「他們把賴以生存的包子鋪都轉賣掉，以後又該靠什麼來維持生計？」

青鳶挺同情包子鋪老闆一家的。「唉，一個包子兩文錢，若不把包子鋪賣了，他們短期內如何能湊足五十兩？」

「誰會願意出五十兩去買一個面積不大的包子鋪鋪面？」

對面那家包子鋪鋪面，頂多就值二十兩銀錢。

「誰說包子鋪要賣五十兩了，那木牌上明碼標價的寫著呢，十八兩急賣。」

聽了兩人對話的南溪，靈光一閃，放下手裡的活計就出了藥鋪。

青鳶見她離開，連忙跟上。

對面包子鋪內，劉青正把上面那層賣空了的籠子搬開，把下面那層白胖胖的包子翻出來。

「老闆，來兩個包子，打包的！」

「好咧！」

這個時間，在鋪子裡吃包子喝粥的人已經不多，基本都是買了打包拿走。劉青把兩個包子用油紙包好，雙手遞給客人。

「您的包子，拿好。」

客人遞給他四文錢，拿著油紙包就離開了包子鋪。劉青把四文錢小心收進懷裡。

這時，一道清脆的聲音響起。「老闆，來四個包子。」

劉青抬起頭，正要問是堂食還是打包，卻發現來人是對面藥鋪裡的女大夫。他一邊臉上堆笑跟南溪打招呼，一邊拿起油紙準備打包。「原來是南大夫，今兒可是不忙？」

「嗯。」南溪頷首，見他拿油紙，忙抬手阻止。「我堂食。」

「哦好，您先裡面請！」劉青又忙把油紙放下，去旁邊拿來一個盤子。

南溪抬腳剛走進包子鋪，劉青八歲的女兒便出來把裝包子的盤子端進去，並熱情招呼道：「兩位姊姊裡面請。」

等南溪選了一張桌子坐下，她又熱情地問道：「姊姊可要喝粥？咱們這兒有南瓜粥、青菜粥、荷葉粥和綠豆粥。」

南溪看著綁著兩個丸子髻的小丫頭，柔聲道：「要兩碗荷葉粥。」

「姊姊您稍等。」小丫頭轉身就去後廚端粥了。

南溪示意青鳶坐下後，青鳶終於把心中的疑惑問了出來。「姑娘，您是今晨早飯沒吃飽嗎？」可姑娘早上明明吃了兩張煎餅，喝了一大碗菜粥。

南溪看了一眼在外面賣包子的劉青，又回過頭來看向在後廚忙碌的婦人，聲音淡淡開口。「青鳶，咱們再開個包子鋪怎麼樣？」

青鳶先是有些不明，後來結合自家姑娘今日的舉動，突然又明白過來。她身體微微前傾，小聲問道：「姑娘是想買下這個包子鋪？」

南溪頷首。青鳶還想問點什麼的時候，小丫頭已經端著兩碗荷葉粥從後廚出來了。把粥碗分別放在兩人面前，小丫頭說了一句請慢用，又去招呼別的客人了。

南溪也不急，就坐在店鋪裡慢慢喝著粥。

直到鋪子裡的客人差不多都走了，在外面買包子的也沒什麼人了之後，青鳶才走到正在數銅板的劉青身邊。

「老闆，我家姑娘想與您談談這個包子鋪的事情。」

須臾，劉青夫婦坐在南溪的對面，有些激動又有些忐忑地看著她。

劉青妻子芸娘不確定地問道：「南大夫當真想要買下這包子鋪？」

南溪笑著開口。「我人已經坐在這裡，豈會有假？」

劉青搓著雙手。「南大夫，想必您也聽說了，這包子鋪我們是不得已才賣之，只為解當下的燃眉之急。您若真安心要買，便出十六兩銀子吧！」

南溪悄悄摸了摸吃撐了的肚皮，道：「劉老闆，恕我冒昧問一下，你們還差多少銀錢湊齊五十兩？」

一說起這個，芸娘就紅了眼眶。

「就算把我們這幾年的積蓄都拿出來，東拼西湊的也還差十兩，若不是迫不得已，我們又怎麼會賣掉這個包子鋪……」這可是他們一家人賴以生存的鋪子啊！

劉青安慰著傷心的妻子。「沒事，留得青山在不怕沒柴燒。鋪子沒了，我還有做包子的手藝，大不了我以後推著板車去賣包子。」

南溪看著夫妻倆。「我願意出二十兩買下包子鋪，只不過有一個不情之請。就是希望兩位能繼續留在包子鋪裡幫忙。」

聞言，夫妻倆對望一眼。「南大夫的意思是？」

青鳶適時開口。「我家姑娘的意思是，這包子鋪我們買下了，同時也想請你們二位，留在鋪子裡繼續幫忙。當然，我們會付給你們相應的工錢。」

「這……」夫妻倆再次對望。

南溪微笑道：「若是你們不願意，我也不會勉強，包子鋪我仍是會以二十兩買下。」

這次是芸娘率先開口。「南大夫，若我們夫妻二人留下，那我們家孩子可以帶到鋪子裡來嗎？」

他們是分家出來的，家裡沒人幫忙照看孩子，以往是自己的鋪子，可以把孩子們都帶到鋪子裡來，大丫可以幫忙招待客人，二丫就負責在後面專門打理出來的一個小房間裡帶著老么。

了解情況的南溪點頭。「當然可以，你們也可以把三個孩子送到對面的藥鋪，我空閒之餘可以教他們讀書識字。」

聽到三孩子可以讀書識字，夫妻倆頓時就喜形於色。「好，我們留下來幫忙。」

南溪彎眉一笑。「那我們現在就把契約簽了吧！」

待雙方把所有的契約都簽好後，南溪才又讓青鳶拿了幾張白紙，洋洋灑灑寫了好幾種早點的做法，把這些都交給了劉青，讓他自己去研究。

劉青拿著她的幾張「秘製配方」，如獲至寶，以至於南溪主僕都已經回到對面，他才猛然想起，自己不識字啊！於是又去到對面藥鋪虛心求教。

南溪抽出其中一張，說道：「這樣，我把這張上面寫的步驟給你唸一遍，你先把這種早點的做法記住，回去試做成功之後，再慢慢學做另外幾種。」

劉青歡喜地直點頭。「是，東家。」

於是乎，她開始一遍一遍地唸著燒賣的做法，直到劉青記住。

一位來看診的阿婆打趣地說道：「南大夫重複唸了這麼多遍，連我這個老婆子都記住這早點的做法了。」

青鳶聽了，捂著嘴咯咯直笑。「我也記住了。」

南溪嘴角噙著笑。「無妨，這並不是什麼家傳秘方，你們也可以回去自己做著試試的。」

阿婆頓時喜上眉梢。「南大夫當真是有著寬懷的胸襟，那老婦便回去試著做了。」

青鳶也笑著對南溪道：「姑娘，奴婢回去就試做來給您嚐嚐。」

南溪點頭。「行。」

且不說青鳶後來有沒有試做成功，就說劉青回去後，與妻子試著做了一籠燒賣出來給三個孩子嚐鮮之後，竟是一搶而光。

於是乎，他第二日便把燒賣做出來放在店頭賣了，剛開始，還沒有人願意嘗試這新早點，後來在大丫的極力推薦下，終於有人好奇買了一個來吃，然後就是第二個第三個……直到後來供不應求。

藥鋪裡，南溪吃著劉青一早便送來的燒賣，在心中暗讚道，不愧是專門做這一行的，劉青做出來的燒賣可比青鳶做的好吃多了。

嗯，她買下包子鋪真是一個明智的決定，以後她的飯菜可以直接讓對面送了。

南溪來到藥鋪門口，望向對街。

現下正是包子鋪最為忙碌的時候，劉青一人在外面忙不過來，大丫和芸娘在鋪子裡面忙上忙下地為客人盛粥端碗。

把這一切都看在眼裡，待回到南府，南溪就把青寧跟青瓷叫到跟前，讓她們以後的早晨都去包子鋪裡幫忙，如此，劉青夫婦才輕鬆了許多。

時光如白駒過隙，義診三日結束後，便是武林盟會。

南溪終於在城外再次看到了胖虎。

彼時，她同景鈺坐著馬車剛出城門，就被一直守在城外等他們的胖虎攔下來。

看著掀開車簾鑽進來的胖虎，景鈺淡淡開口。「你不是該跟你大伯他們先去紫荊山了嗎？」

「這不是在等你們麼？」胖虎在旁邊一屁股坐下。

景鈺嫌棄地往裡面挪了挪。

南溪把幾顆花生放在手心裡，須臾便接出了一把的嫩花生。她把接出來的花生分給二人後，問胖虎。「你不會又是偷偷溜走的吧？」

「不是。」胖虎把花生米送進嘴裡，把花生殼從車窗扔了出去。「我跟大伯說，要留下來等你們，他便帶著堂哥們先走了。」

他把自己偷跑出來這段時間所發生的事都說給大伯聽了，包括被百花宮幾個女弟子糾纏的事。

南溪點點頭，開始愛不釋手地擺弄著自己的小荷包。景鈺剛才又給了她好多種子，有水果的、蔬菜的，還有草藥的。

青山連綿，水清雲淡，一輛看上去很精緻的馬車，在官道上平穩前行著。

馬車裡，胖虎正在跟南溪說明江湖上的一些人物關係，景鈺則在一旁靜靜聽著。

「……也就是說，拋開那些個人和門派，現在江湖上名氣最大的就數秦家莊、雷家堡和藏劍山莊了？」

「嗯。」說了那麼多話，胖虎有些渴了，他在車內掃了一圈也沒看到水囊，不由吐槽道：「你們倆出門都不帶水的嗎？」

景鈺默默把手按在一處車壁上，就見那原本平滑的車壁突然出現一個暗格，裡面擺放著一套茶具。

胖虎的一雙眼睛好奇地盯在那面車壁上。「景鈺，這上面是不是還有其他的暗格？快打開給我看看，你都裝了些什麼？」

景鈺睨他一眼，抬手把其他暗格全部打開。就見這面車壁上共有九處暗格，有大有小，大暗格裡放置的是薄毯之類的東西，幾個小暗格裡則放置著不同的點心水果和一些乾糧。

胖虎手快地拿出其中一種糕點，嘖嘖稱奇道：「想不到你這馬車裡是應有盡有啊！」說完便捏起一塊乳白色的糕點放進自己嘴裡。

「是羊奶糕啊！」南溪看見糕點，也是眼睛一亮，伸手去拿。

一個時辰後，馬車終於來到了紫荊山下。

「這裡就是紫荊山？」南溪掀開車簾正要出馬車，卻被景鈺一聲叫住。

「等一下，妳先戴上這個。」

南溪回頭，就見景鈺拿著一張銀色面具遞了過來。她接過，仔細端詳。「這面具不會是用銀子做的吧？」

「妳想多了。」隨後，景鈺又拿出一個銀色面具戴在自己臉上後起身。「走吧。」

還等著自己面具的胖虎見此，忙拉著他問：「不是，我的面具呢？」

景鈺戴著一張猙獰面具回頭。「沒有準備你的。」

他和南溪都不是江湖人，戴面具可以省去一些不必要的麻煩。胖虎卻不同，他是秦家莊的人，秦家莊本就屬於江湖，所以戴不戴都無所謂。

胖虎氣哼哼地反駁。「誰說我不需要了？我很需要！」

已經把面具戴好跳下馬車的南溪，見兩人遲遲不下馬車，便催促道：「你們還在那兒磨蹭什麼？快點下來！」

他們本來就來遲了一步，等會兒上山人家都比試完了。

景鈺下了馬車，吩咐衛峰在山腳看守馬車後，便隨南溪他們一起上了紫荊山。

山上有許多的紫荊樹，待到花開時節，遍山都是紫紅色的紫荊花，紫荊山便是因此而得名。但紫荊山的山頂沒有紫荊樹，只有高矮不一的雜草和天然奇石。一群武林人士便是在這裡以武會友，切磋武藝。
南溪三人來到山頂時，比武已經開始。
胖虎看了一眼正在比試的兩人，不認識，回頭對二人說道：「我先帶你倆去見我大伯。」
他先是確定了秦天行的位置，然後才領著另外兩人來到秦天行的跟前。
「大伯，這便是南溪跟景鈺。」
兩人躬身抱拳。「南溪見過秦大伯。」
「景鈺見過秦莊主。」
秦天行看著給自己行禮的兩個小傢伙，微笑著抬手虛扶。「免禮！」
隨後，秦天行便讓南溪二人站到他身後。外人一看他此舉，便知這兩個戴面具的後生與秦家莊關係匪淺。
三人在後面站成一排，南溪是被景鈺和胖虎護在中間。看著場中比試的兩人，她偏頭問右側的胖虎。
「胖虎，這兩人是哪個門派的啊？」
「我也不知道。」胖虎搖頭，隨後又扭頭問他旁邊的青年男子。「大堂哥，在場中比試的二人是哪個門派的？」
秦承楓道：「是蜀山的崆峒派和蕭山的逍遙派。」
胖虎頷首，轉身問南溪。「聽明白了沒？」

南溪點點頭。「聽明白了。」

少女的聲音清脆悅耳，如珠玉落盤，秦承楓偏頭看了一眼南溪，並用手肘碰了碰自己的小堂弟，小聲道：「承燁，這便是你口中常常提及的南溪小妹妹嗎？」

其他四位一直端著的堂哥見老大忍不住開口，連忙豎起自己的耳朵。

南溪彎腰，偏頭看向右側，一雙大眼睛含笑地道：「各位堂哥好，我就是胖虎口中常常提及的南溪。」說完又指了指左側的少年，介紹道：「他是景鈺，我們倆都是胖虎幼時的玩伴。」

秦承楓還未開口，旁邊的秦承柏便抬起右手回應道：「南溪妹妹妳好，我是承燁的二堂哥秦承柏。」

南溪禮貌地點點頭。「二堂哥好！」

其他幾位堂哥見此，紛紛效仿。

「我是三堂哥秦承松。」

「我是四堂哥秦承楊。」

「我是五堂哥秦承樟。」

南溪一一同他們打招呼。反觀景鈺，只向他們微微點頭示意後，便安靜站在那裡，觀看場中二人的比試。

這邊，胖虎的幾位堂哥正在與南溪熱絡，那邊比試的二人已經分出勝負，接著又有人上去討教，如此幾場下來，半日已過。

第四十四章

因紫荊山周圍都是山巒，方圓十里無人煙，到了晌午，眾人便只能吃自己帶來的乾糧。不過也有人就地取材，到山下去獵野味來烤。

秦家五位堂哥便是如此，待到了晌午，他們便拉著胖虎和景鈺去了山下狩獵，獨留南溪和秦天行在山頂等著。

二人找到一塊乾淨的地方坐下後，南溪便把秦承楓塞給她的水囊遞給了秦天行。

「秦大伯，您喝水。」

秦天行剛接過水囊喝了幾口水，幾個身穿藍袍的人便從遠處走來，與秦天行商討起了江湖上的事。

南溪聽了兩耳朵，便藉口去撿拾柴火，走遠了一點。

待她走遠後，其中一人才出聲問秦天行。「這女娃可是秦兄家裡的後生？」

秦天行皺了皺眉，似是對他問這個問題有些不滿。「這女娃娃是我姪兒承燁的友人，雷兄問這個做甚？」

雷家堡堡主雷驚天聞言，臉上劃過一抹失望。「哈哈……無事無事，是雷某想岔了。」

秦天行聞言，一下便猜到了他打的是什麼主意。

秦家莊近幾年運勢正旺，以致有許多門派都想與之聯姻。先前百花宮宮主便曾隱晦地向他提出過聯姻之事，被他以不插手小輩們的親事為由給拒了，沒想到雷家堡今日也來湊這個熱鬧。

秦天行斜了雷驚天一眼。「秦家莊沒有女弟子。」

雷驚天見他已然洞悉自己的心思，笑著坦言道：「雷家堡一直以來都想與秦家莊結秦晉之好，只可惜你我兩家生的都是兒子，無緣做這兒女親家。今日好不容易瞧見你們隊伍裡有個女娃娃，雷某又豈能不上心？」

南溪拾了些柴火後，便慢悠悠走到一個斜坡的位置。剛準備坐下歇會兒，一雙翠色繡花靴便出現在她的眼前。

順著那雙鞋抬頭望去，看清來人的面容後，她眼裡閃過一抹玩味。

「這位姊姊有事？」

沈碧柔盯著她的面具看了一瞬，才一臉肯定地開口。「妳是那日那個小姑娘。」

南溪眨眨眼。「姊姊眼力真好。」

沈碧柔撫著衣裙在南溪旁邊坐下。「是妳那雙大眼睛太好認了。」永遠都水靈靈的，就像是兩顆會發光的黑珍珠。

瞧這架勢，應該是特地來找她的。南溪歪著腦袋瞅著她。「姊姊找我有什麼事嗎？」

沈碧柔扭頭看她。「我叫沈碧柔，妳叫什麼名字？」

「南溪，南天門的南，溪水的溪。」

「南溪？」沈碧柔重複了一遍。「妳那日為何會叫秦承燁哥哥？」

南溪撐著腦袋看她。「我為什麼不能叫他哥哥？」

「據我所知，秦承燁這一輩全是男兒，並無堂姊妹。」

南溪捲翹的睫毛搧了兩下。「我就不能是他表妹了？」

沈碧柔側目睨著她。「秦承燁的母族早已無親可靠，妳是他哪門子的表妹？」

「沈姊姊似乎對他很了解？」

沈碧柔沒有正面回答這個問題，只繼續問道：「妳是秦承燁口中所說的那位未婚妻，對嗎？」

「啊？」南溪撐在腿上的手一滑，有些錯愕地看著她。

她們不是在討論叫哥哥妹妹的事嗎？怎麼又變成她是胖虎的未婚妻了？胖虎到底是怎麼編的？她現在又該怎麼圓這事啊？

沈碧柔見她反應那麼大，以為自己當真猜中了，偷偷藏起心中的失落，對南溪道：「妳別怕，我不會傷害妳的，我只不過是想親自確定一下，妳到底是不是他口中的那位未婚妻。」

「呃，其實我……」

「南溪！」胖虎的聲音在不遠處傳來。

南溪抬頭望去，就見胖虎、景鈺以及五位堂哥提著獵物從山下回來。

似是擔心她會受欺負，胖虎把手裡的獵物交給身旁的堂哥後，快速來到兩人面前，戒備地看著沈碧柔。「妳們倆怎麼會在一塊兒？」

南溪見他們人人都提著獵物，連忙拍手起身。「我再去拾些乾柴。」她剛才拾的一看就不夠。

胖虎瞅了站起來的沈碧柔一眼，轉身跟上南溪。「我跟妳一起。」

沈碧柔看著他跟隨南溪離開的背影，心中一陣苦澀，最後難掩落寞地離開。

這邊，待兩人走出一段距離後，胖虎問走在他前面的南溪。「妳怎麼會跟沈碧柔在一起？」

南溪彎腰撿起一根木柴。「碰到了就一起聊聊天呀。」

胖虎把她手裡的木柴取過來自己拿著，嘴裡小聲嘀咕。「妳倆又不熟，能有什麼聊的？」

南溪一邊往前走一邊道：「聊你的未婚妻啊。話說胖虎，你什麼時候有未婚妻？我怎麼不知道。」

「咳——」胖虎乾咳一聲。「我哪有什麼未婚妻？上次是為了唬她們才那樣說的。」

南溪撿起一根木柴放到他懷裡。「沈碧柔以為我就是你口中的那位未婚妻。」

胖虎咧著嘴。「那就讓她以為唄，反正咱倆小時候也差點訂娃娃親。」

她又撿起兩根木柴放到他懷裡。「記得給我出場費。」

「妳就不能友情幫忙一下？」

「不能。」

「什麼出場費？」景鈺從遠處走來，正好聽到他倆在討價還價。

「假扮他未婚妻的出場費啊。」

景鈺一怔。為什麼他聽到南溪要假扮胖虎的未婚妻後，心裡突然就很不舒服？

胖虎看向景鈺。「我之前不是老被百花宮的人糾纏麼？因為擔心她們逼我娶沈碧柔，就唬她們說我已經有未婚妻了。剛才沈碧柔就誤把南溪當成我口中的那位未婚妻了，我讓南溪將錯就錯假扮一下。」

景鈺想都沒想地脫口而出。「不行！」

胖虎疑惑。「為何不行？就假扮一下，又不是真的。」

南溪也不解地看著景鈺。「對啊，為什麼不行？」

景鈺抿了抿唇，半晌才道：「有損妳的閨譽，以後妳若因此而嫁不出去怎麼辦？」

南溪眨眨眼。「沒那麼嚴重吧？」雖然她嫁不嫁都無所謂。

胖虎皺眉想了一會兒，道：「若南溪以後真嫁不出去，大不了我娶她唄，反正我阿爹一直都想南溪做兒媳婦。」

南溪聞言，立即插著腰瞪著他。「你說誰嫁不出去呢！」

胖虎忙笑嘿嘿地給她順毛。「說我呢，說我嫁不出去。」

看著他倆，一個鬧一個哄，景鈺突然就沈了臉色。

三人拾好柴火回去時，幾位堂哥已經把獵物都收拾乾淨，就等著搭起柴火烤野味了。

一個時辰後，吃飽喝足的眾人又開始切磋武藝，南溪也同樣和胖虎他們站在秦天行的身後觀看。

待到日落西山時，武林盟會的第一天就這樣在眾人精彩的較量中結束了。

南溪他們跟著秦家莊的人下山，待到了山腳，秦天行看著那輛鶴立雞群的馬車，對胖虎道：「我與你幾位堂哥先走一步，你且莫與人添麻煩。」

這是同意他與南溪他們待在一起了。胖虎高興地拱手道：「是，大伯慢走。」

秦天行點了點頭，轉身走向自己的坐騎，翻身上馬。

幾位堂哥走過來，一人拍了拍胖虎的肩膀，又跟南溪景鈺告別，就各自騎馬跟隨秦天行的身後離開。

隨後，雷家堡和藏劍山莊的人也紛紛騎馬離開。一時間，馬蹄聲聲，塵土飛揚。

待大多數人都騎馬先走後，三人才坐上馬車離開紫荊山。

就在南溪閉著眼睛打瞌睡的時候，馬車突然停了下來，然後就聽到衛峰在車外說道：「秦公子，營帳到了。」

胖虎掀開車簾看了一眼外面，對衛峰道：「誰說我要回營帳了？去南府。」

「是。」衛峰又重新駕著馬車前行。

待胖虎放下簾子，景鈺聲音淡淡地道：「你就留在營帳住宿，待明日出發去紫荊山時豈不是更方便？」

胖虎卻是搖頭。「營帳裡的床硬邦邦的，睡不舒服，哪像南府的床啊，又香又軟。而且在南府睡覺沒有蚊子叮，營帳裡不但有蚊子，還又大又毒。」說著他撩起了自己的一邊袖子，露出手臂上被蚊蟲叮咬的幾個紅包。「你們看，我這麼厚的皮都被牠們叮咬了。」

「秦大伯他們就沒隨身攜帶些防鼠蟲的藥物嗎？」南溪見了，是又好笑又有些心疼。

「帶了，不管用。」胖虎正要放下袖子。

「等等。」她從身上拿出一個瓷瓶，再用尾指摳了一點裡面的藥膏塗在他的手臂上。「自己抹勻。」

胖虎一邊用另一隻手抹勻藥膏，一邊道：「南溪，妳這什麼藥膏，好清涼。」而且那股清涼就像是從皮膚表層浸到了肌肉裡一樣，特別舒服。

南溪把瓷瓶遞給他。「這是我自製的藥膏，對蚊蟲叮咬的地方有奇效，這瓶便留給你吧。」

「那我就不客氣啦！」胖虎把瓷瓶放進懷裡，再撩起袖子看，就見剛才清晰可見的紅包已經不見了蹤影，手臂上除了汗毛，一片光滑。

胖虎一臉欣喜。「果然是有奇效！」

南溪聞言，一臉驕傲。「那是，也不看看是誰研製出來的。」

「是是是，咱們家南溪最是厲害！」

待馬車到了南府，南溪跳下馬車後，轉過身，剛想問車裡的景鈺要不要去府裡坐坐，就聽他一句。「走！」馬車便快速離開了南府。

這傢伙怎麼了？

衛峰駕著馬車穿過西城一條條巷弄，才來到東城的一條街道上。彼時，天色已經將黑，街道上已無行人，除了一家酒肆還亮著燈籠外，其他的都已經打烊。

馬車越是往前，衛峰的神情就越緊繃。今日這條路，明顯不對勁。

就在衛峰準備加快車速穿過這條街道的時候，幾十個蒙面人從天而降，只一瞬，就把馬車圍在了中間。

衛峰立即抽出佩劍，嚴陣以待。

「爾等何人？竟敢攔鎮南王府的馬車！」

馬車裡的景鈺，心情本就不好，如今又碰到這夥攔路的蒙面人，心情更是糟透了，就聽他淡漠冷酷的聲音從馬車裡傳出——

「殺！」

衛峰聞言，立刻如一把出鞘的寶劍，全身帶著冷芒，殺向了那些蒙面人。

就在衛峰的劍即將刺穿一蒙面人的喉嚨之時，一道似公鴨嗓的聲音從蒙面人的身後傳來。

「住手！」

衛峰卻似是沒聽到他的話一般，手中長劍毫不猶豫刺向就近的一個蒙面人。

公鴨嗓的主人見衛峰如此，又氣又急地道：「小王爺，快讓你的侍衛住手！」

好在景鈺適時出聲。「衛峰！」

「是。」衛峰的劍在離那蒙面人的喉嚨前停下。

廖一海和蒙面人同時鬆一口氣。

景鈺掀開車簾，一臉驚訝地道：「廖總管？你怎會在此？」

廖一海走到他身前，低聲道：「小王爺，陛下有請。」

景鈺抬眼看向前方那家唯一亮著燈籠的酒肆。「陛下在裡面？」

廖一海頷首，景鈺立刻下了馬車，隨他進了那家酒肆。

酒肆裡，四個侍衛分別立在門口兩側，嘉禾帝坐在中間位置的一張矮桌上，背對著大門飲酒。

廖一海留在門口，景鈺來到嘉禾帝的面前，躬身行禮。「景鈺參見陛下！」

嘉禾帝似乎已經有一些微醺，抬手指著對面。「坐下說話。」

「謝陛下。」景鈺雙手撩起袍角，於嘉禾帝的對面坐下。

嘉禾帝把一個酒杯放到他面前。「小子酒量如何？」

景鈺答道：「與常人無異，只可小酌，不能深飲。」

「好。」嘉禾帝又把一酒壺放到他的面前。「今晚且陪朕暢飲一回如何？」

「自當從命。」

景鈺雙手拿起酒壺，把面前的酒杯倒滿，而後又雙手舉起酒杯，道：「臣敬陛下。」

嘉禾帝單手執杯與他相碰，似是隨意地詢問。「小子從哪裡回來？」

景鈺眸光一閃，如實回答。「臣今日與友人一起去了紫荊山觀看武林盟會，回城時見天色已晚，便把友人先送回了家。」

嘉禾帝笑道：「怪不得你小子從城門到東城走了近一個時辰。」

景鈺連忙放下酒杯，起身跪在一旁。「臣不知陛下在此，請陛下恕罪！」

嘉禾帝擺擺手。「你那麼緊張做甚？朕又沒怪你。來，繼續陪朕飲酒。」

「是。」景鈺又重新坐下，為嘉禾帝斟酒。

酒過三巡後，景鈺俊美的臉上已然泛起了紅暈，端起酒杯的手也有些不穩。

「陛下，臣……臣再敬您！」說完，卻是咚的一聲醉倒在桌上。

「小子？小子！」嘉禾帝伸手輕推了兩下景鈺的肩膀，仍是不見他有醒來的跡象，嘆息道：「這酒量，不及你父王啊！」

隨後便讓廖一海把衛峰放進來，帶走他主子。

許久後，一個黑衣暗衛跪在嘉禾帝的面前。

「小王爺在馬車裡吐了一次，回到鎮南王府時吐了一次，下人伺候他歇下後，又吐了一次。」

「看樣子是醉得不輕。」嘉禾帝放下酒杯起身。「回宮！」

金碧輝煌的黎國皇宮裡，有一處任何人都不敢靠近的清幽之地。這裡，每日都有一隊鎧甲軍輪班值守，若是有人靠近，便會當場斬殺。也因此，這方圓十里之內都無人敢靠近。

而被圈禁在這裡面的人，卻是不吵也不鬧，整日不是翻土種菜，就是執針縫衣。就連當今皇帝偶爾來此看她，她也如啞巴一般，不曾開口跟他說過一句話。

嘉禾帝望著面前的宮門，皺起眉頭。他怎會走到這裡來了？許是今日在宮外酒喝多了吧！

他抬頭又望了一眼宮門。既然來了，那便進去看看——

抬手阻止了鎧甲軍行禮，他放輕腳步，跨進了宮門。

進入宮殿，首先映入眼簾的便是圍牆下方，那一排排借著夜風輕輕搖擺著葉子的綠色蔬菜。

嘉禾帝站在門口頓了一瞬，才抬腳往還亮著燭火的宮殿走去。

宮殿裡，錦娘正在給縫製的新衣做最後收尾，便聽宮門吱呀一聲被人從外面打開。她有些受驚地抬頭，看清來人是誰後，又一臉漠然地低下頭，繼續手裡未完的工序。

嘉禾帝不在意地來到錦娘對面坐下，偏頭看向她手裡的新衣，如話家常一般問道：「又在為我那未曾謀面的姪女縫製新衣？」

錦娘卻像是沒有聽到一般，只專注縫著手裡的衣服。

嘉禾帝也好像習以為常，手指挑起線框裡的一紮絲線，自顧說道：「妳每年都為她縫製新衣，她卻一件也穿不了，還真是可惜啊！」

錦娘仍是不為所動。

見此，嘉禾帝無趣地放下絲線，撣了撣錦袍上不存在的灰塵，繼續自顧開口。「朕今日去了清風酒肆，那裡面的擺設還是如十幾年前那般，沒有改變。朕坐在十幾年前的那個位子上，恍惚間，彷彿回到了當初朕第一次帶妳出宮的時候……」

夜越來越深，燭臺裡的燭淚越積越多，嘉禾帝一直在娓娓追憶著往昔。

「……那會兒，朕從未想過妳會因為一個男人，而跟朕反目成仇！呵呵……朕對妳多年的寵愛，竟還不及一個才認識不到半年的男人！錦央啊，妳讓朕很失望……」

嘉禾帝說著說著便沒了聲音，殿裡一下安靜下來，只偶爾飛蛾撲向燭火時，火光裡會發出一陣細微的吡吡聲。

似是過了許久，錦娘抬頭看向對面，就見嘉禾帝閉著雙眼歪在一旁，呼吸平穩。

頓了一瞬，她拿著線框和新衣離開。

第四十五章

紫荊山上，各門派的弟子差不多已切磋完畢，就剩秦家莊、藏劍山莊以及雷家堡的弟子還未切磋。

看著場中正在此試的兩方，南溪偏頭問景鈺。「你覺得誰會贏？」

景鈺捏了捏眉心。「這局應該會打成平手。」

「我也覺得。」

南溪摩挲著下頷點頭，隨後關心道：「你怎麼了，身體不舒服？」怎麼看起來一副沒睡醒的樣子？

景鈺從衣袖裡拿出一個瓷瓶打開，然後又拿到鼻尖輕嗅了嗅。「無事。」

昨夜為了應付嘉禾帝的暗衛，他故意折騰到深夜，以致今晨有些精神不濟。

胖虎也偏頭看了過來，隨後調侃道：「你昨晚可是做賊去了？怎得精神這麼差？」

他話音剛落，那比試的兩人便以平局結束了切磋，跟著便是藏劍山莊的人站了出來。

「在下藏劍山莊肖無雲，請諸位賜教！」

秦天行回頭對身後的幾個子姪道：「你們誰去會會？」

「孩兒去會會。」

秦承楓提著劍，飛身至肖無雲的對面。

「秦家莊秦承楓特來請教！」

見秦承楓去了場中比試，胖虎等人皆是一臉認真地盯著前方。

南溪捅了捅胖虎的胳膊。「這肖無雲厲害嗎？」

胖虎搓著下頷。「據說是藏劍山莊武功最好的弟子，大堂哥對上他許是會有點吃力。」

她偏頭看他。「那大堂哥是不是秦家莊功夫最好的後生？」

胖虎搖頭，然後一臉自信地指著自己。「秦家莊功夫最好的後生在這兒。」

南溪睜大雙眼。「你？」

胖虎點點頭，得意得很。「不信妳問問幾位堂哥。」

南溪看向他幾位堂哥。

秦承柏就站在胖虎旁邊，自然聽到了他們的對話，見她看過來，便點頭笑道：「承煒雖然年紀最小，但武功確實是我們幾人當中最好的一個。小時候我們還能與他打成平手，現在卻是很難再贏他了。」

「胖虎這麼厲害嗎？」

秦承柏點點頭。「父親說，他是難得一見的練武奇才。」

南溪想到的卻是另外一件事。她斜睨著胖虎。「所以，你在山莊跟我對練的時候，從來沒盡過全力是吧？」

胖虎咧著嘴。「那不是不想打擊妳麼！」

南溪撇了撇嘴，不想搭理他了。

也是這時，秦承楓手裡的劍被肖無雲擊飛了出去，這局勝敗已定。
秦承楓撿回自己的劍，臉色不是很好地回到秦天行身後。
秦承柏見此，使勁給胖虎使眼色。
胖虎搖頭。
然而這時，秦天行的聲音在前面響起。「承燁。」
胖虎看了一眼二堂哥得意的小表情，上前一步來到秦天行跟前。「大伯。」
秦天行撫著鬍鬚。
「讓大伯看看你離家出走的這一月有沒有偷懶。」
「是。」
胖虎有些不情不願的走到肖無雲跟前，抱拳。「秦家莊秦承燁，前來請教。」
肖無雲看著面前這位十六、七歲的俊朗少年，微微瞇起了雙眸。「你便是秦家莊秦承燁？請！」
胖虎從腰間抽出軟劍，說了一句請賜教後，便率先攻向對方。
看著場中你攻我守、我進你退，似乎不相伯仲的比試，南溪緊張得捏緊了小拳頭。
景鈺只看了一眼便知肖無雲不是胖虎的對手，正想扭頭對她解說，卻見她捏緊了拳頭，一臉緊張，根本不像之前看別人比試的那般淡定。
他的心，一下就酸了。
半炷香後，胖虎以一招馬踏飛燕的招式結束比試。

「肖兄，承讓。」

肖無雲捂著胸口緩緩起身，臉上神情已從最開始的不屑變成了欽佩。他抱拳回道：「肖某甘拜下風！」

肖無雲剛轉身退下，藏劍山莊那邊又站出來一人。「藏劍山莊劉梁，前來討教！」

看著劉梁走向比試場地，南溪有些納悶地扭頭問秦承楓。「大堂哥，不是說肖無雲就是藏劍山莊功夫最好的弟子嗎？這劉梁又是誰？」

秦承楓也皺起眉頭。「之前未曾聽說過此人名號，難道是藏劍山莊的後起之秀？」

南溪回頭看向場中。

劉梁的武器是一根雙節鞭，可伸可縮，具有極強的攻擊，這對用軟劍做武器的胖虎來說，有些吃虧。且從一開始，劉梁就猛烈進攻，沒有給胖虎一絲喘息的機會，胖虎只能被動防守。

旁邊的秦承柏也已經看出了門道。「這劉梁的功夫竟在肖無雲之上。」

秦承楊不解道：「藏劍山莊這是何意？」

秦承松白他一眼。「這還不明白？明修棧道，暗渡陳倉唄！」

秦承樟一臉擔心。「承燁不會輸吧？」

跟他同樣擔心的南溪看著胖虎被劉梁的雙節鞭逼得一直後退，緊張得一把抓住了景鈺的手。

「景鈺，胖虎不會輸吧？」

景鈺垂眸看了一眼抓著他手臂的那雙小手，淡淡開口。「勝敗乃兵家常事，輸了便輸了。」

欸？南溪轉回頭，有些疑惑地看著他。

他眸光微閃，盯著她的眼睛問：「難道我說得不對？」

她搖頭，鬆開他的手。「你說得對，勝敗乃兵家常事，輸了就輸了，沒什麼大不了的。」

她只是覺得他過於冷靜。

胖虎似乎是躲夠了，一個半空旋身之後，便開始反攻。眾人也是在這時才看出，他剛才之所以一直躲避，其實是想後發制人。

見胖虎開始後發制人，與那個叫劉粱的人打得難捨難分，南溪激動舉起一雙小拳頭。「胖虎加油！」

景鈺側目看了她一眼，隨後隱在衣袖裡的雙手悄悄攥緊。

為什麼看到南溪為胖虎緊張擔心，他心裡會泛酸？

為什麼聽到南溪要假扮胖虎的未婚妻時，他心裡會不痛快？

為什麼看到胖虎與南溪親近，他會覺得礙眼？

為什麼這兩日他滿腦子都是南溪？

為什麼……

忽然，他似是想到了什麼，震驚地緩緩看向南溪，南溪卻正好在這時抓住他的手臂，一臉興奮地喊道：「贏了贏了！景鈺快看，胖虎贏了！」
景鈺就那樣凝著她因激動而泛起淡淡紅暈的側顏，半晌後，斂下了眸子。
原來他……
那邊，劉粱已經退出比試場。胖虎正想離開，結果雷家堡那邊又跳出來一個人。
「雷家堡雷夜，想要跟秦小兄弟討教幾招！」
還來？胖虎有些無奈地收回邁出的腿。
南溪見這雷夜不但身材魁梧，且下盤沈穩有力，又開始擔心起來。她偏頭問景鈺。「你覺得胖虎能打贏這個叫雷夜的嗎？」
景鈺順勢握住她靠近的小手。「妳要相信胖虎。」
欸？南溪回頭看著他。
景鈺與她對視。「怎麼了？」
「沒事……」她趕緊搖頭。
比試場上，胖虎見雷夜沒亮出武器，便也收了軟劍，以赤拳相搏。可兩人身形懸殊，胖虎一開始就處於下風，他揮出的拳頭都被雷夜輕鬆化解，反觀雷夜回擊時，他卻避得有些狼狽。
如此幾十招下來，胖虎已經開始有些氣息不勻。秦家幾位堂哥和南溪見此，皆是一臉擔心。
「這雷夜不管是在身形上還是體能上都占了很大的優勢。」

小堂弟這局很有可能會輸！

秦承松點頭認同。「還有年齡。他比承燁年長六歲，功夫都要多練六年。」

秦承樟則撇著嘴。「承燁前面已經跟人切磋過兩輪，雷夜現在多少有點欺負人。」

秦承楓看向幾個弟弟。「比武場上不看年紀，也不分先來後到，輸便是輸，贏便是贏。」

站在前下方的秦天行也在這時出聲。「讓你們上去比試，意在與各家交流切磋武藝，不必過於看重輸贏。」

這邊，景鈺向一臉擔心的南溪小聲解釋。

「面對不熟悉的對手，胖虎一向喜歡後發制人。雖然他現在看起來是處於下風，但其實他是在等待一個一擊反殺的機會。」

南溪一雙大眼睛頓時亮晶晶的。「所以胖虎這是在扮豬吃老虎？」

景鈺頷首。「十之八九。」

半炷香後，果然如景鈺說的那樣，一直處於下風的胖虎開始利用自己身體上的靈活，一邊避開雷夜的攻擊，一邊快速反攻，只五十招下來，雷夜便敗了。

「好！」

「不愧是秦家莊的武學天才，後生可畏啊！」

震耳欲聾的鼓掌聲和喝彩聲，頓時從四面八方傳來。

南溪同胖虎招了招手後，彎著眉眼回頭。

「景鈺，你好厲害。」竟把胖虎看得透透的。
景鈺睨著她，似真亦假地問：「比之胖虎呢？」
南溪四兩撥千斤地道：「你倆都厲害。」
胖虎在武學上造詣超群，景鈺的功夫雖略遜一籌，但醫術高超且智多近妖，兩人各有千秋。
胖虎走到秦天行面前喚了一聲大伯，待秦天行頷首後，他才退回到自己原先的位置，並朝南溪和景鈺眨了眨眼。
南溪笑著向他豎起了大拇指，同時，站在他另一旁的大堂哥也拍著他的肩膀，小聲道：「幹得不錯！」
其他幾位堂哥也都誇了他，唯獨景鈺沒有表示。胖虎拍了拍南溪的肩膀，與她交換了一下位置。
景鈺看著湊過來的胖虎，一臉平淡。「幹麼？」
「你怎麼能如此淡定？我反敗為勝了誒！」都不誇誇他。
景鈺睨他一眼。「這難道不是你的常規操作？」
不想過早向外界展現自己的實力，他封了自己三成功力，以為他不知道？
這事他大伯都不知道，景鈺是怎麼看出來的？「咳咳……話不能這麼說，我也是贏得很辛苦的。」
景鈺懶得搭理胖虎，出手把南溪調換過來站在中間。

南溪看看左邊又看看右邊。「你倆在打什麼啞謎？」
兩人異口同聲。「沒什麼。」
總覺得這兩人有事瞞著她！
第二日的武林盟會也很快結束，各門各派的後生也都基本相互切磋完畢，待到最後一日，便是該各門各派的重要人物出場了。
官道上，一輛精緻的馬車不急不緩，保持距離地跟在幾匹馬的後頭。
馬車裡，南溪看著對面的少年。「景鈺，秦大伯今日為何要叫走胖虎？」
景鈺從暗格裡取出一碟糕點遞到她面前。「這兩日的比試不過是開胃小菜，明日才是重頭大戲。」
南溪就著他的手捏起一塊糕點放進嘴裡。「我知道，明日是挑選下一任武林盟主的日子，可這跟胖虎有什麼關係？」
景鈺拿碟子的手就那麼伸著。「跟胖虎是沒關係，可跟秦大伯有關係。」
「嗯？」南溪抬起頭看他。「什麼意思啊？」
他卻伸手指了指她的嘴角。「嘴角有糕點碎屑。」
「哦。」南溪連忙伸手抹了抹嘴。
看著她略顯粗魯的動作，景鈺默默掏出自己的手帕遞了過去。
直到看著她用手帕擦掉嘴角的碎屑後，他才道：「以秦家莊今時今日的地位，秦天行很有可能會是下一任武林盟主。」

南溪這下明白了。

「原來如此，所以秦大伯把胖虎招回去，是怕他在外面被有心人盯上，從而引來一些不必要的麻煩？」

「嗯。」

「那明日的武林盟會結束之後呢？胖虎是不是也不能再繼續留在朝陽城了？」

吃著糕點的南溪像小倉鼠一樣，雙腮一鼓一鼓的。景鈺看著很是手癢，很想伸手去戳一戳，隨意垂在一側的右手蠢蠢欲動，以至回答都有些心不在焉。「他應該會跟秦大伯一起返回秦家莊。」

南溪聞言，有些失落地往嘴裡又塞了一塊糕點。

她跟胖虎都還沒相聚多久呢，就又要分別了。

見她神情低落，景鈺只得取出一個茶壺，倒一杯水遞給她。「別光顧著吃糕點，喝點水。」

把南溪送回桐子巷南府後，他便離開了。

南溪剛回到府裡便叫來青鳶，問了一下藥鋪和包子鋪裡的情況。

「藥鋪裡跟往常一樣，病人不算多，林大夫一人便能應付。倒是包子鋪裡，這兩日因為新加了早飯的種類，堂食的客人是越發多了起來，即便是劉青後來多加了兩張桌子，也總是不夠。」

坐在太師椅上的南溪，手指輕輕叩擊在椅把手上。

「既然反應這麼好，那咱們就再開一家分店。讓劉青空閒時去其他地方轉轉，看看哪兒還有合適的鋪子，人手也得再招一點。妳明日便讓林大夫幫忙寫一帖招人的告示貼在包子鋪門口。」

青鳶俏皮地屈膝領命。「奴婢遵命。」

南溪笑了笑，剛想讓她退下，卻又忽然想起來一件事情。「對了，這兩日可看見了鐘離玦？」

青鳶搖頭。「奴婢這段時日幾乎整日都待在藥鋪裡，不太清楚鐘離公子的事。」

南溪點點頭。「行了，妳退下。」

她坐在堂屋裡等王屠夫，直到天上掛滿了星星，王屠夫才一身風塵僕僕地從外面回來。兩人在堂屋裡談了將近一個時辰才各自離開。

第二日，天才剛亮，景鈺的馬車就停在了南府門口。

他剛撩起車幔，南府大門便被人從裡面打開，就見南溪穿著一身月白色束腰籣裙翩然走出。

南溪上了馬車，笑咪咪跟車裡的少年打招呼。「景鈺，早！」

「早。」景鈺的眸光落在她身上。「這身衣裳好看。」

「新衣裳，當然好看！」南溪理著自己的衣裙，一臉得意。

景鈺眸光一閃。「人也好看。」

「咳……那是自然！」第一次被男生當面誇好看，南溪小臉忍不住一紅，竟是有些不好意思。

景鈺斂下眸中的笑意，問：「可有吃早飯？」

見她搖頭，他便從暗格裡取出一個油紙包遞給她。紙包還未打開，南溪便聞到了一股肉香味。

「什麼呀？這麼香？」

「一品香新推出的秘製牛肉乾。」

一品香是一家專門供賣乾貨的鋪子，就開在福記甜品鋪的旁邊。

南溪剝開一層層油紙包，捏起一塊牛肉乾放進嘴裡咀嚼品嚐。

唔，輕輕嚼，自然的牛肉味滿口溢香；細細嚐，原始的氣息在味蕾上慢慢綻放……簡直太好吃了！

景鈺見她一臉享受美食的模樣，便知這牛肉乾對了她的胃口。他眼底含笑。「味道如何？可合妳心意？」

「嗯！」南溪忙不迭地點頭。

把嘴裡的牛肉乾吞下去後，她好奇問：「一品香這麼早就開門營業了嗎？」

景鈺捂嘴輕咳了一聲。「嗯。」

「一品香老闆真勤勞。」又往嘴裡送了一塊牛肉乾後，她把紙包遞到景鈺的面前。「你也吃啊！」

景鈺動作優雅地拿起一塊牛肉乾放進自己嘴裡。

東城昌華街，一品香的鋪子裡，掌櫃一邊擦掉額頭上的冷汗，一邊重新把鋪子門關上。

他今日一早就受了驚，需歇業一日！

第四十六章

來到紫荊山山腳，衛峰發現前兩日停車的位置已經被幾匹馬占了，只得先請車裡的二位下馬車，重新找個停車的地方。

南溪走到那幾匹占了他們位置的馬面前，指責牠們道：「你們不講馬德！」

景鈺走過來，目光在幾匹馬的馬鞍上停留了片刻。「這幾匹馬都是難得一見的汗馬，背上的馬鞍也都是上等的材質。」

南溪聽了，摩挲著下頷分析。

「這麼說，騎這幾匹馬的人也非一般人。」

景鈺頷首。

「而且，這幾人應該是今日才到紫荊山來。」

「咱們先去山頂上看看。」南溪拉著他的手就往山上走。

景鈺心裡忽然有些不安。「南溪，把妳的面具戴上。」

她卻不想戴。「這個天戴上面具好熱。」

她第一天只戴了半天就取下了，因為實在是太過悶熱，只半天就把她白皙無瑕的臉蛋給捂出了紅疹子，此後也一直沒戴。

景鈺抿了抿唇，哄著她。「這會兒不熱，妳先戴上。」

南溪放開他的手。「我把面具放在馬車裡了。」

景鈺立即轉身。「妳在這裡等我，我去給妳取來。」

南溪站在半山腰，有些疑惑地看著景鈺下山的背影。

他今日為何非要她戴上面具？

隨即，她的目光落在山腳下的那幾匹馬身上。

「南溪，怎麼一個人站在這兒？景鈺呢？」從山上下來找他們的胖虎，看到只她一人，忙走近詢問道。

南溪指了指山下。「他拿面具去了。」

胖虎往山下看了一眼，隨即便拉起她的手往山上走。「比試馬上就要開始了，咱們先去山頂等他。」

「可……」

「安啦，他那麼大一個人不會走丟的。」

胖虎一路拉著南溪來到山頂。彼時，場中的比試剛剛開始，與幾位堂哥打了招呼後，南溪的目光便開始在圍觀的人群中搜尋。

山頂上，除了幾大門派是統一著裝很好認出外，其餘小門派或是個人都著裝不一，不好分辨。

南溪把比試場周圍掃視了一圈便收回了目光。卻不知，她想找的幾人就站在她左後方，一丈之外的位置。

其中為首之人在她剛上山時便注意到了她，當他看見她轉過頭的樣貌時，更是銳目一瞇。

「去查查此女。」

「是！」

景鈺取了面具返回，卻不見南溪在原地等他，腳尖一點，使出輕功往山頂上飛去。

片刻後，他來到南溪身邊，把面具給她戴上。「不是讓妳在原地等我，怎麼先跑上來了？」

南溪伸手整了整面具，把鍋扔給胖虎。「我是被胖虎拉上來的。」

胖虎回頭。「你又不是不認識上山的路，等你做甚？」

景鈺目光看向周圍。「今日的人似乎比前兩日多出許多。」

胖虎雙手環臂。「今日是選新武林盟主的日子，人肯定比前兩日多了。」

說話間，比試場中的兩人已經分出勝負，而後又有人上場。

胖虎和南溪都在專注看比試，唯有景鈺，把目光投向了場外的圍觀者。須臾，他的目光與斜對面一位同樣戴著面具的男人撞上。

男人隱在面具下的嘴角邪肆勾起，隨後轉身離去。

南溪見景鈺望著某處出神，關心開口。「怎麼了？」

「無事。」

想到面具男離開時的挑釁眼神，景鈺斂下黝黑的眸子。

許是比試太過精彩，即便今日烈日當頭，眾人也頂著炎熱、忍著饑餓觀看到了午時末。最後還是某位德高望重的長者提出先用午飯，圍觀眾人才緩緩散開，去各自找蔭涼的地方用食。

秦家幾位堂哥今日沒有下山狩獵，皆圍坐在一處斜坡下背對著陽光的地方，啃著乾糧。過了一會兒，秦承樟發現水囊裡沒水了，起身道：「我去山下找點水。」

秦天行抬頭，見其他門派好似也有人下山去找水源，便看向自己的兒子。「承楓，你同樟兒一起去。」

秦承楓點點頭。「孩兒知道了。」

「我同你們一起去。」

景鈺拿過南溪手裡的水囊。

南溪站起身。「一起吧。」

胖虎見此，也連忙起身。「我也去。」

其實山上本有一處天然山泉，可以供給水源，只可惜這幾日有太多人到那裡處理野味，並把一些野味的內臟隨意丟棄，導致那裡現在一片髒亂和惡臭。眾人現在只能到山下去找水源。

幾人走到半山腰時，秦承樟忽然叫住了走在前頭的秦承楓。

「大哥，你們隨我來。」說完便腳下一轉，去了左側的林子。

眾人見此，二話不說跟在他的後頭。

直到走到一處無外人的地方，胖虎才好奇問道：「五哥，你這是要帶我們去哪兒？」

走在最前頭的秦承樟用劍劈斷擋路的藤蔓枝葉，回頭道：「我昨日狩獵時，無意間發現這山中還有一處山泉，就在前方不遠的一塊天然石峭之下。」他轉身，繼續前行。「那處山泉水極小，且位置也很隱蔽，應該還沒被其他人發現。」

「那咱們快走吧！」胖虎聽了，積極地走在前面。

大概一刻鐘後，秦承樟指著前面欣喜出聲。

「你們看，就是這裡。」

幾人趕緊抬頭去看，就看到前方有一面巨大的、長滿苔蘚的石壁，秦承樟所說的泉水便是在這面石壁下方的一處天然凹槽裡。

且從石縫裡流出來的泉水很細，若不走近些，還真發現不了。

五人高興地把所有的水囊都裝滿水後，便開始往回走。只是才走到一半，他們便遇到兩個穿藍色勁裝，手持佩劍的男人。

其中一人見他們腰間的水囊鼓鼓，上前詢問。「不知幾位是在何處找到水源？」

秦承楓站出來為他們指引。「你們順著這個方向，再往前走一段便能看到一面石壁，那石壁下面便是水源。」

男人抱拳說了聲多謝，便帶著同伴往指引的方向而去。

看著那兩人離開的方向，景鈺忽然擰起了眉頭。

南溪發現他沒有跟上來，便停下腳步，小聲問：「怎麼了？」

他沈吟。「感覺這兩人我在哪兒見過。」

走在南溪前面的胖虎聽了，回過頭。「這兩日，大家不都在這紫荊山上觀看武林盟會嗎？多少都有點眼熟。」

南溪認同地點點頭。

景鈺卻搖頭。「不是在紫荊山上。」

幾人回到山頂沒多久，選盟主的比試便繼續開始。

過程中，景鈺一直留意山下，直到看見那兩個男人返回山上，把水囊恭敬地遞給一個長相平庸的中年男子，這才收回目光。

只是，當他餘光不小心瞄到那中年男人手指上戴的玉指環後，瞳孔一縮。

原來是他！他竟也來了紫荊山……

這時，景鈺忽然想到什麼，倏地回頭看向身旁的南溪，見她規規矩矩地戴著面具，這才悄悄鬆一口氣。

現在還不是讓他們倆碰面的好時機。

他腳下悄悄挪了兩步，把南溪的身形隱在自己的身形中。

下午一共有八場比試，單是秦天行一人便比試了六場，所以最後，他在眾人的擁戴聲中成為了新的武林盟主，秦家幾兄弟也同樣成為眾人恭維的對象。

好在，景鈺早一步拉著南溪離開了，不然他們也會被那些如蝗蟲蜂擁而上的眾人給團團圍住的。

離開山頂，走在下坡路上的南溪拍著胸脯，慶幸道：「好險，還好咱倆跑得快！」不然恐怕會被那些人踩踏成泥。

「不過，咱倆就這麼走了，可以嗎？」都沒跟胖虎他們打一聲招呼。

景鈺鬆開她的手，走在前頭。

「我已經跟秦承楓打過招呼了。」

南溪跟在他後頭。

「可是胖虎還在山上……」

景鈺拉著她的手往山下走。

「放心，胖虎是秦家莊的人，他不會有事。」

南溪想想也是，便安心地把胖虎丟在了山上。

回到山下，她特地留意了一下占了他們位置的幾匹馬，發現那些馬已經不見了。

咦？這些人竟比他們還先下山！

那邊，衛峰見二人下山，忙把馬車趕了過來。南溪剛進馬車，便把臉上的面具取下，又掏出手帕來擦拭冒汗的小臉。

「終於可以不用戴了。」

景鈺也取下了面具，臉上卻沒有冒出一滴的汗水。南溪見了，很不服氣。「你怎麼都沒有出汗？」

景鈺把兩張面具都收好。

「我一直都在用內力還可以這樣子用！她怎麼就沒有想到呢？好傢伙，原來內力平衡體溫。」

滿天晚霞灑向大地，為青山綠水披上一層淡淡的金黃。

一輛精緻馬車披著晚霞，不急不緩地駛在兩邊都是青山環繞的官道上。

馬車裡，南溪正在閉著雙眼打瞌睡，景鈺則隨時準備接住她欲向前傾的身子。

須臾，馬車突然一個急剎，南溪因為慣性，整個身子往前栽去，好在一直都注意著動靜的景鈺出手把她扶住。

「怎麼回事？」有些不清醒的南溪搖了搖腦袋，問道。

景鈺把她扶起來坐好後，才撩起一角車窗簾子，看向外面。

就見馬車外面已經被十幾個黑衣人團團圍住，衛峰正在與那些黑衣人交手。

幾個黑衣人見車幔被人撩開，乘機提劍衝過來。

見此，景鈺對南溪道了一句「待車裡別出來」後，眸光冷沈地飛身出去，與黑衣人打鬥。

見景鈺二人被十幾人圍攻，南溪又怎可能安心待在車裡，抽出綁在腿上的短刃，也衝了出去。

雙方打鬥了近半炷香後，那黑衣人首領見占不了上風，便吹了一聲口哨，領著十幾個手下迅速撤退。

衛峰見黑衣人撤退，欲再追，被南溪叫住。「窮寇莫追。」

衛峰回頭看向自家主子，見主子點頭，這才退了回來。

待黑衣人全部撤走，南溪丟掉短刃，一屁股跌坐在地上。累死人了！

景鈺見狀，忙來到她面前蹲下。「南溪？」

南溪擺擺手。「我沒事，就是有點累。」

景鈺聽了，彎腰把她抱起。「我抱妳去馬車裡休息。」

南溪看著他。「這群黑衣人衝著你來的？」

「嗯。」

想到剛才那些黑衣人，個個都提劍朝他身上砍的情景，她很是疑惑。「你是得罪什麼人了嗎？他們為什麼要殺你？」

景鈺眸光沈沈。

「或許是我的回歸礙了某些人的眼。」

南溪聞言，心中一嘆。

黎國皇宮。

嘉禾帝從宮外回來，來到一座清幽簡陋的宮殿。剛跨進宮門，就看到一個女子挽著衣袖在宮牆下面摘菜。

他揮退隨從，一個人走到女子身後，溫聲問道：「這青菜已經能吃了嗎？」

錦娘就像是沒有聽到一樣，繼續摘著她的菜。

嘉禾帝也不惱，背起雙手站在那裡。「朕今日在宮外看到一女子，荳蔻年紀，模樣肖似母后……」

啪！錦娘不小心踩壞一顆青菜。

嘉禾帝的聲音倏地一冷。「只可惜，她那雙大眼睛卻像極了一個討厭的人……」

錦娘雙手死死捏住菜籃子的邊緣。

嘉禾帝看著面前微微顫抖著的女子，繼續自顧道：「想來妳也是同朕一樣想念母后。朕已經讓暗衛去查此女的身分，若是身分無異，便把人招進後宮與妳作伴。」

「……不！」

許是很久不曾開口說話，錦娘的聲音很沙啞。

嘉禾帝微微瞇起雙眼。「妳終於肯跟朕說話了？」

錦娘雙眼充滿仇恨地瞪著他。「你害死了我的母后，害死了我的夫君，如今，還想害死我的孩子？」

「給朕閉嘴！」

嘉禾帝目光沈沈地逼近她。「妳以為朕不殺妳，是在顧及妳手裡的那樣東西嗎？妳真以為它能威脅到朕？」

錦娘被他逼得連連後退。

看著她蒼白著一張臉，無助的模樣，嘉禾帝頓住腳步，深吸一口氣，道：「若不是母后臨終時讓朕不要為難妳，朕……」

冷冷睥她一眼後，嘉禾帝拂袖而去。

待他走後，錦娘無力地癱坐在地上。

溪兒，妳為什麼要來朝陽城，為什麼不好好在桃花村待著？

翌日，南溪正準備出門，胖虎便找來。

「我明日便要隨大伯他們回秦家莊了。」

她心裡雖然有些不捨，卻還是問道：「明日什麼時辰走？」

「應是辰時左右。」

胖虎也捨不得南溪和景鈺，他們分開了八年，相聚卻是如此短暫。

南溪笑道：「今晚我給你踐行，叫上景鈺一起。」

胖虎笑著頷首。「那我先回營帳，晚上再來找你們。」

「好。」南溪目送他離開後，就又返回府裡，找來李婆子和劉婆子，吩咐她們去採買一些食材，而後才出府同劉青一起去找適合開包子鋪的鋪子。

二人先去北城逛了一圈，後又去了南城的幾條巷弄看了看，都沒有遇到適合的鋪子。

因為約好晚上要替胖虎踐行，南溪早早便回了南府準備。

景鈺來到南府的時候，她正在小廚房裡一邊打著蒲扇一邊炒菜。他走進廚房奪過她手中的扇子，為她打扇。

「怎麼不讓府裡的下人來弄？」

南溪把鍋裡炒好的菜鏟到盤子裡。「今日是為胖虎踐行，我當然得親自下廚。」

景鈺走到灶前，對正在燒火的青鳶道：「我來。」

青鳶忙起身讓開，並尋了個藉口出了廚房。

景鈺拿蒲扇搧了幾下小板凳，撩袍坐下。「妳這丫鬟不錯。」做事謹小慎微，遇事沈穩冷靜。

在刷鍋的南溪瞟他一眼。「你一個堂堂王府小王爺，跟個小丫鬟搶什麼活幹？看把她嚇得。」

景鈺挑了挑眉，不置可否。

南溪刷好鍋，把案臺上切好的菜拿過來，對他命令道：「燒火！」

「遵命。」景鈺輕笑著放下蒲扇，拿起火摺子點火。

胖虎是在天將黑的時候趕來的，與他同來的還有秦承樟。

見到南溪後，秦承樟笑嘻嘻地開口。「我不請自來，小南溪不會介意吧？」

南溪忙吩咐青鳶再去拿一副碗筷。「當然不會，五堂哥能來南府做客，南溪是求之不得。說來，也是我辦事不周，應該要請秦大伯和幾位堂哥來府中做客的。」

秦承樟大剌剌坐下。「便是妳有心邀請，大伯和幾位哥哥怕是也抽不出空來做客。這兩日的事情實在是太多了。」他今晚都是跟著小堂弟偷偷溜出來的。

這些南溪自然知道，所以才沒去打擾他們。

踐行宴有了秦承樟的加入，頓時便多了許多話題。

席間，秦承樟一直在講胖虎這幾年幹的糗事，南溪和景鈺聽得是津津有味，胖虎聽得是恨不得把秦承樟的嘴巴給堵上。

第四十七章

「……我記得小堂弟剛到秦家莊那會兒，特別喜歡一個人偷跑去後山的樹林裡掏鳥窩，結果有一次鳥蛋沒掏到，卻掏出來一條蛇。」

南溪睜著大眼睛。

「那條蛇有沒有毒啊？」

秦承樟飲了一口酒，道：「沒毒。不過雖然不是毒蛇，當時也把他嚇得不輕，一下就從樹上摔了下來。要不是去找他的大堂哥及時把他接住，他定是會腦袋開花的。」

她扭頭看向胖虎。「五堂哥說的都是真的嗎？」

景鈺也一臉看好戲地睨著他。

胖虎支吾著辯駁。「我、我那不是沒想過鳥窩裡會有蛇嗎，所以才、才有些猝不及防……」

已經有些微醺的秦承樟，再次開口。「還有一次，嗝……」

胖虎連忙挾起一筷子菜放到他碗裡。「五哥，你多吃菜！」

南溪抿著嘴偷樂，景鈺目光落在她身上一瞬，嘴角也悄悄上揚。

月華初上，南府門口，胖虎攙扶著秦承樟上了景鈺的馬車，回頭對南溪說道：「我們走了，妳快回去吧。」

南溪頷首。「路上小心。」

胖虎點點頭，上了馬車。

她又看向正撩開車窗簾子的景鈺。「你也要小心。」

景鈺噙著笑。「放心，我堂堂鎮南王府的小王爺還送不了兩個人出城麼？」

因城門關閉後，胖虎他們無法出城，所以南溪便讓景鈺送他們一程。

南溪低下頭。「是我的疏忽，忘了戌時便會關城門。」如今，已是亥時一刻。

景鈺伸出一隻手，揉了揉她的頭髮。「無妨，有我在，他們隨時出城都可以。」

南溪趕緊偏頭躲開他的魔爪。「別弄亂我的頭髮。」

見她不再自責，景鈺笑著收回手，吩咐衛峰。「走了。」

南溪站在那裡看著馬車駛遠，才提著燈籠轉身回府。

景鈺把胖虎二人安全送出城門後，便打道回府，結果馬車卻在走到一條巷弄時遇到了埋伏——

第二日一早，南溪便出城去為胖虎送行了。

城外，她剛下馬車，胖虎便迎了過來。「南溪！」

他看了看南溪身後，詢問道：「景鈺那小子沒同妳一起來？」

南溪搖頭，把手裡的包袱交給胖虎。「許是有事耽擱了。這是我買的一些吃食，給你和幾位堂哥在路上當零嘴吃。」

胖虎高興地接過。「謝謝妳，南溪。」
她不滿地瞪著他。「咱們之間，還要說謝嗎？」
胖虎抓著腦袋，哈哈笑。「不說了，以後都不說了。」
「小南溪！」幾位堂哥看到這邊，都圍了過來。
秦承樟更是熱情邀請。「小南溪，要不妳跟我們一塊兒回秦家莊吧，我們秦家莊可多好玩的地方了。」
南溪笑著回道：「若南溪得空，一定到秦家莊找幾位堂哥玩。」
「也就是說現在不行了？」秦承樟有些失望。他是真心邀請小丫頭去秦家莊做客的。
「好了，別為難人家小姑娘。」秦承楓出來打圓場。「南溪，秦家莊隨時歡迎妳來玩。」
南溪彎著眉眼點頭。「謝謝大堂哥。」
交代完事情的秦天行這時也走過來，一臉慈愛地看著她。「小丫頭若是遇到了什麼難事，也可寫信到秦家莊來，秦家莊以後就是妳的靠山。」
秦天行的這番話不可謂不重，雖然知道是因為胖虎，對她愛屋及烏，可南溪還是很感動。
她彎著大眼睛，笑容甜甜地道：「謝謝秦大伯，那南溪以後便不跟您客氣啦！」
「哈哈哈……好！」
之後，秦天行看了一眼天色，吩咐幾兄弟啟程。

胖虎翻身上馬後對南溪道：「南溪，我走了，妳跟景鈺在朝陽城要好好的，我下次再來朝陽城找你們。」

南溪忍著鼻酸。「你也要好好的，有什麼事記得飛鴿傳書。」

「好，保重！」胖虎紅著眼把馬掉頭，跟在秦天行他們身後。

南溪朝他離開的背影揮手。「再見！」

待胖虎他們的身影完全消失在官道上後，她轉身上了馬車。

東子趕著馬車。「姑娘是去藥鋪還是回府？」

南溪凝眉，沈吟一瞬。「先去鎮南王府。」

今日胖虎離開，按理說景鈺一定會來送行，結果到現在都沒出現，她心中有些擔心。

半個時辰後，南溪站在鎮南王府門口，對守在門外的兩名士兵說道：「保安藥鋪的南大夫求見小王爺，還煩請二位進去通報一聲。」

「且在此等著。」

其中一個士兵收起長槍，轉身進入王府。

沒過一會兒，風叔便從大門裡面出來，十分恭敬地對南溪道：「原來是南姑娘，請隨老奴來。」

南溪回以微笑。「有勞風叔。」

她跟著風叔穿過正殿，途經後花園的時候，正巧碰到一個粉衣少女從裡面出來。

風叔向粉衣少女俯身行禮。「表姑娘。」

王麗芝的目光落在南溪身上，口氣不善地問道：「她是誰？」

「這位便是上次救了小王爺一命的南大夫。」

「原來妳就是那個女大夫。」王麗芝上前一步，態度十分傲慢。「妳，抬起頭來。」

自進王府便一直低著頭的南溪聞言，眉頭一擰，還是緩緩抬起頭來。

星辰目，玉瓊鼻，櫻桃嘴，配上一張白皙無瑕的鵝蛋臉，王麗芝在南溪抬頭的那一瞬間，便生出了一股名叫嫉妒的情緒。

哼，這張臉一看就是個妖媚狐子。

「妳來王府做什麼？」

南溪低眉回道：「來替小王爺看病。」

反正景鈺跟她是一夥的，不怕被人拆穿。

誰知王麗芝聽了，卻是嗤笑一聲，隨後便扭頭看向風叔。「老管家，你怎麼什麼人都敢往小王爺身邊帶？御醫才剛走，這人就上趕著想來撿便宜，臉皮之厚，怕是連城牆都不及。」

什麼意思？難道景鈺真生病了？

南溪抬眼看向風叔。

風叔垂首。「南大夫是小王爺請來的貴客，自是與表姑娘口中所言的什麼人不同。老奴先告退。」

說完，便領著南溪離開了後花園。

王麗芝看著他離開的背影，狠狠地跺了跺腳。她一定要讓姨母把這個老東西換掉！

待走出一段距離，南溪才出聲詢問。「風叔，景鈺當真病了？」

只見風叔抬起衣袖擦了擦濕潤了的眼。

「小王爺昨夜在安平巷遭遇暗襲，身上中了十六刀，其中一刀更是差點刺中要害……御醫昨夜在小王爺寢殿守了一夜，今晨才離開王府。」

「什麼？」南溪心中一緊。怪不得他今日沒有來送胖虎，原來竟受了這麼重的傷！

須臾，風叔直接把南溪領到了東殿的寢殿裡。

當她看到面無血色地躺在床上的景鈺時，淚水便不聽使喚，吧嗒吧嗒往下掉。

「怎麼會這樣？」

「我沒事……」景鈺見到她，掙扎著要起身。

南溪連忙過去制止他。「你別動。」

景鈺借勢幫她拭去頰邊的眼淚，並附在她耳邊低語了一句。

南溪眨眨眼看著他。真的？

景鈺輕輕頷首。

她這才悄悄鬆一口氣。

景鈺抬頭看向一旁的風叔。「風叔，我有話跟南溪說，別讓任何人進來打擾。」

「老奴明白。」風叔退到寢殿外守著。

待寢殿裡就剩下他們倆，南溪迫不及待拉過他的手，要給他把脈。

景鈺緩緩支起上半身，靠在床頭。

「我沒有身中十六刀，只是受了一點小傷。」

「小傷也是傷。」

南溪睖他一眼，把食指和中指壓在他的脈搏上開始診脈。

景鈺有些心虛地摸了摸鼻梁。

過了一會兒，南溪鬆一口氣地收回手。

「是那個女人又對你下手了嗎？」

景鈺搖頭。「這次不是她。」

南溪驚訝地看著他。「不是她？除了她，你還有別的仇敵？」

景鈺捂著唇咳嗽了一聲。

「那些人應該是利用武林盟會，從南境混進來的南蠻人。」

她忙轉身到桌上倒了一杯水過來，遞給他。「南蠻人？」

「嗯。」景鈺喝了一口茶潤嗓。「衛峰在那些人身上搜到了南蠻人信仰的狼圖騰。」

「所以，」她在床邊坐下。「你們已經把那些人都抓住了？」

他頷首。「算是吧。」

南溪斜睨他一眼。「什麼叫算是吧？」

「因為三十幾人，沒留下一個活口。」景鈺說得輕描淡寫。

「應該留一個活口來審問啊！」

「那些人全是死士，即便留下活口也問不出什麼有用的東西，還不如全殺了，反而用處更大。」

南溪眨巴著眼，沒聽懂。「什麼意思？」

景鈺卻是不答，只伸手揉了揉她的腦袋。「我做事有分寸，別擔心。」

南溪隨即抬手拍下他的爪子。「別揉亂我的髮型，很難梳的！」

景鈺笑著收回手。「我今日沒能去城外送行，胖虎可有生我的氣？」

她整了整髮髻，搖頭。「他沒有生氣，就是在臨走的時候，回了好幾次頭，望向城門口。」

景鈺嘆息。「我該派人去城門口告知他一聲。」

南溪雙手抱臂。「對啊，你好歹也讓衛峰來傳個話。」

他想都沒想地道：「衛峰昨晚為了護我，傷得比我還嚴重。」

「什麼叫傷得比你還嚴重？」

難道說……想到了什麼的南溪，身體忽地欺近，然後在景鈺驚訝的目光中，唰地扯開了他面前的衣襟。

當她看到他腰腹和胸前都纏著被大片浸紅的白布時，呼吸忽地一滯。而後，近乎咬牙切齒地低吼道：「這就是你所說的小傷？」

景鈺面色懊惱，只怪自己一時嘴快，說漏了嘴。

「只是看起來嚇人，其實傷口不是很深……唔！」

南溪收回故意壓在白布上的手，聲音冷冷地反問道：「傷口不是很深？那你一臉痛苦做什麼？」

景鈺還是第一次見她生這麼大的氣。他牽強地扯出一抹笑。「……我只是不想妳為我擔心。」

南溪抿著唇，冷著一張臉，半晌才出聲。「還傷了哪些地方？」

景鈺這下乖了，老實抬起手，指著自己的左肩膀。「就這裡還挨了一刀，其他地方沒了。」

南溪又欺身過去，把他的衣裳拉得更開一點，見肩上的傷沒有腰腹跟胸前的嚴重，才小心地給他把衣服整理好。

然而她沒看到的是，景鈺在她靠近的時候，瞬間就紅了耳根。

他有些不自在地開口。「妳是女孩子，別動不動就扒人衣服。」

南溪一把奪過他手裡的空茶杯。「我是看你傷勢如何！」

景鈺看著她，溫聲道：「我無妨，別擔心。」

南溪把茶杯放在桌上後又返回。「可風叔說，御醫昨晚守了你一夜。」

「只是作戲。」

「嗯？」南溪歪著腦袋，一臉不解地看著他。

景鈺跟她解釋。「朝陽城內肯定還潛伏著其他的南蠻人，我故意留御醫一夜，並向外傳出身受重傷，就是為了引他們出來。」

她在旁邊坐下，還是有些沒弄懂。「南蠻人為何要千里迢迢跑來刺殺你？」

景鈺睨她一眼。「妳忘了我現在是誰的兒子？」

南溪恍悟。「他們不是想刺殺你，而是想捉你去南境，然後用你去威脅鎮守在南境的鎮南王，逼他就範。」

景鈺點頭。「不錯。」誰讓他是鎮南王唯一的兒子呢！

幾日後，劉青終於在南城一條不怎麼繁華的街巷裡，找到一間合適的鋪面。

南溪看過後也很滿意，雙方談好租價，劉青便開始找人給鋪面重新裝修，同時也趁著新鋪子裝修的時候，招了好幾個幫手。

因為想著新鋪子開張，做包子早點的人手肯定會不夠，劉青與妻子商量後，便決定在招的幫工裡挑選兩個做徒弟。

南溪一開始本就是打這個主意，如今劉青自己提出，她自是喜聞樂見。

於是乎，當新鋪子裝修好了後，南溪便讓劉青去新鋪子帶了幾天的徒弟，老鋪子則由劉青的妻子芸娘先頂著，夫妻倆開始一人守一間鋪子。

景鈺因為這段時間要裝病，所以一直待在王府裡，只偶爾會派人給南府送來冰塊。

王屠夫那邊也跟藥材商協談好了以後的合作事宜，近段時間可以不用再奔波了。

而南溪也因為天氣的原因，幾乎不再出府，只義診的時候去了幾次藥鋪，其他時間都窩在自己閨房，再把胖豆芽放出來，研究自己的異能。

如此便過了一個夏季。

山莊的後山，南溪揹著個小背簍，拿著一把小鋤頭，正在收自己種的草藥。

第一次來山莊的青鳶有些興奮，把山莊裡裡外外都逛了個遍，待她逛完去找自家姑娘時，才發現她一個人來了後山。

「姑娘，您來後山挖草藥怎麼也不叫奴婢一聲，奴婢好來幫您啊！」說著她就彎下腰，伸出手去扯草藥。

南溪見了急忙阻止。「欸，撒手，別動，讓我來！」

這草藥主要是根鬚有用，她擔心青鳶那樣粗魯地拉扯會把根鬚扯斷。

「哦。」青鳶連忙放開自己的雙手，不敢再亂動那些草藥。

待她仔細觀察南溪是如何挖草藥的後，連忙跑回山莊去拿了一把鋤頭出來，並學著南溪的樣子，小心翼翼挖出一株草藥，然後獻寶地舉著那根草藥給南溪看。

「姑娘，是不是這樣子挖的？」

南溪看了一眼，點頭。「對，就是這樣，要把埋在地裡的根，全根全鬚地都挖出來。」

「好咧，奴婢知道了。」

兩人就這樣在後山忙活了差不多一個時辰。待把挖出來的草藥都晾曬在院子裡後，南溪便把青鳶支去了廚房做飯，她則又去後山撒下新的種子。

待她把一切做好，被她派去山莊下面察看附近百姓秋收情況的王屠夫回來了。

「聽山下的村民說，今年秋收的糧食沒有往年的產量高。」

南溪沈吟。「你可有告訴他們，山莊有意讓他們以後幫忙栽種草藥的事？」

王屠夫點頭。「除了有兩戶在城裡做幫工的人家抽不出空外，其他人都願意秋收後來幫忙。」

她頷首。「如此甚好，那接下來的事就煩勞王伯了。」

王屠夫垂首。「姑娘請放心。」

之後，又與王屠夫說了一些栽種草藥時需要注意的相關事宜，直到青鳶端著飯菜從廚房出來。

三人在山莊用完午飯，又把一些積灰的地方打掃了一遍，才返回朝陽城。回程時，南溪特意讓王屠夫繞道去南城的新鋪子看看。

她坐在馬車裡，撩起一邊的車窗簾觀察了一下。

如今已是下午，鋪子裡並沒有什麼客人，只看到劉青跟幾個幫工在有說有笑地聊著天。

青鳶把腦袋湊過來看了一眼，問道：「姑娘可要去鋪子裡看看？」

南溪搖頭，放下了手裡的簾子，吩咐王屠夫繼續趕車，馬車便悄無聲息地從新鋪子門口駛過。

回到南府，南溪正打算去後院看看近日種下的蔬菜，就見許久都不曾出現的鐘離玦緩緩走來。

「南姑娘。」

南溪挑眉。「鐘離公子？原來您還在南府裡，小女子還以為您賴帳潛逃了。」

鐘離玦聞言一笑。「鐘離豈敢賴南姑娘的帳。」
「那鐘離公子是否方便告知，這段時間去了哪裡？」

第四十八章

鐘離玦一臉溫潤地道：「前段時間繪畫遇到了瓶頸，文淵書閣的老闆建議我多出去採採風。所以，我便去了風景獨好的常道觀小住了一段時間。」

南溪靜默看了他一瞬，然後才道：「原來是這樣，是我以己度人，錯怪了鐘離公子。」

鐘離玦俯身拱手。「也怪我走得匆忙，竟忘了告知南姑娘一聲，是鐘離的不是，鐘離在此給南姑娘賠罪。」

「無妨。」南溪擺了擺手，轉身離開。

鐘離玦卻亦步亦趨跟在她身後。「南姑娘可是要去後院？」

「嗯。」

「正好，鐘離也要去後院採風。」

二人跨進後院，便看到王屠夫正在一塊菜地裡翻土，南溪快步走過去。

「王伯，你怎麼在這兒？」

王屠夫抬起頭。「我見這塊菜地的蔬菜過了時令，想著姑娘定是要來重新種上別的蔬菜，便趁著無事來把土鬆一鬆。」

這就是師父跟她的默契嗎？南溪拿起手裡的鋤頭走進菜地，同王屠夫一起翻土。

鐘離玦站在一旁，看著主僕二人配合默契，你一鋤我一鋤地翻著地，眸光微閃。

菜地本就不大，兩人沒多久就把地翻完，南溪便開始撒種子。鐘離玦見此，自告奮勇去水池那裡擔了兩桶水來澆土。待撒完種子澆完水，王屠夫又從馬廄裡拿來一捆馬兒吃的乾草，鋪在撒了種子的菜地上面。

如此一番忙碌下來，天色已經傍晚。

用完晚飯，南溪便在院子裡與幾位丫鬟玩起了踢毽子。

「九十七，九十八，九十九，一百，一百零一，一百零二……」幾個丫鬟一臉崇拜地替南溪數著數。

南溪踢到一百二十的時候終於停了下來。幾個丫鬟連忙圍上來，雙眼冒星地看著她。

「姑娘好厲害！」

「姑娘，妳教教奴婢怎麼樣才能踢這麼多次毽子吧？」

「我也要學，我也要學！」

南溪笑著把毽子交給她們其中一人。「下次再教妳們。」說完便走到簷下，輕聲問在那裡等了一會兒的王屠夫。

「王伯找我有事？」

王屠夫點頭，兩人便一起去了前院書房。

「姑娘，鐘離公子似乎沒有他表現出來的那麼簡單。」

南溪抬頭看他。「王伯可是發現了什麼？」

王屠夫點頭。「今日他在後院提水的時候，屬下無意中發現他竟會功夫。剛才，屬下又故意去三進院試探了一番，發現他的功夫還不弱。」

南溪手指輕輕叩在書桌上。「我一直都覺得他有異，之所以留他在府中，就是想看看他到底有什麼目的。」

王屠夫眉峰一攏，給原本就能嚇哭小孩的臉又添了幾分猙獰。「姑娘這樣做會不會有些冒險？」

南溪微笑看他。「王伯放心，我會護好我自己的。」

王屠夫垂首。「是。」

立秋後，天氣雖然偶爾也有些燥熱，總歸要比夏日裡要好上許多，南溪也開始勤去藥鋪。

如今大堂裡有林靜之坐鎮，她可以放心待在藥鋪後院，搗弄一些草藥。

中午，去對面包子鋪端午飯的青鳶聽到一則消息。

「……昨日夜裡，官府在南城的一家伶院裡抓了二十幾個南蠻人。聽說抓人的時候，那些南蠻人還傷了好幾個伶院裡的小倌。嘖嘖，這些南蠻人好大的膽子，竟敢潛藏在朝陽城裡。」

南溪聽了，眸光微閃。「人全都抓住了嗎？」

青鳶歪頭想了想。「聽那些客人話裡的意思，好像是把人全部抓住了。」

林靜之咬下一口包子，又喝了一口粥，才說出心中疑惑。「這些南蠻人悄悄潛伏在朝陽城內，究竟意欲何為？」

青鳶擰起眉頭。「這還用說，肯定是來朝陽城當細作啊！」

林靜之搖頭。「應是沒那麼簡單。」

南溪挾起一根酸豇豆放碗裡。「這些官府自會去查，咱們莫要胡亂猜測。」

林靜之點頭。「姑娘說得對。」

用過午飯，南溪站在藥鋪門口望向對面的包子鋪。包子鋪裡，劉青最小的孩子不知因為什麼正在哭鬧，大丫二丫正在變著法地哄他，而芸娘正在發火的邊緣。

南溪回頭看向正在收拾碗筷的青鳶。「青鳶，妳待會兒去對面把劉青的三個孩子帶過來。」

「奴婢曉得了。」青鳶端著碗筷去了對面，沒過一會兒，就把三個孩子帶來了藥鋪。

「姑娘，奴婢把大丫二丫和三寶給您帶來了。」

三個孩子之前都認識南溪，見到她後，大丫二丫甜甜叫了一聲「姊姊」，只有三寶還在一把眼淚一把鼻涕地抽泣著。

南溪笑著摸了摸大丫二丫的頭，在三寶面前蹲下，溫柔地替他拭去眼淚，輕聲詢問。

「三寶可不可以告訴南溪姊姊，為什麼會哭得這麼傷心呀？」

三寶抽噎著，口齒不清。「糖……三寶要……糖糖，阿娘不……給。」

大丫連忙解釋。「三寶看到一個孩子在吃糖葫蘆，便也想要，阿娘擔心他太小會噎著便不給他吃，他就一直哭鬧。」

南溪輕輕捏了捏三寶肉肉的小臉。「咱們不吃糖葫蘆好不好，南溪姊姊有別的好吃東西，三寶要不要吃呢？」
三寶眨了眨還帶著淚水珠子的睫毛，脆生生地道：「要！」
南溪失笑地又捏了捏他的肉臉。「真是個小饞貓。走吧，南溪姊姊帶你們去吃好吃的。」說完便抱起三寶，牽著二丫，再領著大丫去了藥鋪後院。
到了後院，南溪給三孩子找來三張凳子，讓他們坐在一陰涼處等著，然後她便一個人進了倉庫。
三寶還小，自然是坐不住的，總想起身往倉庫裡跑，每次都被大丫二丫給拉住，拖回來。
就在三寶被兩位姊姊拽拉得又要哭起來的時候，倉庫門終於被人打開，南溪提著一個裝滿紅彤彤草莓的竹籃子從裡面出來。
「大丫二丫三寶，你們過來。」
大丫二丫三寶以前都沒見過草莓，更別說吃了，懵懂又好奇地盯著籃子裡。
大丫抬頭看向南溪。「南溪姊姊，能告訴我們這是什麼嗎？」
「這個呀，叫做草莓，很甜的，大丫嚐嚐。」南溪先拿出一顆草莓遞給大丫。
大丫拿著草莓聞了聞，又問：「這個三寶可以吃嗎？」
南溪點點頭，又拿出兩顆分別給二丫三寶。
大丫這才開心地咧著嘴道：「謝謝南溪姊姊。」
二丫也學著姊姊的樣子給南溪道謝，三寶則早就迫不及待把草莓塞進了自己的嘴裡，現下已吃得滿嘴都是草莓汁。
南溪好笑地掏出手帕給他擦嘴。
之後，她便讓三姊弟排排坐坐好，柔聲問他們。「大丫二丫三寶，你們想識字嗎？」
大丫二丫都使勁點頭，唯有最小的三寶，眼睛一直盯著旁邊籃子裡的草莓流口水。
南溪假裝沒看見，繼續道：「好，既然你們都想識字，那現在南溪姊姊便教你們識字。咱們今天就從學三字經開始。接下來，我唸一句你們便跟著我唸一句，唸好一句，我便獎勵一顆草莓，唸好兩句便獎勵兩顆，以此類推，好不好？」
「好！」大丫和二丫乖巧點頭。
南溪看向被草莓勾走魂兒的三寶。「三寶，你也跟著姊姊們一起唸，唸清楚一個字，南溪姊姊就給你一顆草莓，兩個字就給你兩顆，好不好？」
三寶吸溜了一下口水，重重點頭。「好！」
這孩子真好哄，南溪彎起眉眼。「那我們現在就開始嘍，雙腿併攏坐好，背挺直。人之初……」
「人之初——」
許是獎勵的緣故，姊弟三人都學得特別認真，尤其是三寶，聲音最大。
期間，芸娘還趁著鋪子裡不忙的功夫過來藥鋪裡偷偷瞧了眼，見三姊弟坐那裡認認真真唸著三字經，欣慰得濕了眼眶。
隨後，她又悄悄回了對面。

後來，來藥鋪看診的病人，總是會聽到後院傳來孩童的朗朗讀書聲，便好奇跟林靜之或是齊掌櫃打聽，這才曉得原來是南溪在後院教幾個孩子讀書。

這日，南溪打算去北城的松竹齋裡為幾個孩子買一些筆墨紙硯。

主僕兩人走在北城街道上的時候，發現擺在兩邊的攤位比以往多了不少。

青鳶湊在南溪耳邊小聲道：「姑娘，今日北城的攤販好多啊！」

南溪觀察了一下攤位，發現大多數攤販都是賣針線和燈籠紙那些，便問青鳶。「近日可是有什麼節氣？」

青鳶蹙眉想了想，忽然拍手道：「再過幾日便是一年一度的乞巧節了，怪不得這街上突然多了這麼多的攤位。」

乞巧節？那不就是七夕嗎？南溪頓時來了興趣。「你們這兒……不是，我是說朝陽城的乞巧節一般都是怎麼過的？」

說起乞巧節，青鳶是雙眼放光。「朝陽城過乞巧節，人們會從七月初一就開始置辦乞巧物品，街道上開始車水馬龍、人流如潮。到了臨近七夕的時日，更是車馬難行。屆時許多姑娘在特意搭起的乞巧臺上，穿針引線驗巧，做些小物品賽巧，或是擺上些瓜果乞巧，做些各色各樣的燈籠比巧……到了晚上，姑娘們更是會穿上新衣，在庭院擺上各種各樣的食物來祭拜織女，乞求她賜予智巧，傳授心靈手巧的手藝。」

所以，這裡的七夕壓根兒就沒牛郎什麼事？南溪受教了。

青鳶來到一個賣針線的攤位前。「姑娘，咱們也買些針線回去吧？」

南溪想著自己好久沒做女紅了，便走過去同她一起挑選起彩線來。

跟在一輛緩速前行的馬車旁邊的衛峰，忽然看到前面兩道熟悉的身影，忙湊近車窗，道：「主子，南大夫在前面。」

正在馬車裡閉目養神的景鈺睜開眼睛，隨後挑起車窗簾看向前方。

針線攤位上，南溪正把挑好的彩線拿給老闆包好。「老闆，一共多少銀錢？」

「一共三十六文錢。」

她拿出錢袋正準備付錢，卻有人先她一步，把一錠碎銀遞給了老闆。「不用找了。」

南溪轉身抬頭。「景鈺？」這還是自上次去王府後第一次見到他。

看著她吃驚的樣子，景鈺微微一挑眉。「這麼驚訝做什麼？」

南溪看了一眼停在街道上的馬車。「妳這是去哪兒？」

景鈺轉身向馬夫揮了揮手，馬夫便趕著馬車離開。「本是打算去聚賢樓聽書的，卻在這裡碰到妳。」

目光落在她身後的攤位上一瞬，問道：「妳乞巧節也要參加比賽嗎？」

南溪眨眨眼。「什麼比賽？」

「穿針引線的比賽，屆時贏的人可以拿到官府獎賞的十兩白銀和一疋上好的絲綢。」

「你又不是不知道我的女紅，我才不會去獻醜。」

「也是，就妳那女紅，去了也是墊底。」景鈺負手與她並肩前行。

南溪不滿地睨了他一眼。雖然是事實，但也別說出來打擊人啊。

景鈺識趣地換了個話題。「妳現在是去哪兒？」

「去前面的松竹齋買些筆墨紙硯。」

「我那裡有一套文房四寶，待會兒我讓衛峰給妳送去南府。」

南溪搖頭。「不是我自己用，我是給大丫二丫和三寶買的，他們跟著我唸了那麼久的三字經，該開始習字了。」

景鈺凝眉。「大丫二丫？」

「就是包子鋪劉青的三個孩子啊，他們最近在藥鋪跟我學識字。」

他目視前方。「妳對他們倒是上心。」

南溪嘆了口氣道：「我也教不了他們幾日了，待秋收一過，我便要去山莊忙上一段時間。」

「栽種草藥的人手可夠？需要我安排些人手去山莊嗎？」

「不用，王伯已經找了附近的村民幫忙。」

「若是遇到了問題，可以來找我，我最近挺閒的。」

「嗯。」

南溪其實很想問問他南蠻人的事，可他們現在是在大街上，不好問，只好扯別的話題聊。

兩人就這樣邊走邊聊地到了松竹齋，而後景鈺又幫她挑好筆墨紙硯才離開。

聚賢樓三樓的一間雅室裡，一位玉冠束髮，容貌出眾的藍衣男子正坐在一個臨窗的位置獨自品茗。

聽到腳步聲走近，他頭也沒回地調侃道：「陪你家小青梅逛完街了？」

「找我何事？」景鈺猶自走至他對面坐下，自己動手斟茶。

雲隱回過頭來，似笑非笑地看著他。「怎麼，沒事就不能找你了？咱倆就不能單純敘敘舊？」

景鈺一臉淡漠。「我與你沒舊可敘。」

雲隱聞言，嘖嘖兩聲。「雖然你說的是事實，卻也太傷人心！好歹我也幫你做了那麼多事，你就不能說點好聽的？」

景鈺卻是直接放下茶杯，起身就往門口走。雲隱見此，忙伸手攔住他。

「你這是幹麼？」

景鈺斜睨著他。「你不是想聽好聽的話麼？我出去讓衛峰給你找幾個嘴甜的人來。」

跟這小子鬥嘴，他就沒占過上風。雲隱收回手，提起茶壺往兩人的茶杯裡沏茶。

「我有時候都懷疑你是不是才十三歲。」無論說話還是做事，都太過沈穩冷靜，根本就看不到獨屬於少年時代的那種朝氣。

景鈺眸光微閃，重新坐回榻上。「或許是個老怪物也不一定。」

「嗤——」雲隱輕嗤一聲。「說你胖，你還得意起來？」

景鈺淺品著茶水，不語。因為只有他自己知道，那是事實。

這時，雲隱端正臉色，開始說起正事。

「南境那邊最近動作頻繁，戰事似有重起之勢，鎮南王現下亦無暇顧及兒女私情，看過那些證據後，只讓我轉告你一句話。」

景鈺神色淡漠。「什麼話？」

「留她一命。」

「呵！」景鈺嘴角勾起一抹嘲諷。「如他所願。」

雲隱臉色複雜地看著他。「你其實早就猜到了是不是？」

那個女人幾次三番要謀害他，可當他把所有證據都擺在親生父親的面前時，這位父親竟是讓他要留「她」一命。

一個不能生育的女人竟比自己的親生兒子還重要，他們這位黎國戰神也不知是怎麼想的。

景鈺淡漠的目光看向窗外。

「你以為我讓你把那些證據送到蒼起面前，是希望他能替自己的兒子做主嗎？」

雲隱雙目倏地瞇起。「你從未想過，要讓他為你做主？」

景鈺把目光落在他身上。「這種小事，又何須別人來為我做主？」

「那你又何必……」多此一舉？

景鈺慢條斯理的提起茶壺倒茶。「雖說無須他為我做主，但送到手裡的鎮南王府大權……我又豈能不要！」

雲隱深吸一口涼氣。「你不會是想……可他畢竟是你老子，而且現下還老當益壯。」

景鈺抬目睨他一眼。「我還年輕，等得起。」

雲隱只覺得，以後若是有了兒子，一定要好好跟兒子搞好關係，以免他長大以後跟他這個老子造反！

第四十九章

南溪在松竹齋買完筆墨紙硯，又去了另一條街買課桌。可惜走了幾家木匠鋪子都沒有買到適用於放在藥鋪後院那片簷下的課桌。

失望之餘，南溪忽然想到現代的那種窄桌，她把這種窄桌描述給木匠聽之後，木匠表示一日便可以做出來。

於是，南溪高興地付了訂金。「明日還請您把做好的窄桌送到東城的保安藥鋪。」

木匠是個曬得黝黑的糙漢子，他在褲管上擦了擦雙手，伸手接過訂金。「姑娘放心，明日天黑之前一定給您送到。」

南溪笑咪咪點頭。「那我便等明日驗貨了。若是師傅做出的桌子令我滿意，之後我可能還會找師傅訂做更多的木具。」

木匠一聽，大喜，忙道：「姑娘明日瞧好了，某的手藝包您滿意！」

南溪微笑著點點頭，便領著青鳶離開了木匠鋪子。

待走出一段距離後，青鳶才好奇問道：「姑娘，咱們後面當真要訂很多的木具嗎？」

「當然。」

青鳶抱著筆墨紙硯，亦步亦趨。「可咱們府裡不缺家具呀？」

南溪背著雙手。「我想把包子鋪的方桌都改成條桌，如此鋪子裡就可以容納更多的客人了。」

青鳶抓了抓頭髮，不是很懂。

回到藥鋪，南溪便把筆墨紙硯發給了三個孩子，大丫二丫如獲至寶，抱著就不撒手，三寶雖然還不懂這是什麼東西，但見到姊姊們那麼寶貝，他也吭哧吭哧地想把自己的抱起來。無奈他人矮力氣小，試了幾次都抱不起來。

南溪見他憋著一張小紅臉在那兒暗自使勁，便忍著笑幫他把紙包裡最重的硯臺給拿了出來，然後再把筆墨紙包好放到他懷裡。

「三寶，抱好嘍，把它們摔壞了你可就沒有了。」

「嗯。」三寶緊緊的抱著自己的筆墨紙，咧著一口乳牙。

第二日下午，木匠如期送來三張窄條木桌和三張木凳。

待把桌凳都安置在後院那片寬簷下後，南溪滿意地點點頭，高矮寬長都剛剛好，看來這位木匠師傅的手藝確實了得，只是聽她說了一遍要求便一點不差地把成品做出來了。

於是，南溪付完尾款便帶著一臉期待的木匠，去到了包子鋪。

正在包傍晚要賣的包子的芸娘見到南溪從門口進來，連忙擦乾淨雙手，迎上來。

「姑娘來了。」

在店裡幫忙的青寧和青瓷也連忙起身行禮。「姑娘！」

南溪微笑著讓她們忙自己的事，不用管她，便轉身對木匠師傅說起了自己的想法，以及她想讓木匠師傅做出什麼樣子的木桌。

木匠師傅認真聽完後，道：「姑娘能否畫一張圖出來，某好回去仔細地研究研究。」

對啊，可以把平面圖畫出來給木匠師傅看嘛，她怎麼就一時犯蠢了呢？

南溪懊惱地一拍額頭，隨後做了一個請的手勢。「師傅請隨我回藥鋪，我這就去給你畫圖。」

木匠師傅忙謙讓道：「姑娘請。」

臨近乞巧節，有許多姑娘、婦人們出來購買乞巧用的物品，無論是街道上還是各個茶肆酒樓裡，近日是人潮滿滿。

就連南溪開的兩家包子鋪裡都是座無虛席。

南溪見此，又乘機教劉青夫婦做了幾種現代的甜品小吃，讓他們在包子鋪裡推銷售賣。

經過第一批客人的眾口相傳，後來包子鋪裡又來了更多的客人，因此，接下來的幾日，包子鋪裡的小吃都是供不應求。

看著對面包子鋪裡一片黑壓壓的人頭，南溪彷彿看到了無數的銀錢飛進自己口袋。

看來在吃這一塊，古今都是共通的。

待到乞巧節這日，南溪給府裡的丫鬟婆子們都放了假，讓她們也到街上去瞧瞧熱鬧，而她帶著大丫二丫和三寶去到北城看乞巧比賽。

今日街道上到處都是人，比之前幾日簡直有過之而無不及，擔心大丫二丫被人群衝散，青鳶一直都牢牢牽著她們的手，三寶則是由南溪高高抱著。

知道今天人多，南溪特意叫上了府裡的幾個護院來幫忙開道。

然而即便如此，幾人還是花費了一些時間才來到北城舉辦大賽的一條中心街道。

青鳶帶著大丫二丫跟著自家姑娘，好不容易擠到一處乞巧比賽地，再往回一看，全是人牆，不由咂舌感嘆。「今年的人怎麼看著比去年還多出好多！」

旁邊一位同是丫鬟打扮的綠衣姑娘聞言，開口道：「是皇后娘娘頒了懿旨，今日在幾個項目中奪魁的姑娘，可以進宮參加百花宴。所以，幾乎全城的姑娘都出動了。」

青鳶這才恍悟。「怪不得街上這麼多人呢，能進宮拜見皇后娘娘，那會是多大的榮耀啊！」

綠衣丫鬟面露得意地道：「我家小姐就在上面參加穿針引線比賽，待我家小姐奪得魁首，便能進宮面見皇后娘娘了。」

青鳶抬頭望向穿針引線的那方場地。「不知哪一位是妳家小姐？」

綠衣丫鬟剛抬手要指，就見一位橙衣少女氣哼哼地朝這邊走了過來。「回府！」

「是！」綠衣丫鬟連忙跟在橙衣少女身後離開了此處。

「噗，剛才還大言不慚的說自家小姐能得魁首，結果竟是第一輪就被淘汰了。」青鳶笑得有些幸災樂禍。

乞巧節今年的比賽項目是穿針引線，用瓜果雕刻出各式各樣的形狀，製作小燈籠和一些小巧手工。

一整條街逛下來，看得南溪是目不暇接，在心中暗自拍著巴掌。

自穿越來到這個時空，她還是頭一次見到這麼盛大的場景，逛著逛著，竟是有點樂不思蜀了。後來還是三寶拍著自己的小肚皮，一臉委屈對她說「餓餓」，南溪才驚覺時間已過晌午，便領著眾人，找了一家就近的茶肆歇腳。

可這家茶肆的生意實在太好，店鋪裡的點心已經全部賣完，只有茶水可供應，看著三個小的可憐巴巴的小眼神，南溪擰了擰眉。

再怎麼樣也不能餓到孩子，她正準備去找茶肆老闆商量能否借他廚房一用，卻見衛峰從二樓下來。

「南大夫，我家主子樓上有請。」

南溪微微一挑眉，領著三個孩子便上了二樓。待她推開房門，一股飯菜的香味便撲鼻而來。

「三寶餓餓！」三寶更是忍不住流口水。

景鈺就坐在桌子的一方，看著南溪領著孩子進來，便道：「老早就看到你們往這邊走，待我吩咐人把飯菜都做好，妳卻還沒走到此處。」

南溪把三寶放在凳子上，看著一桌子的菜，驚訝道：「這家茶肆不是只供點心不供飯菜的嗎？你怎麼……」

景鈺拿起筷子，挾了一隻雞腿給直流口水的三寶。「有錢能使鬼推磨。」

南溪竟無言以對。

讓大丫二丫過來坐下後，她問：「你怎麼會在這兒？」

景鈺拿起一雙乾淨筷子放到她手裡，抬頭問：「妳不餓？」

「餓啊！」

景鈺拉著她坐下。「餓就先坐下吃飯。」

南溪瞄了他一眼，決定先聽他的。

半炷香後，青鳶把吃飽喝足的三姊弟帶出了房間。

南溪喝著飯後茶，睨著景鈺。「你這一桌飯菜是特意為我們準備的？」

景鈺垂首整理著衣袖。「我與人在此商談事情，先前瞧到妳領著一幫人在那裡看熱鬧，便猜想你們會進這家茶肆歇腳……」

她眉梢一挑。「所以你就留在此處等我，並準備了這一桌飯菜？」

「嗯。」景鈺頷首。

南溪彎起眉眼，跟他道了一句多謝，便問起了另一件事。「我上次便想問你，那些南蠻人已經全部抓住了嗎？」

「明面上的，京兆府已經全部抓住。」景鈺端起茶杯淺品了一口茶。

南溪偏頭看他。「暗處還有？」

「嗯。」他放下茶杯。「上次那個伶館只是他們其中一個據點，一些南蠻細作還藏在別處。」

南溪擰眉。「這些人可還會對你不利？」

景鈺給她杯裡添滿茶水。「那樣正好，我正愁找不著他們。」

見他一臉從容自若，南溪便也不再擔心。

「聽說這次乞巧節，皇后娘娘會邀請奪得魁首的姑娘進宮參加百花宴？」

景鈺修長的手指輕輕敲在杯沿上。「太子已經成年，該選太子妃了。」

南溪睜大眼睛。「原來皇后是為了給自己相看兒媳婦？」

「由王淑妃所出的三皇子與太子同歲，皇后此舉不定是為誰。」

南溪放下茶杯。「原來是醉翁之意不在酒。」

景鈺抬眸看她。「妳待會兒可還要繼續去逛？」

南溪搖頭。「不了，三寶吃過午飯就要睡會兒午覺，大丫二丫也是，我得先送他們回去。」

景鈺垂下眼。「妳可以讓青鳶把他們三姊弟送回去。」

她蹙眉。「我一個人逛也沒什麼意思。」逛街要人多才熱鬧。

我這麼大個人妳看不見？「……我接下來無事，可與妳作陪。」

南溪眼睛一亮。「那行，我先去吩咐青鳶把三個小的送回去。」

景鈺眼底含笑地點頭。「去吧！」

之後，她便帶著景鈺把辦乞巧節的這條街道又走了一回，直到看到所有乞巧項目都分出了勝負，她才意猶未盡地打道回府。

「要我說，雕刻瓜果跟手工製作這兩個項目是最精彩的，你說同樣都是一雙手十根手指頭，怎麼就有姑娘的手能那麼巧呢？」

景鈺側目睨著她。「妳的手也不差，能拿起銀針救人，也能洗手作羹湯。」

南溪抬頭，笑看他一眼。「被你這麼一說，我突然覺得我也滿厲害的。」

景鈺雙手背在身後，忍住想揉她頭髮的衝動。「妳本就厲害。」只是平常不顯山不露水罷了。

乞巧節比賽結束後，人群也開始陸續散去，景鈺抬起手把人群與南溪隔開，並讓衛峰在前面開道。

南溪前後瞧了瞧，道：「不若咱們就先找個地方避一下，等人群散得差不多了再走？」

「嗯。」景鈺抬眼觀察了一瞬，便帶著南溪來到一處屋簷下，等待人潮退去。

看著街上擁擠的人群，她擰起秀眉。「怎麼沒看到官府的人出來維持秩序？人群這樣擁擠，很容易發生踩踏事件。」

景鈺聽了，向衛峰使了個眼色，衛峰收到後，轉身離開。沒過多久，這條街上便來了幾十個官差維持秩序。

待人群散得差不多時，南溪和景鈺才不急不緩往回走。

兩人到了一條十字路口，景鈺正要問她是去東城藥鋪還是回西城南府，餘光卻看見一女子從身後撞來，他忙長臂一伸把南溪拉到懷裡。

她正一臉懵時，忽聞地上傳來一女子的痛呼聲。「啊！」

她推開景鈺，低頭看去，就看到一個穿藕色襦裙的女子摔倒在地上。

南溪禮貌地出聲問：「這位姑娘，沒事吧？」

那女子搖了搖頭，撐著摔破皮的雙手從地上緩緩爬起，而後又急切在尋找著什麼。南溪彎腰拾起腳邊的荷包。「姑娘可是在找這個？」

女子見了，忙伸手去接，卻在目光觸及某處時，神情忽然一愣，不過很快，她便低下了頭。

「多謝……恩公。」

不過是幫她撿起個荷包，怎麼就叫上恩公了？南溪微笑道：「不用客氣。」隨後便和景鈺先行離開。

穿藕色衣裙的女子卻站在原地，望著她離開的身影看了許久。

這邊，景鈺眸光複雜地睨向身旁的少女。

他剛才一時情急，失禮地把人拉到懷裡，本以為她就算不會斥責也會有些害羞吧？結果呢，這丫頭卻像什麼都沒發生過一樣，還淡定關心別的女子，完了又淡定與他邊走邊聊的。

她這是沒心眼，還是根本就沒把他當作是一個男子？

不得不說，他在南溪眼裡就是一個小男孩，十三歲，在現代說不定小學都還沒畢業呢，她能起什麼旖旎心思？

雖說他現在身高已近七尺，五官也越來越俊美，說話做事也還挺沈穩，但架不住年齡擺在那裡啊！所以南溪一直把他當作弟弟來疼愛，一點歪心思都沒起。

「到了！」南溪站在桐子巷巷口，對景鈺說道：「就送到這裡吧。」

景鈺抬眼看向她身後的巷道。「這裡離南府還有一段距離。」

南溪抬起手指，指了指天空。「天快黑了，你還是早些回鎮南王府吧。」

「無妨，走吧。」景鈺仍是堅持要送她到南府門口。

看著南溪的身影消失在大門內，景鈺才轉身離開。

他今日，其實是特意等在那裡的。得知皇后下的懿旨後，他便擔心她會去參加乞巧節的比賽，藉由奪魁的機會混進皇宮。

太冒險了！

所以，他才一大早就在附近的茶肆裡守著，想著無論如何也要阻止她進宮。

好在，她並沒有去報名參加比賽……

月華初上，夜空中繁星點點。

南府二進院的庭院裡，幾個小丫鬟正在設案擺放瓜果小食，準備待會兒祭拜天上的織女。

南溪倚在簷下的一根廊柱旁，搖著一把圓扇看著。

待一切準備就緒，青鳶小跑至她身邊。「姑娘，東西都已擺好，您可以開始祭拜了。」

「嗯。」她收好扇子，走到香案前面，招手讓四個丫鬟過來。「咱們一起祭拜。」

身為現代穿越者的她，雖然不信這些，但還是要入鄉隨俗的。

「謝姑娘！」丫鬟們聽了，連忙高興地站到南溪身後。

祭拜完織女，南溪便讓幾個丫鬟把香案上的東西拿去分了，自己則回到房間，一個人站在窗臺前，望著天上的新月出神。

她豈會不知道，景鈺今日所作所為是為阻止她進宮。

只是錯失了這次進宮的機會，也不知何時才能再有下次……

第五十章

半月之後，南溪帶著府裡的四個護院和劉婆子去了山莊。四個護院是去幫忙翻地幹活，劉婆子則是去給大夥兒做飯。

山莊裡沒有種蔬菜，也沒有足夠的米糧，所以這次趁著人手夠，南溪便租了兩輛牛車，買了足足兩牛車的東西帶去山莊。

到了山莊，趁著大家都在幫忙卸東西，南溪來到山下把附近每一塊土地的土質都研究了一番，如此等到栽種草藥時，她心裡便有了譜，知道哪塊地適合種什麼草藥。

下午，等幫忙的村民來到山莊，南溪把他們跟四個護院召集一起，簡單說了一下她要把那些地翻成什麼樣子，以及有的地方還要挖一些溝壑後，便隨大夥兒一起下山幹活。

王屠夫有些心疼地阻止她。「姑娘不必下地，屬下去看著就行。」

南溪扛著鋤頭走在一條田埂上。「無妨，反正我也閒著。」

王屠夫勸說無果，只好跟著她下同一塊地，幫她多翻一些土。

就這樣，經過大夥兒齊心協力的努力，山下的十畝農田沒過兩日便翻好。之後是給一些沒水的乾地灌水，待把土壤灌潮濕以後，便開始往每塊地裡撒不同的草藥種子，再施肥……

如此一番忙碌下來，時間已經過去十日。

這日，天晴氣爽，南溪戴著頂破邊草帽，正在地裡插著稻草人，忽聞道上傳來一陣馬蹄聲。

她伸手擋住刺眼的陽光，瞇眼看向道上，就見一青衣少年騎著一匹白馬，逆光而來。

須臾，白馬在不遠處停下，青衣少年俐落地翻身下馬，向她走來。

看著捲起褲管和袖管，呆站在地裡的南溪，景鈺嘴角幾不可見地微微上揚。

「你這身打扮，讓我瞬間回到了桃花村那會兒。」南溪在衣服上擦了擦手，從土地中央走過來。「你怎麼來了？」

待她走近，景鈺伸出一隻手拉她上了大道。「我不能來？」

南溪咧出一口大白牙。「能來，當然能來，你可是我東家。」

景鈺在她頭上輕敲了一記。「不錯，還記得我是妳東家。」

白了他一眼後，南溪領著他回山莊。

兩人回到山莊，南溪換下幹活的衣服後，就陪著景鈺在山莊裡逛了一圈。

「怎麼樣？是不是有一種煥然一新的感覺？」

原本冷清的山莊，如今到處都充斥著人氣，而且這莊院裡擺放的一景一物跟某個地方何其相似。

景鈺目光複雜地看著南溪。「妳把山莊規整得跟妳在桃花村的小院一模一樣，難道是想長住於此？」

「若是可以，我倒真想長居在這裡。」南溪背著雙手，朝前走。「可惜，朝陽城裡還有那麼多事等著我去做。」

景鈺與她並肩而行。「若真喜歡這裡，妳以後可以每月來此小住幾日。」

南溪扭頭，對他嫣然一笑。「知我者小景鈺也，我就是這麼打算的。」

他眸中含笑。「可要我幫妳找人看護著山莊？如此，即便妳人不在這裡，也會有人打理莊裡的一些瑣碎。」

南溪搖頭。「看守山莊的人我已經找好了，是劉婆婆的兒子和兒媳。」

景鈺頷首。「這兩人的秉性如何？」

南溪湊近他，小聲道：「我讓王伯悄悄去劉婆婆家附近打聽了一下，然後周圍鄰居都說這對小夫妻為人挺好的，跟劉婆婆一樣，都是老實本分的人。」

她突然靠近，讓景鈺一時間有些局促。

「如……如此便好。」

南溪卻不察，又帶著景鈺到後山去看新開墾出來的土地。

「這塊地是專門開墾來種蔬菜的，我還讓村民幫忙在莊院後側搭了一個屋棚，方便劉婆婆的兒子媳婦以後養些家禽。」

到了晌午，劉婆子剛把午飯做好，王屠夫和四個護院便相繼從山下收工回來。

之前，南溪都是跟著大家一起吃大鍋飯菜，所以今日，她也是端了劉婆子做的飯菜給景鈺吃。

看著他緊緊擰起的眉頭，南溪支吾著開口。「呃……其實劉婆婆做的大鍋飯挺好吃的。」

她知道他一向嘴刁，劉婆婆煮的大鍋飯定是不會合胃口，可山莊的廚房只有一個，先前劉婆婆一直在那裡忙碌，她實在不好去占用，便只能委屈一下他了。

「嗯。」景鈺端起飯碗，就那樣吃著白飯。

南溪有些看不下去，乾脆挾了一筷子青菜放他碗裡。「你嚐嚐這個青菜，劉婆婆炒得很好吃的。」

景鈺的筷子頓了頓，最後還是把碗裡的青菜吃了。

南溪彎著眉眼。「怎麼樣？也不是難以下嚥，對吧？」

「嗯。」他繼續扒白飯。

南溪又給他挾菜，他又吃了，然後繼續扒白飯，就是不肯自己伸筷子去挾菜。最後，她只得一直給他碗裡挾菜。

粗心大意的她，並沒有注意到某人眼底溢出的笑意。

景鈺在山莊待到了近傍晚，還跟著南溪一起到地裡，給那些被鳥啄食了的地方重新撒上種子。

臨走時，景鈺問送下山來的南溪。「妳打算什麼時候回城？」

南溪望向不遠處的田地。「待這些草藥種子都發出新芽之後吧。」

景鈺抿著唇。「妳想等它們自然發芽？」那要等到什麼時候？十天還是二十天？

南溪搖頭，小聲道：「不是，等王伯他們把引水溝挖好，每塊地裡都引水入土後，我就會讓新芽長出來了。」

這還差不多。景鈺點點頭，翻身上馬。「我在朝陽城等妳。」
南溪向他揮著手。「朝陽城見。」
景鈺深深地看了她一眼，而後騎馬離開，衛峰也趕緊跟上。
晚霞餘暉映射在大地上，給方圓百里的青山綠水蒙上了一層薄薄的橘黃面紗。
官道上，兩匹駿馬飛馳而過，揚起地上滾滾塵灰。
離開山莊的景鈺並沒有回朝陽城，而是一路向東去了鄴城。
鄴城邊界的雙峽谷，近幾年山匪橫行，搞得過往商隊是苦不堪言，當地官府曾多次派人圍剿，結果都不盡如人意。
前幾日，蒼起因為對這個兒子的愧疚，把鎮南王府的管事大印送回來給他，隨後，嘉禾帝便宣他進宮，談起了這山匪之事。
他知道，這是嘉禾帝對他的試探，所以便順著嘉禾帝的話，稱自己願意帶兵前往雙峽谷剿滅山匪。
待來到一個岔口時，景鈺從懷裡掏出一塊權杖，扔給跟在身後的衛峰。
「你拿這個權杖去找鄴城城府，讓他派出五百精兵趕往雙峽谷。」
衛峰小心把權杖收好。「主子小心！」說完，便勒轉馬頭，奔往另一條道。
南溪剛回到山莊一會兒，劉婆子便來找她。
「姑娘，俺家牛子跟俺兒媳明日就能來莊裡。」

她微笑道：「甚好，他們第一次來怕是不識路，明日還要煩勞劉婆婆下山一趟了。」
劉婆子笑得臉上堆起了褶皺。「應當老婆子去接的，姑娘放心。」
於是次日，劉婆子給大夥兒做好早飯，便高高興興地下山去接自己的兒子媳婦了。
清晨，南溪把王屠夫帶到山下一處長滿荊棘的地方。
「王伯，我想在這裡挖一個像桃花村那樣的蓄水坑，你看可行嗎？」
王屠夫觀察了一下地形，點頭。「此處地質潮濕，確實是個蓄水的好地方，只是這遍地的荊棘刺藤處理起來頗有些麻煩。」
南溪看著他微笑道：「既然您覺得可行，那還煩勞您再去找些村民來幫忙，咱們下午就開始挖。至於這些荊棘，我來處理。」
「是。」
王屠夫雖然很好奇南溪會如何處理這些荊棘，但也沒多詢問，只領命去找附近的村民來幫忙。
等他走遠，南溪回頭看向那遍地的荊棘刺藤，須臾，抬手打了一個響指——
「枯！」
一大片翠綠的荊刺在瞬間枯萎，然後葉落藤朽。
隨後，她掏出火摺子，放在一片枯葉底下輕輕一吹，星星之火便以燎原之勢點燃了遍地的枯藤。熊熊火焰如猛獸一般，吞噬著這片荊棘之地。
南溪扛著把鋤頭守在旁邊，防止火勢延伸至其他地方。很快，枯朽的荊棘藤蔓被燒成灰燼，火勢也開始由大變小直至熄滅。

直到確定所有的明火暗火都已經熄滅，她才扛著鋤頭，哼著小曲，離開了此處。

回到山莊，南溪剛把鋤頭放在鋤具房出來，劉婆子就帶著兒子兒媳來給她見禮。「姑娘，這便是俺的兒子牛順，兒媳阿娥，還有俺孫子牛蛋。牛子阿娥，這便是姑娘，還不趕快行禮。」

牛順和阿娥牽著四歲的兒子，忙跪下行禮。「見過姑娘。」

南溪把人扶起來。「不必多禮，這兩日先讓劉婆婆帶你們熟悉一下環境，以後山莊就交給你們打理了。」

「是。」

隨後，南溪又看向劉婆子。「劉婆婆可把他們的住處安排妥當了？」

劉婆子俯身。「姑娘放心，奴婢都安排好了。」

她低頭看著站著都在打盹的牛蛋，笑道：「且先帶他們去住的地方看看，不急著其他事情。」

劉婆子也看到了在打盹的孫子，忙心疼地帶著一家三口去了她為他們安排的住處。

下午，王屠夫找來十幾個村民幫忙挖蓄水坑，加上他和四個護院以及剛來的牛順，南溪燒出來的那片荊棘之地，不足兩日就變成一個又大又深的蓄水坑。再經過一天的挖渠引水後，蓄水坑已經可以開始蓄水。

又過了兩日，南溪悄悄把所有草藥種子催生出新芽，給每一塊地裡都插上了稻草人，便收拾好東西帶著眾人回了朝陽城。

傍晚，暮色從天邊伸展開來，把天上的蔚藍漸漸變成了一片灰色。

南溪坐在堂屋的太師椅上，一邊搖著蒲扇，一邊聽著青鳶講述她不在這段時間所發生的事情。

「……藥鋪裡還是像往常一樣，每日來抓藥的人比看病的人多，倒是兩家包子鋪裡的客人是越來越多了。還有，姑娘不在的時間，大丫二丫都特別聽話，每日下午都來藥鋪完成您佈置的作業，就三寶偶爾會淘氣惹惱兩個姊姊。林大夫不忙的時候，也會去後院察看三姊弟的功課，還教了他們一首詩呢！倒是鐘離公子，前幾日匆匆出了南府後，到現在都沒有回來。」

南溪淡淡地端起茶杯喝茶。「他走的時候可有留下什麼話？」

「說是要回老家一趟。」

「既然是回他老家鄴城，那他一時半會兒怕是回不來。」南溪放下茶杯，繼續緩慢地搖著扇。「朝陽城裡呢？這段時間可有什麼新鮮事發生？」

青鳶有些興奮地道：「有有有，姑娘還記得在乞巧節上奪得那些項目魁首的人可以進宮，參加皇后娘娘舉辦的百花宴這事吧？」

南溪疑惑。「記得，怎麼了？」

「皇后娘娘在那幾位奪得魁首的姑娘裡，挑選了一位太子妃和一位太子良娣。還有淑妃娘娘，也為三皇子挑選了一位側妃。」

南溪左手叩擊在桌面上。「不知被選中的這三位魁首，是哪些重臣府上的千金？」

青鳶一雙眼睛亮晶晶地看著南溪。「姑娘怎麼猜到這幾位姑娘乃是重臣之女？」

南溪挑了挑眉。這不是顯而易見的事情嗎？皇后娘娘和淑妃會挑選門不當戶不對的姑娘做兒媳婦？

青鳶自顧說道：「聽說被選上太子妃的那位姑娘，是當朝宰相孟廣義的嫡親孫女。被選上太子良娣那位，亦是工部尚書的二女兒。」

南溪的手指繞著杯沿畫著圈圈，隨口問道：「被王淑妃選上做三皇子側妃的那位姑娘呢？」

青鳶蹙了蹙眉。「那位好像是王淑妃的娘家姪女，聽說在王家不是很受寵。」

嗯？不受寵都能被王淑妃選上，這裡面怕不是有什麼貓膩？打了個秀氣的哈欠，她起身。「時辰不早了，回房休息。」

「奴婢這就去給您備水。」青鳶忙轉身去廚房備水。

翌日，南溪披著晨風來到藥鋪，齊掌櫃連忙拿出這個月的帳本給她過目。

待到了下午，送三姊弟過來唸書的芸娘也帶著兩本帳本過來。

「姑娘，這是兩家包子鋪這個月的帳本。」

南溪有些驚訝地接過帳本。「這是誰幫你們做的帳本？」

因為劉青夫婦不識字，南溪之前並沒有要求他們夫婦倆做帳，只讓他們把成本錢扣除後，把剩下來的銀錢拿給她就行。這樣做雖然乾脆簡單，但其實懂的人都知道，裡面有很大的漏洞。
如果劉青夫婦生了二心，完全可以借此大做手腳。
南溪本打算忙完山莊的事，就給劉青夫婦招一個會識字的副手，以後就可以讓那位副手來做帳。卻沒想到劉青夫婦竟是主動做起了帳，只是這個帳本又是誰幫他們做的？
芸娘笑著把大丫拉到南溪跟前來。「是大丫幫俺們做的。」
「大丫？」南溪這下是真的驚了，連忙翻開兩本帳本察看，就見那裡面的字雖有些歪扭，但基本都識別得清楚。最重要的是，她把每一日的出入明細都記得清清楚楚。
南溪一臉震驚地看向大丫。「大丫，妳是如何學會寫帳本的？」
她只是教了大丫二丫讀書識字，根本就沒有教她們做帳啊！
大丫紅著臉蛋，有些害羞又有些靦腆地道：「我以前聽阿爹阿娘口頭算帳的時候，就把他們說的那些方式默默記在了心裡。那日，我看到掌櫃爺爺手裡拿著一本帳本，便好奇湊過去看了一眼……」
南溪嘴巴微張。「只看了一眼，妳就舉一反三學會了自己做帳？」
大丫點點頭。「我不會寫的字，都把形狀畫出來了，南溪姊姊若是有哪裡看不懂，可以問我。」
南溪又快速把兩本帳本大略翻了一下，然後拉過大丫，激動地在她臉上狠狠啵了一口。
「大丫，妳真是太厲害了！」
得到誇獎的大丫彎起杏眼，咧起嘴角，心裡是止不住的開心。

既然大丫有這方面的天賦，那就加強培養。接下來的時間裡，南溪除了教三姊弟讀書識字，還會拿一些藥鋪裡的舊帳本給大丫看。

景鈺來藥鋪找她的時候，她就在後院教大丫如何更快捷簡便地算帳。

站在旁邊看了好一會兒的景鈺，看到她教大丫用阿拉伯數字快速算出結果的時候，驚訝出聲。「妳是如何想到用這種符號來代替傳統數字的？」

是要裝逼？還是老實說呢？

「……我也是在一本雜記裡看到的，你知道，我小時候看的那些雜記什麼稀奇古怪的都有。」

「妳那些雜記我基本都看過。」景鈺雙手攏進衣袖，似笑非笑地看著她。「除了妳所說的，那本記載了許多稀奇古怪東西的雜記。」

第五十一章

南溪開始打哈哈。「所有的雜記都在，就唯獨那本怎麼也找不到，你說奇怪不奇怪？」

景鈺睨了她一眼。「是挺奇怪。」

「咳……你怎麼來了？」南溪趕緊岔開話題，見三寶開始在兩個姊姊的桌前搗亂，她彎腰把他抱起，並往一邊走去。

景鈺跟著她來到一旁。「來看妳啊。」

南溪卻在這時發現他左邊脖子那裡有一條大概三寸長的傷痕，立即道：「你又受傷了？」

景鈺順著她的目光，抬手摸了摸自己的脖子。「在雙峽谷圍剿山匪的時候，不小心傷到的。」

南溪連忙放下三寶，湊到他跟前。「給我看看！」

景鈺偏著頭，給她看傷口。「只是劃破了一點皮，無妨。」

傷口看著確實比較淺。南溪放下心來，盯著他的眼睛問道：「你什麼時候跑去剿匪了？」

景鈺整了整領襟。「那日從山莊離開之後。」

南溪聽了，又是氣不打一處來。「你那日怎麼不跟我說？」

景鈺與她對視。「不跟妳說是不想妳擔心。」
南溪不知道要怎麼說才好。「你怎麼突然跑去剿匪？」
「奉了皇命。」
她抿了抿唇。「那些山匪剿滅了嗎？」
景鈺點頭。「虎嘯山三千餘山匪已被盡數剿滅。」
已被盡數剿滅就好。南溪沒好氣地睃他一眼。「舊傷才剛好，現在又添新傷，你就不能顧惜一點自己的身體？」
景鈺受教般重重點頭。「我以後一定好好顧惜自己的身體。」
難得他有這麼聽話的一面，南溪決定大人大量，放過他這一次。
她牽著三寶找到一個位置坐下，然後趾高氣揚地道：「說說看，你是如何剿滅那些山匪的？」
景鈺走到她身旁坐下。「那日，我與衛峰兵分兩路……」
酉時三刻，景鈺從保安藥鋪出來，坐上馬車回了鎮南王府。
剛回到王府，就碰到穿得像粉蝴蝶一樣的王麗芝從王妃居住的北殿出來。
「麗芝見過小王爺。」
景鈺目光冷冷地看著這個故意衝過來擋住去路的女子，薄涼的唇瓣輕啟。「滾。」
特意掐好時間出來的王麗芝，瞬間僵在原地。

衛峰見她遲遲不挪腳，便皺眉上前一步，用劍鞘把人往旁邊推開，給景鈺完美地清理了路障。

看著主僕二人離去的背影，王麗芝差點咬碎了銀牙。

她都為他放棄進宮當皇子妃了，他卻一而再再而三踐踏她的自尊，傷她的心！

主僕二人來到書房，衛峰才向景鈺稟報道：「主子，鄴城那邊傳來消息，如今關押在鄴城大牢的龍虎寨大當家不是真的大當家，而是二當家龐雲虎。據那些受不了刑的山匪交代，除了龐雲虎，他們這些人幾乎沒見過大當家龍躍的真面目，而且那人還說，龍躍已經離開龍虎寨有一段時間。」

景鈺把一張白紙攤開，開始提筆在上面作畫，片刻後，一個戴著夜叉面具，眼神邪魅的男人便躍然紙上。

他把畫好的畫像交給衛峰。「把這幅畫像交給鄴城城府，讓他全力搜捕龍躍。」

「是。」衛峰收好畫像，轉身離開書房。

是夜，南府二進院的正房裡，南溪正拿著一把小算盤在那裡噼哩叭啦算著南府這幾個月的支出，和藥鋪、包子鋪那邊的收入。

青鳶在一旁為她添茶加水。「姑娘，您都算這麼久了，歇歇吧。」

南溪接過茶盞，淺抿了一口茶水。「馬上就算好了，妳若睏了就先下去休息吧。」

青鳶搖頭，把桌上的蠟燭往這邊移近了一些。

「奴婢不睏。」說完，她看向桌上那幾本帳本，好奇問：「姑娘，這些您都算出來了嗎？咱們這幾月究竟賺了多少銀錢啊？」

南溪撥著算盤，核算最後的總帳。

「藥鋪因為每月要義診的原因，收益未幾，只兩家包子鋪有些盈利。」

但賺的也都是些小錢。看來，她得學學那些穿越前輩，多想一些賺錢點子。若不然，她怕是就養不活這一大家子人了。

小半炷香後，南溪合上帳本，打了一個長長的哈欠。總算是算好了。

讓青鳶把帳本都收走後，她便走到窗前準備關窗休息。卻在這時，看到一抹黑影在月色下一閃而逝。

南溪目光一凝，旋即從窗臺躍了出去。

「什麼人？」

三進院裡，南溪飛出一枚暗器擊向前方黑影。黑影似有所感，連忙一個空中翻身，才堪堪把暗器避開。

然而，就在落地的瞬間，第二枚暗器又緊隨而來。這次他避之不及，左手臂直接被暗器刺中。

「唔！」

與此同時，南溪飛身落在黑影身前，見他欲逃，便道：「我在飛刀上塗了致命的毒藥，你若提氣只會死得更快。」

黑影欲跑的動作一僵。

見此，她抱著雙臂，慢慢踱步走到黑影正面，目含嘲諷。「鐘離公子這身打扮，是為何意？」

鐘離玦輕笑一聲，緩緩扯下蒙面的黑巾。「沒想到竟被南姑娘一眼就認出了。」

南溪微瞇起雙眼，一錯不錯地盯著他。「鐘離公子為何這身打扮翻牆入南府？」

鐘離玦嘴角噙著笑，與她對視。「若我說，我是不想打擾到府裡的人休息才翻牆入府，妳可信？」

南溪嘴角勾起一抹嘲諷。「你覺得呢？」

鐘離玦卻似笑非笑地睥了一眼自己的左手臂，那裡此時還鑲嵌著一枚飛刀。「不知這飛刀上的毒，可會堅持到我回答完問題才發作？」

這麼怕死？南溪眼底的嘲諷越發濃郁。「飛刀上沒毒，我剛才騙你的。」

就在這時，王屠夫衝進三進院裡。「姑娘，可有事？」

還不待南溪開口，王屠夫又一劍刺向背對著他的鐘離玦。鐘離玦聞風而動，快速向側邊避開。

南溪這時出聲制止。

「王伯，先別動手。」

片刻之後，幾人移步到鐘離玦的房間。

南溪坐在桌旁的凳子上，漠然看著鐘離玦取下手臂上的暗器，王屠夫安靜且戒備地護在她身後。

「鐘離公子忙完了嗎？」

鐘離玦把取出的飛刀扔在桌上，又從懷裡掏出一個瓷瓶給傷口撒藥。

「南姑娘想知道什麼？」

南溪手指叩擊在桌面上。「你究竟是什麼人？為何假扮書生潛伏在我身邊？你有什麼目的？」

處理好傷口的鐘離玦抬起頭。「我本就是今次春闈應考的書生，並未假扮。」

「既如此，你為何又要隱瞞自己會功夫的事實？」

「我並未隱瞞啊，一直都是你們在自以為我不會功夫，不是嗎？」

狡辯！

「那今夜呢？你要如何解釋？」

鐘離玦輕笑。「我說了，我只是不想麻煩阿田幫我開門，便自己翻牆進來了，結果卻被妳誤認成賊人。」

南溪靜默地盯著他看了一瞬，隨後冷漠道：「既然鐘離公子不能以誠待之，那我這小小的南府怕是也容不下你這位貴客了。」

鐘離玦聞言一怔，隨後似是苦笑般地說道：「鐘離之言，句句屬實，若南姑娘不信，我亦無法。只是如今已過夜半……南姑娘可否再多容鐘離一日？讓鐘離明早再走。」

「可以。」南溪淡漠頷首，而後帶著王屠夫離開。
出了三進院，她對王屠夫道：「王伯，明日幫我留意鐘離玦的去向。」
王屠夫點頭。「屬下明白。」
次日，南溪剛起床，青鳶便端著洗漱的木盆進了房間。
「姑娘，奴婢剛才看見鐘離公子揹著個包袱出府了。」
南溪接過她遞來的帕子，冷淡地「嗯」了一聲。
青鳶還在那裡百思不得其解。「鐘離公子究竟是什麼時候回府的呢？」
南溪洗好臉，把帕子放回木盆裡。「讓李婆婆去三進院把鐘離玦住的那間房打掃一下。」
「是。」青鳶端著木盆離開。
南溪走到梳妝檯，給自己梳了一個簡單的單螺髻。
收拾好自己，準備去膳房用早膳的時候，李婆子急匆匆找來。
「姑娘，這是老婦在鐘離公子房間發現的。」
南溪伸手接過李婆子呈上來的一封信和一個灰色荷包。
「先下去吧。」
待李婆子走後，她掂了掂手裡的荷包，挺沈的。隨後撕開信封，抽出裡面的信紙細看。
只須臾，她便把信紙塞回了信封，把荷包裡的銀子倒在桌面上數了數。
一共有八百兩。嗯，這人還算誠信，知道在臨走前把這幾個月欠的帳還清。

把銀子收好，南溪帶著青鳶去了藥鋪。

到了藥鋪裡，她還是像往常一樣，病人多的時候幫著一起看診，不多的時候就讓林靜之一個人坐診，她則跑去搗弄草藥。待到了下午，又到後院去教大丫三姊弟讀書識字。

如此，一天很快就過去。

夜色融融，天幕上只有繁星點點，不見月亮的半點影子。

南溪坐在窗前，任青鳶為她絞乾濕髮。

「今兒七月十幾了？」

青鳶手下動作輕柔。「姑娘糊塗了，今兒已經是七月二十七了。」

南溪恍然地哦了一聲，竟是七月二十七了，再過幾日便是胖虎和景鈺的生辰了。

他們倆的生辰只差一天，胖虎是八月初五，景鈺是八月初六。

往年他們生辰，她都是送一些自己縫製的小物件。今年呢？也送他們小物件嗎？給胖虎的生辰禮物都是由秦叔帶去秦家莊給胖虎，可今年，她不在桃花村，無法讓秦叔幫忙帶。

正糾結時，一陣敲門聲和王屠夫的聲音同時從屋外傳來。

「姑娘可是歇下了？」

南溪忙起身走出內室，去打開房門。「如何？」

王屠夫俯身站在屋外。「鐘離玦離開南府後，便一路去了城外的常道觀。」

「常道觀？」南溪擰著眉思忖。他去那裡做什麼？

「屬下在道觀外守至天黑，也未見到他離開。」

南溪沈吟。「王伯，辛苦你再去道觀裡守上幾日，若鐘離玦之後都無異常，便不用再管他了。」

王屠夫垂首，抱拳。「屬下明白。」

與此同時，鎮南王府書房。

衛峰正在向景鈺稟報從鄴城傳來的消息。

「鄴城的府衙大牢，前日曾有人混進去，想把龍虎寨的人滅口。好在牢頭發現得及時，敲響了獄鑼，才沒有得逞。」

景鈺一邊慢條斯理地處理著府中事務，一邊聲音淡淡問：「人呢？可有抓到？」

衛峰垂首。「沒有，被那人逃脫了。鄴城郡守懷疑，此人便是龍虎寨的大當家龍躍。」

景鈺聞言，抬起頭。「通知鄴城郡守全城戒嚴，務必把龍躍緝拿歸案。」

「是。」

「退下吧。」景鈺埋首，繼續批閱案桌上的摺子。

衛峰俯身，悄聲退下。

房裡一時間安靜下來，直到一陣敲門聲響起。

景鈺頭也沒抬。「何事？」

門外，一道似是刻意壓低的聲音響起。

「王妃在問冰雪燕窩什麼時候會有？她老人家想吃得緊。」

景鈺寫字的手一頓。「告訴王妃，王府近日需縮減開支，冰雪燕窩暫時沒有了。」

「……是。」

鎮南王府北殿，柳惜若虛弱無力地靠躺在貴妃椅上，眼神迷離。

「石榴，去廚房看看，我的冰雪燕窩怎麼還沒端來？」

「是。」

她的貼身丫鬟石榴，正要去廚房查看，卻見柳惜若的乳娘桂嬤嬤腳步匆匆地跨進了門檻。

她忙屈膝行禮。「桂嬤嬤。」

桂嬤嬤越過她，直接來到柳惜若跟前。

「王妃，奴婢剛才去廚房給您端冰雪燕窩，卻被廚房的人告知，王妃以後的冰雪燕窩都沒有了。」

「什麼？」柳惜若聞言，倏地從貴妃椅上站起。「說清楚，怎麼回事？」

桂嬤嬤躬著身子。「廚房的人說，為了縮減王府的開支，小王爺取消了您每日都要喝的冰雪燕窩甜品。」

「他！他怎麼敢！」柳惜若氣得胸口起伏不定。「他是不是以為王爺給了他王府大印，就可以隨意拿捏本王妃了？桂嬤嬤，去把付風找來！」

「是。」桂嬤嬤連忙出去找人。

沒過多久，風叔便跟在桂嬤嬤的身後來到北殿。「老奴參見王妃。」

柳惜若揉著太陽穴，試圖讓有些昏沈的腦袋清醒一點。「風叔，鎮南王府是窮得揭不開鍋了嗎？」

風叔疑惑抬頭。「王妃這話是何意？」

柳惜若還未出聲，桂嬤嬤便抬起下巴道：「風管家，你是知道的，王妃自當年小產後，一直都喝冰雪燕窩來調理身體。如今小王爺一句縮減王府開支，就把王妃每日的冰雪燕窩給斷了，如此讓王妃還如何調養身體？」

風叔躬身道：「此事怪老奴疏忽，沒有跟小王爺說清楚，以至於讓小王爺在不知情的情況下斷了王妃的冰雪燕窩。王妃請稍等，老奴這就去廚房，讓他們為您做冰雪燕窩。」說完便轉身退了出去。

小半個時辰後，廚房的人果然端來了冰雪燕窩。

柳惜若迫不及待拿過燕窩吃起來。

片刻之後，她重重放下碗，滿含怒色地問道：「今日的燕窩是誰做的？」

端燕窩來的人嚇得忙跪到地上。「回王妃，今日的燕窩也是劉廚子親手熬的。」

柳惜若一巴掌拍在桌上。「桂嬤嬤，去把劉廚子給我帶來！」

「是。」

一盞茶的功夫，忐忑的劉廚子被帶到北殿。「參見王妃。」

柳惜若的眼神已經有些恍惚，心裡更像是被貓撓一樣難受。剛開始把劉廚子叫來，是想責罰他一通的，可現在，她實在是有些無心其他，只想吃冰雪燕窩。

「劉廚子，再去給本王妃重新做一份冰雪燕窩。」

「是。」劉廚子雖然疑惑，但還是領命去廚房重新做了一份。

然而柳惜若吃著還是感覺不對，憤怒地把碗摔在地上。

「不對，不是這個味道！」

之後，劉廚子又戰戰兢兢地做了幾份，柳惜若都說不對。

「劉廚子，你若再做不出之前的味道，本王妃砍了你的頭！」

劉廚子嚇得忙去找風叔哭訴，認為王妃是在故意刁難他，只為要砍他腦袋。

「風管家，您可要救救我啊，我在王府兢兢業業十幾年，從來沒犯過什麼大錯，王妃今日是不打算給我活路啊！」

風叔拍著他的肩膀。「許是燕窩放在庫房過久，有些散了味道。你先回廚房，我去跟王妃解釋。」

「多謝風管家！」劉廚子感恩戴德地退下。

隨後，風叔來到北殿，十分恭敬地道：「啟稟王妃，老奴查出，冰雪燕窩乃是存放過久，才散了一些味道。如今，老奴已經清理了庫房，並派人去陵城買新鮮的燕窩，還請王妃多等兩日。」

冰雪燕窩是陵城特產，因此若想買新鮮的，需去陵城才能買到。

待風叔離開後，柳惜若像是發瘋一樣地開始砸東西，嚇得她的乳娘連忙去抱住了她。

「王妃，我的王妃……您今日是怎麼了？」

她照顧王妃幾十年，還從未見她如此失態過。不過是一盅不合口味的燕窩，王妃為何會有這麼大的反應？

第五十二章

次日，南溪在教三個小的寫字時，有些心不在焉。心細的大丫見了，關心詢問。「南溪姊姊，今日為何總是望著一個地方出神？」

南溪回神，揉著她的頭髮。「南溪姊姊在想事情。」

二丫這時也好奇抬頭。「南溪姊姊在想什麼事情？」

南溪幫二丫把碎髮別到耳後。「有兩個哥哥的生辰馬上就要到了，姊姊在想該送什麼生辰禮給他們才好。」

大丫看著南溪，詢問道：「那姊姊想到送什麼禮物給兩個哥哥了嗎？」

南溪搖頭，輕嘆了一聲。「有一個哥哥的家離朝陽城有些遠，禮物怕是沒法及時送到。而另一個，家裡什麼都不缺，也不知該送他什麼才好？」

大丫聽了，一副小大人地說道：「既然哥哥什麼都不缺，那姊姊不妨自己動手做一些小物件送給他。大人不是常說，禮輕情意重的嗎？」

南溪一怔。是呀，她竟還不如一個小孩想得通透。

她笑著對大丫道：「謝謝大丫，姊姊已經想到要送什麼生辰禮物了。」

「姊姊想到就好。」大丫彎起眉眼，低頭繼續寫字。

傍晚，南溪在離開藥鋪的時候，去包子鋪旁邊的布攤上買了一疋布。回到南府，又把上次乞巧節買的彩線找了出來，之後便待在房間裡裁裁剪剪。
青鳶看著她裁剪出來的那些布料，看了半天也沒看出來她要縫製的究竟是什麼。
「姑娘，您這是打算縫什麼？」
南溪卻是神秘地道：「縫好妳就知道了。」
黎國好像還沒有這些東西，那她要不要多縫製一些出來售賣賺錢？
想到便做。她拿起剪刀，又唰唰裁剪了幾塊布料出來。
後來的幾日，南溪即便是去藥鋪，都帶上針線簍。在藥鋪裡，也不搗弄她的草藥了，只要一閒下來就忙著她的針線活。
期間，林靜之也曾好奇湊近瞧了瞧，結果和青鳶一樣，根本沒瞧出來她縫的是什麼東西，虛心請教，得到的也是同樣回答——縫好就知道了。
這日下午，她在藥鋪的大堂後面，一邊監督大丫二丫練字，一邊做著手裡的針線活。
淘氣的三寶一個人在院子裡玩木棍，過了一會兒，許是覺得無趣，就拿著木棍跑到南溪跟前，拉她的手欲往院子裡走。
「姊姊，一起玩。」
南溪放下針線，捏了捏他的小臉。「三寶想玩什麼？」
三寶揚著手裡的木棍。「玩打架。」
她伸手拿過木棍。「小孩子不能玩打架。」
這時，練字的大丫抬起頭。「南溪姊姊，三寶應該是想讓妳陪他一起練功夫。在我們住的那個胡同裡，有一個戲班子，裡面天天有人拿著紅纓槍對練，三寶看著，可羨慕了。」

南溪聞言，低頭看著三寶。「三寶想學功夫？」

三寶認真點著腦袋瓜子。

她想了想，把針線簍放在一旁，牽著三寶走到院中。

「那姊姊教你一套棍法好不好？」

三寶奶聲奶氣地應道：「好呀。」

於是乎，南溪就教了三寶兩招最簡單的棍法。

景鈺來到大堂後面的時候，正巧看到她在一板一眼地忽悠三寶。他雙手抱臂倚在一根廊柱旁，就那樣靜靜看著她「欺負」小孩。

這邊，南溪見三寶的體力消耗得差不多了，便道：「咱們今日就先練到這裡，三寶，你先休息一會兒。」

「好……」三寶喘著粗氣，抬起衣袖擦著額頭上的細汗。

南溪牽著他的手往這邊簷下走來，這才看到景鈺站在那裡。她驚訝道：「你什麼時候來的？」

景鈺似笑非笑地道：「在妳教三寶『棍掃乾坤』的時候。」

「咳咳……」

南溪把累了的三寶牽到凳子上坐好，又拿了一塊糕點給他後，才看向景鈺。

「今日不忙？」

景鈺頷首，也是在這時，眼角餘光看到了她放在凳子上的針線簍。「那是什麼？」

南溪順著他的目光低下頭，隨後連忙用身體擋住。「沒什麼，我沒事縫著玩的。」

景鈺狐疑地睨了她一眼。「我明日要去一趟鄴城，大概三日後回來。」

「不是說那些山匪已經全部落網了嗎？怎麼還去鄴城？」

他嘴角噙著笑。「是去處理別的事情。」

「哦。」南溪在心裡算了一下，三日過後，恰巧是景鈺的生辰。她彎著大眼睛道：「待你回來，我有東西要送你。」

景鈺瞥了一眼她的身後，似乎突然明白了什麼。頓時，他眼裡溢滿笑意。

「好，我一定準時回來。」

之後，兩人又聊了一會兒其他的事情，景鈺便先行離開。

待他走後，南溪又拿起針線開始縫製。

明日便是義診的日子，後面兩日更是忙碌，她得趁著現在不忙，趕緊把它完工。

次日，這月義診的第一日開始。

保安藥鋪外面，看診的病人從天剛微微亮就開始排隊，待到齊掌櫃來打開藥鋪門的時候，著實是被藥鋪門口的長龍嚇了一跳。

藥鋪夥計也是一臉驚詫。「齊掌櫃，今次義診的人怎麼這麼多啊？」

齊掌櫃微瞇起一雙眼睛，看向門口的長龍隊伍。

這隊伍中，有許多人都是生面孔。他招來夥計，附在他耳邊低語了幾句，夥計便以最快的速度離開了藥鋪。

南府大門口，南溪帶著青鳶和東子正準備步行去什邡街，就見藥鋪裡的夥計從巷子口跑來。

「姑……姑娘……」

南溪眸中閃過疑惑，待人來到近前後，開口問道：「可是藥鋪裡出了事？」

夥計雙手撐在膝蓋上，躬著身子大口大口喘著氣。「沒……沒有，是……是……」

青鳶看得都急了。「你先把氣息喘勻了再說。」

稍許，夥計的氣終於順了些，忙道：「今日一早，藥鋪門口便來了上百個病人，而且大多都是生面孔。齊掌櫃擔心會出什麼亂子，特意讓小的跑來先告知您一聲。」

青鳶聽了，有些擔憂地看著自家姑娘。

南溪眉頭一皺，隨後吩咐道：「青鳶，回府裡把趙山他們四個叫出來。東子，速去牽馬車。」

「是！」

半個時辰後，她坐著馬車，帶著府裡的四個護院來到藥鋪。彼時，林靜之已經開始在替排隊的病人看診，而齊掌櫃也在藥臺忙著抓藥。

南溪讓四個護院守在外面維持秩序，帶著青鳶和東子進入藥鋪裡面。

藥鋪裡，大堂角落擺的那幾張簡易木板床上，已經躺滿痛得呻吟的病人。

見此，南溪快步走到自己的診桌前坐下，開始替病人診脈。

只是越診脈，她的眉頭就皺得越緊。

跟第十個病人診完脈後，南溪已經可以確定，這些人患的都是痢疾。因為他們都是相同症狀，發熱乏力、腹部脹痛、腹瀉水便等。那些躺在木板床上呻吟的人，則是重症患者。

如今夏秋交替，正是痢疾的好發季節。若是在現代，痢疾雖然會傳染，但完全可以控制並治癒。可是在古代，沒有那些先進的醫療設備，只能選擇內服中藥或灌腸療法，調養其體質，使其自然恢復健康。

而且痢疾還有一點，就是會傳染，若是控制不好，只會越來越多的人發病，到時便會成為疫災。

好在看這些人的症狀是才剛開始發病，所以應該還來得及。

想到此，她問清楚這些染病的人都來自哪裡後，連忙寫下一封信讓東子送去京兆府衙門。而後又把林靜之喚到後院，把自己的診斷告知於他。

「……家師曾說過，痢疾一般多因感受濕邪疫毒之氣，內為飲食所傷，損及腸胃而形成，具有一定的傳染性。」

林靜之大驚，同時慚愧道：「只怪在下學藝不精，竟未診出此病，只道是尋常的涼及腸胃……姑娘既然能診出此病，想必已有應對之法，還請姑娘不吝賜教。」

南溪皺眉沈吟。「應對方法倒是有，只不過此乃疫病，需先知會官府那邊一聲。我已經派東子去京兆府送信，相信官府的人很快就會前來查看。此前，咱們需先安頓好這些來就診的病人。」

林靜之看向旁邊偌大的院子。「姑娘可以把他們先安頓在這院子裡。」

南溪看了一眼院子頷首。「我正有此意，不過此乃傳染病，林大夫看診時還需注意自身。」

「是。」

之後，兩人回到大堂，繼續看診。

期間，南溪讓四個護院在後院快速搭起幾個簡易棚子，並把病情稍嚴重的人挪去後院，又讓青鳶去買了幾個爐子回來，在後院裡生火熬藥。

兩個時辰後，京兆府府尹常德旺匆匆趕來。

待南溪與他見過禮之後，他迫不及待地問：「南大夫，此病當真有那麼嚴重？」

南溪點頭，側身做了一個請的手勢。

「大人請隨民女到後院查看。那裡安置的病人已經開始虛脫乏力，若不及時把這些得病之人隔離治療，只怕會有越來越多的人染上此病。」

常德旺連忙捂住口鼻，隨南溪一起去了後院。當他親眼看到那些躺在後院裡痛苦呻吟的病人之後，才真正意識到了事情的嚴重性。

「南大夫在信中提到，這些病人皆來自南城的蘭草巷？」

南溪頷首。「是，民女猜想蘭草巷或許就是發病源頭，因此民女煩請大人去蘭草巷訪查一番。」

常德旺撫著山羊鬍鬚，沈吟道：「蘭草巷本官自會去查，只不過南大夫既然說此病易傳染，那這裡現下也是屬於危險區域。為了附近百姓的安全，還希望南大夫能配合官府，暫且不接收其他的病人。」

南溪俯首。「大人放心，民女自當全力配合。」

常德旺拱手。「那就先委屈南大夫了，本官還需馬上進宮稟明聖上，先行告辭。」

「大人慢走。」

送走常德旺，南溪便讓東子在藥鋪門口吆喝，說這幾日暫且只接從南城過來的病人。其他來看病的病人聽了，自是不服，皆大聲質問為什麼。

東子鎮不住，連忙跑進藥鋪裡找南溪。

南溪只淡淡說了四個字。「如實告知。」

然後，東子就去外面，把先前京兆府府尹的話如實告知那些嚷嚷的病人。

只須臾，那些人便捂住口鼻驚慌散去，生怕遲了一步就染上痢疾。

臨近未時，常德旺帶著兩名御醫來到保安藥鋪。兩位御醫來到後院，為重疾之人診看之後，皆是一臉凝重。

常德旺恭敬問道：「劉院士，如何？」

其中一位年過半百，鬍鬚花白的御醫凝眉撫鬚道：「觀這些百姓的症狀，確實是痢疾無疑，此病易感難治，著實有些棘手。不過好在常大人發現並及時上報，如今還不算不可控制。常大人現下需馬上把蘭草巷封鎖，以免使更多的人傳染。」

「劉院士放心，本官已經派人去蘭草巷看守，絕不會再放出一個病患來。」

常德旺心下暗驚，幸好在南大夫寫信通知的第一時間就派人去了蘭草巷，也幸好南大夫第一時間發現，並馬上告知他，不然這痢疾傳染起來，可不是兒戲！

這時另一位稍年輕的御醫從旁邊過來。「劉院士，下官剛才查看了一下藥鋪給病人服用的湯藥，發現這南大夫開的方子堪稱絕妙。」

劉院士聞言，驚異中又帶著一絲欣喜。「哦？快給我看看那湯藥。」

那御醫忙從大鍋處端來一碗剛熬好的湯藥。「劉院士，請看！」

劉院士把鼻尖湊近藥碗，仔細嗅聞辨別裡面的藥材，須臾，眉宇舒展道：「此方甚妙啊！若長期服用，完全有可能快速抑制住這場疫病。想不到這南大夫如此年輕，治病用藥卻如此精湛，真是後生可畏啊！」

常德旺在一旁聽了，心下也是一喜。「劉院士的意思是，這次的痢疾可以完全控制住？」

劉院士撫著鬍鬚頷首。「很有可能，不過老夫還需先去外面找這位南大夫商討一下此藥方的利弊之後，再下結論。」

常德旺連忙拱手。「有勞劉院士。」

劉院士擺手。「職責所在。」

大堂裡，用白巾蒙住口鼻的南溪正在為一位病人扎針清脈。

常德旺帶著劉院士來到她身旁，正欲開口喚她，卻被劉院士抬手制止。兩人就站在一旁，安靜又震驚地看著南溪左右手同時給病人下針。

待她給這個病人扎完針，打算繼續扎下一位的時候，才發現旁邊站著兩位眼珠子瞪得瞠圓的老者。

她站起身，微微屈膝行了一禮。「常大人，劉院士。」

劉院士雙目蹭亮地看著南溪。「不知南大夫師承何人？」

南溪垂首，禮貌回道：「家師乃是一位遊方道士，當年他把吃飯的本領傳授於晚輩之後，便去遊歷四方了。」這是直接堵住了劉院士後面想要問的一些話。

他臉上充滿遺憾。「正所謂名師出高徒，只觀南大夫剛才扎針的醫術，便知令師定是一位隱世神醫，只可惜老朽卻無緣得見……」

南溪淺淺微笑。「劉院士過譽了。」

常德旺在這時適時出聲。「南大夫，妳後院那些爐子裡熬的都是什麼藥？可有處方借我等一觀？」

南溪頷首。「大人請稍等。」她走到自己診桌前，提筆寫下一張藥方交給常德旺。「大人，爐子裡熬的那些藥材，民女都寫在這上面了。」

劉院士比常德旺先一步伸手接過處方，片刻後，抬頭看著南溪。「南大夫，敢問這藥方可是妳自己鑽研出來的？」

南溪點頭。「這藥方乃是晚輩與藥鋪裡的同仁反覆斟酌之後才寫出來的，劉院士可是覺得有哪裡不妥？」

劉院士連連擺手。「不不不，南大夫此方甚妙，甚妙啊！」

之後，他又與南溪進行了半炷香的交流，才意猶未盡地告辭離去。

他需先回皇宮覆命，然後再去蘭草巷醫治那裡面患病的百姓。至於保安藥鋪這邊，有南大夫在，完全不用擔心。

因南溪發現得及時，官府也足夠重視，兩日後，疫病並沒有引起大規模傳染，只在蘭草巷那一處疫區。

而這兩日，先前那些來保安藥鋪看診的病人也陸續好轉。

待到把那些好轉的病人全都送回蘭草巷後，南溪帶領著所有人把藥鋪前前後後、左左右右全都打掃、消毒了一遍。

正在擦拭廊柱的青鳶，不解地問在那裡撒藥粉的南溪。

「姑娘，咱們好不容易把那些病人給治好了，又把他們送回蘭草巷那個疫區，他們要是再次被傳染了怎麼辦？」

第五十三章

南溪邊往院子裡撒著藥粉，邊道：「京兆府已經查出此次疫病的源頭，乃是蘭草巷的百姓吃了得病的家禽所致。如今蘭草巷的家禽已經全部焚燒掩埋，每一家每一戶甚至每一口井裡，官府都撒了消毒藥粉，他們此時回去，並無大礙。」

青鳶若有所思地道：「此次蘭草巷疫病，虧得碰上姑娘義診，不然那些百姓定是會捨不得銀錢前來看診。屆時等他們拖到病情加重時再來看病，豈不是就更麻煩了？」

拿著掃帚在不遠處打掃的林靜之聞言，抬頭道：「確實，姑娘的大善，在無形中替朝陽城的百姓避過了一場大難。」

旁邊的齊掌櫃，深以為然地點頭。「日行一善，功滿三千。姑娘積大德累大善，以後必定福澤深厚，福壽連綿。」

拿著抹布擦邊邊角角的夥計聽了，在心中暗道，以後再不偷懶了，他要學姑娘多做善事。

南溪卻是笑笑沒說話。她不求什麼福澤深厚，只求阿娘安好。

「南溪！」

就在她即將走神間，一道風塵僕僕的身影如疾風一般的出現在後院。

「妳無礙吧？」

望著突然出現在自己眼前的景鈺，南溪眨眨眼。「我沒事啊！」

景鈺把她上下都打量了一遍，確認她是真的無礙後，提起的心終於落地。

今日，他剛進朝陽城城門，就聽到幾個老百姓在談論近日發生的事，他這才知道不過離開短短三日，朝陽城裡竟發生了這麼大的事情。

保安藥鋪竟收治了會傳染的痢疾患者？雖然知道她應該不會有事，但心裡還是會不由自主地擔心。

所以王府都沒回，他直接先來了藥鋪，就想確保她是不是真的無事，也為了能讓自己安心。

「無事便好。」

兩人對立而站，以南溪的身高，她平視時正好看到景鈺的下巴。這時就見她雙目圓睜，一臉不可思議地道：「景鈺，你、你長鬍子了耶！」

這丫頭慣會破壞氣氛。

南溪好奇地盯著他泛著青色的下巴看了一會兒，突然伸出手指想去戳上一戳。

可惜，一隻骨節分明的手在半途把她的手截住，不讓她再靠近一點點。

只聽景鈺無奈地輕聲斥責。「別鬧！」

南溪撇了撇嘴，收回手。睨了一眼他略顯疲憊的神情，她關心地問：「你這是剛從鄴城回來？」

「嗯。」景鈺鬆開她的手，目光隨意在院子裡掃視了一圈。「那些痢疾患者已經離開了？」

南溪點點頭。「嗯，下午官府的人剛把他們接回蘭草巷，我們現在正在打掃消毒。」

他眉頭輕蹙。「蘭草巷不是疫病的源頭嗎？」

「是源頭沒錯，但官府已經全面消毒。而且留在蘭草巷的患者也都是輕微症狀，嚴重的在第一日就跑我這兒來免費看診了。因此，只要我這裡的患者治好了，基本上就等於此次得疫病的所有患者都治好了。」

景鈺點點頭，一臉認真地問：「我離開時，妳不是說待我歸來有禮物要送給我嗎？」

南溪心中暗道一聲糟糕，這幾日忙著治病，竟把這事給忘了，她縫的那個東西還差最後一道工序呢！

景鈺見她眼睛開始東瞄西瞅，就是不看自己，便知道她是心虛了。難道還沒有做好？還是說這幾日給忙忘了？

「嗯？」

南溪清了清嗓子。

「我把東西放在南府了，你且先回去拾綴一番，再到南府來取。」

景鈺垂首看了看自己，隨後抬頭道：「我先回王府換身衣裳，晚點再去南府找妳。」

這正合心意，她小雞啄米似地點頭。「嗯嗯，你快回去吧！」

景鈺看破不說破地睨了她一眼，轉身離開，走到門口時又忽然停下，回頭對她道：「記得給我留飯。」

鎮南王府是少了你吃的還是怎麼？「知道啦！」

待景鈺離開藥鋪後，她把藥粉交給青鳶。「青鳶，這裡先交給妳，我要先回一趟南府。」

說完，不等青鳶反應，就急匆匆出了後院。

南溪用最快的速度趕回南府，並把自己關在房間裡搗弄了半天。

直到夜幕降臨，月華初上，鎮南王府的馬車停在了南府的大門口。

二進院的膳房裡，南溪把最後一道菜端上桌。

「可以開吃了！」

景鈺看著桌面上的幾道菜，嘴角不自覺上揚。都是他喜歡吃的菜。

南溪坐下後，用公筷挾起一塊魚頭肉放到他碗裡。

「嚐嚐這個剁椒魚頭的味道如何？」

「嗯。」景鈺拿起筷子，動作優雅地品嚐魚肉。

隨後，他毫不吝嗇地誇獎道：「鮮辣可口，唇齒留香，不錯，還是原來的味道。」

南溪彎起眉眼，又挾起一塊糖醋排骨放到他碗裡。「再嚐嚐這個。」

他慢條斯理地把排骨放進嘴裡，稍許——「肉質酥爛，不油不膩，連骨頭裡都是滿滿的汁，味道酸甜適中，好吃。」

「還有這個，麻辣乾鍋。」南溪不停往他碗裡挾菜。

景鈺狐疑地睨著她。

「我怎麼感覺妳今日特別殷勤？」

南溪眨眨眼，模樣無辜。「沒有，我平常也一樣對你這麼好的哇！」

「是嗎？」景鈺挑了挑眉，沒再戳穿她。

她忙不迭地點頭。「嗯嗯。」

之後，一直殷勤為他挾菜。

景鈺隨口說想喝小酒，她也連忙去把酒罈取來，親自為他斟上。

「妳今日怎麼不飲酒？」景鈺看著為他倒酒的南溪，輕聲詢問。

當然是怕喝酒誤事啊！南溪彎著眼。「我這幾日身子不便，不宜飲酒。」

景鈺聞言，忽然就紅了耳根。

「咳咳……」這丫頭當真是，不知道避諱！

看著他不自然的臉色，南溪也突然反應過來。這裡的女子不會像現代女孩那樣，可以隨時把大姨媽拉出來當藉口，一時間弄得她也有點尷尬。

「呃……那個，哦對，我還有東西要送給你，你等會兒，我去拿。」說完，便起身離開。

沒過一會兒，又見她背著雙手回來。

景鈺微微偏了偏頭，看向她身後。「妳要送我的是什麼東西？」

「你猜。」南溪走近，雙手仍是放在後面。

景鈺蹙眉思忖一瞬。「布偶？」

沒意思！她把藏在身後的大布偶拿出來，塞到他懷裡。「為什麼每次讓你猜東西，你都能猜到？」

因為妳的心思每次都很好猜。景鈺拿起懷裡的布偶仔細看了看，而後不確定地問道：「這是一條龍嗎？」

南溪點點頭。「是啊，你生肖不是屬龍嗎？所以我就縫了一個青龍。這份生辰禮，你可喜歡？」

景鈺捏了捏青龍頭上的兩個紅色犄角，噙笑道：「模樣挺可愛。」跟某人一樣。

南溪眼睛彎得都眯成了一條縫。「我就知道你會喜歡，所以，我還特意給你做了一個小青龍，讓你可以時刻都掛在腰間。你看——」她獻寶似地把手心裡的迷你小青龍舉到他眼前。

看著她手心裡的小青龍，景鈺嘴角幾不可見地抽了抽。

大的還尚能看出龍的形狀，可這個小的，怎麼看怎麼都像是一條小青蟲啊！

南溪笑靨如花地看著他。「這個小布偶掛件是不是更可愛？你可以把它掛在腰間做配飾，也可以掛在劍柄上喔。」

景鈺黝黑的眸光閃了閃。「那妳覺得我是掛在腰間做配飾好？還是掛在劍柄上做裝飾好？」

南溪的笑容更甜了。「這麼可愛的小掛件，我覺得應該掛在腰間做配飾更合適一點，你覺得呢？」

終於明白她今日為何對他如此殷勤了，景鈺用兩指輕輕捏了捏小青「蟲」，淡然頷首道：「我也覺得掛腰間做配飾最好。」

南溪笑咪咪拿走他手裡的小青龍。「來，我幫你掛上。」

景鈺順從張開手臂，好方便她把小青龍掛在自己腰間的玉珮上。

「好了。」

掛好小青龍後，南溪抬起頭，滿意地欣賞著自己的傑作。「戴上這個小青龍，你就是朝陽城最靚的仔！」

看了腰間那抹多出來的青色一眼，景鈺目光寵溺地看著她。

「說吧，妳又想到了什麼稀奇古怪的點子？」

呀，被看穿了。

南溪也不瞞他，坦誠說道：「我想縫製一些與小青龍相似的布偶出來售賣，可又擔心銷路不好，就想著先做一些布偶小掛件，讓人戴出去看看反應如何。若是大家都還喜歡的話，那我就縫製一些布偶出來賣。」

景鈺低頭戳了戳掛腰間的小青龍。「所以，我就成了妳試驗的第一人選？」

南溪開始進行柔情攻勢。「我找不到比你更適合的人來打廣告了呀，小景鈺，你就幫幫我的忙吧？」

「我又沒說不幫妳……」

南溪聽了，大眼睛蹭的一亮。「我就知道你一定會幫我的，來，吃菜吃菜。」

她無比殷勤地為他布菜。景鈺似是無奈般，輕輕嘆息。「這布偶掛件除了青龍，妳可還做了其他形狀的？」

「有啊有啊！」南溪忙不迭地點頭。「我把十二生肖都做全了的。」

聞言，他沈吟一瞬，道：「待會兒妳再給我幾個其他生肖的掛件，我拿去送人。」

這是要幫她免費宣傳？南溪高興地直點頭。「行，你要哪幾個生肖的？」

「猴子，豬，馬，還有虎。」

「好，待會兒用完飯我就去給你拿來。」

之後，兩人又聊起了其他的話題，比如景鈺在鄴城遇到的一些趣事，又比如南溪這幾日因為痢疾所碰到的一些棘手事情。

待到景鈺要離開南府時，她拿來一個灰色荷包。

「東西都在這裡面了。」

景鈺伸手接過荷包，坐上馬車離開。

皇宮，御書房。

嘉禾帝合上手裡的奏摺，看向恭候在下方的三位臣子。

「此次南城疫病，三位愛卿功不可沒，當論功行賞。」

「臣，謝主隆恩！」三人同時跪拜謝恩。

「都平身。」嘉禾帝一擺手，讓三人起身回話。

這時，劉院士上前一步道：「啟奏陛下，南城此次的疫病能夠得到如此之快的控制，有一人功不可沒。」

嘉禾帝抬起銳眸。「何人？」

「東城什邡街保安藥鋪的東家，南溪南大夫。若不是她在義診時察覺並發現有痢疾患者，並迅速告知官府，這次的痢疾之疫不會這麼快就得到控制，且此次醫治痢疾的藥方也是她研配出來的。」

常德旺也上前一步道：「陛下，劉院士說得沒錯，這次疫病，多虧了保安藥鋪的南大夫。」

嘉禾帝斂下眸子，冷淡道：「此事朕自有定奪，幾位愛卿先退下吧。」

「臣等告退！」

面對嘉禾帝如此冷淡的反應，常德旺和劉院士都很疑惑，卻不敢再進言。

等到三人退出御書房沒多久，嘉禾帝便宣了禁軍統領胡鳴覲見。

隨後，胡鳴在御書房裡待了足足半個時辰才離開。

秋風掃落葉，一座偏僻的宮殿裡，錦娘正拿著掃帚掃被風捲上臺階的黃葉。

一雙繡著龍紋的黃色錦靴出現在她的視線內。她視若無睹地拿著掃帚轉身，去掃別的地方。

嘉禾帝並未動怒，只負著雙手自顧說道：「妳可知，前幾日南城蘭草巷有數百名老百姓染上疫痢？若不是發現得及時，怕是整個南城都會陷入疫區。」

錦娘掃地的動作頓了頓，後又繼續掃地。

嘉禾帝自顧說道：「這次疫病能這麼快被抑制，一位叫南溪的女大夫功不可沒……」

啪！錦娘手裡的掃帚一下掉在地上。

嘉禾帝走過來，彎腰幫她把掃帚拾起。

「不得不說，妳與南楓的這個女兒，讓朕有些另眼相看。不但開藥鋪，還每月義診三日，專門為那些窮苦人家看病施藥。此次蘭草巷疫痢，她更是無償拿出了大量藥材來幫助患病的百姓，使他們都能得到醫治。照理說，她做了這麼多有功之事，朕應該要好好的獎賞她一番才是。可朕卻在論功行賞的聖旨裡，未提她一字。」

錦娘握住掃帚的手微微顫抖。「我求你，別傷害她，她什麼都不知道！」

嘉禾帝定定看了她許久，才道：「朕是她的舅舅，怎麼可能會傷害她？除非……她想對朕這個舅舅不敬！」

自疫病之後，南溪儼然成為了南城百姓心中的神醫，名聲也在百姓們的口耳相傳之下，越來越大。

也因此，如今來保安藥鋪抓藥看病的人越發多了起來。

這日，南溪正在後院檢查大丫二丫寫的字，青鳶匆匆從外面跑進來。

「姑娘，外面來了一個長得凶神惡煞的人，說要見您。」

凶神惡煞?南溪眉頭輕蹙，又給大丫二丫佈置了一些作業後，便隨青鳶離開了後院。

回到大堂，就見一個表情肅穆、身形偉岸的健碩男子站在大堂中央。

南溪嘴角幾不可見地抽了抽。這就是青鳶口中的凶神惡煞?青鳶是不是對凶神惡煞這個詞有什麼誤解?

南溪走過去。「這位壯士，你找我?」

胡鳴見南溪出來，抱拳道：「南大夫，我家主子有請。」

她眯了眯眼。「不知你家主子是哪位?」

胡鳴卻道：「南大夫去了就知道了。」

胡鳴的態度讓南溪一下想到了當初衛峰來藥鋪請人的時候，態度恭敬，無形中又透著一點點倨傲。

她目光閃了閃。所以，這個人身後的主子也一定不是一般的權貴。

她微微頷首。「如此，煩請壯士前面帶路。」

胡鳴抬起右手。「請。」

待南溪離開後，青鳶一臉擔憂地道：「這個人看著好凶，姑娘跟著他離開，不會有事吧?」

正在看醫書的林靜之，抬頭瞅了她一眼。「姑娘定不會有事，莫要瞎擔心。」

南溪隨著胡鳴來到聚賢樓三樓的一間雅室裡，待看清坐在矮榻上跟自己對弈的中年男人時，瞳孔猛地一縮。

胡鳴把人帶到後，便躬身退到了門外，雅室裡如今只有南溪和那個在跟自己下棋的人。

嘉禾帝率先出聲。「可會下棋？」

南溪垂首。「不會。」

「可惜了。」嘉禾帝手持一顆棋子，淡淡問道：「妳阿娘以前沒教過妳下棋？」

「教過，許是我當時年齡太小，沒有記住。」

嘉禾帝持子的手一頓，轉頭看她。「妳知道我是誰？」

南溪抬起頭，與他直視。「民女曾有幸見過一次天顏。」

嘉禾帝把手裡的棋子扔回玉盅裡。「既然知道我是誰，為何見了我卻不跪拜？」

南溪不卑不亢跪下。「民女參見陛下。」

嘉禾帝起身，踱步至她身邊。

「妳膽子倒是挺大，竟跑到朕的眼皮子底下開起藥鋪來了。怎麼？妳當真就不怕朕砍了妳的腦袋？」

南溪抬起頭，一臉無辜。「民女來朝陽城開藥鋪做生意，一沒偷二沒搶，敢問陛下為何要砍民女的腦袋？」

嘉禾帝被她氣笑。「朕要砍一個人的腦袋還需要理由？」

「陛下想砍誰腦袋就砍誰腦袋，自是不需要什麼理由。只是，若陛下不顧及民心，任意而為之，怕是多少會寒了老百姓的心。」

嘉禾帝目光一厲。「放肆！」

南溪垂首，一板一眼道：「民女知罪。」

嘉禾帝銳目微瞇，看著她。「妳為何要來朝陽城？好好待在妳阿娘為妳選的世外桃源不好嗎？」

第五十四章

南溪垂著頭，雙手匍匐在地。「俗話說，有娘才有家，阿娘在哪兒，民女便在哪兒。民女懇請陛下讓民女與阿娘見上一面。」

嘉禾帝目光微閃。「妳阿娘沒告訴過妳，朕為什麼要抓她回宮嗎？」

南溪搖頭，開始胡謅。「民女不知。民女只知道阿娘曾說過，陛下是天底下最好的哥哥。」

嘉禾帝聞言，一怔。「妳阿娘當真這麼說過？」

「是。」南溪的謊撒得臉不紅心不跳。

就聽嘉禾帝一個冷哼。「對她最好又如何，到最後還不是為了一個男人，跟朕反目成仇！」

這個男人難道就是她那個據說已經作古的阿爹？難道當年她阿娘上演了只要愛情不要親情的戲碼嗎？南溪保持著匍匐姿勢，自己在那裡腦補。

嘉禾帝瞥了她一眼。「起來回話。」

「謝陛下。」她連忙拍著衣服上的灰塵起身。

嘉禾帝又重新返回矮榻上。

「朕不會讓妳與妳阿娘見面。」

南溪猛地抬頭。「陛下？」

為什麼啊？觀今天這個會面，嘉禾帝應該沒想過要她命，既然如此，為什麼不讓她跟錦娘見上一面呢？

嘉禾帝目光幽幽。「既然做錯了事，就要付出相應的代價。」

南溪微怔，下意識就問出了口。「阿娘做錯了什麼事？」

嘉禾帝自是不會回答她，只把目光落在她身上，問道：「朕聽說，妳與鎮南王之子蒼景鈺走得極近？」

聽說？原來她一直都活在監視之下。南溪斂下眸子，回道：「小王爺因感恩民女替他解毒，平日裡對民女有諸多的照拂。」

嘉禾帝撚起一顆棋子夾在兩指之間。

「男女有別，還是莫要走得太近，以免以後雙方都傷了體面。」

南溪垂首。「是。」這是不想讓她跟鎮南王府有什麼瓜葛？

嘉禾帝又開始跟自己對弈。

「這次妳治疫有功，朕便允妳繼續留在朝陽城，退下吧。」

南溪在原地躊躇片刻，隨後出聲問道：「敢問陛下，民女什麼時候可以見我阿娘？」

嘉禾帝的目光一直落在棋盤上。

「朕特准妳繼續留在朝陽城，已是仁慈，妳莫要不識抬舉，得寸進尺。」

行，來日方長！

「民女告退。」她說完便轉身退出了雅室。

見到南溪回來，青鳶立即跑過來。「姑娘，那人的主子可有為難妳？」

「沒有。」南溪身子突然一個趔趄，青鳶見狀連忙上去扶住她。

「姑娘，怎麼了？」

南溪搖了搖頭。「沒什麼，就是腿有點發軟。」

別看剛才在聚賢樓那麼勇，那都是裝的，她心裡其實一直都很慌。不過好在她能裝，沒有露出什麼破綻。

青鳶扶著她往診桌那邊走。「奴婢扶您過去坐會兒。」

「嗯。」

待到傍晚時分，藥鋪開始打烊，南溪領著青鳶走出藥鋪，就看到一輛精緻馬車從街角緩緩駛來，不一會兒就停在了她們面前。

只見一隻骨節分明的手撩開車簾子，一張面若潘安的俊臉就這樣暴露在大家的視野中。

坐在馬車裡的景鈺看見南溪，只溫聲道：「上車。」

她帶著青鳶上了馬車。

馬車裡，景鈺把新買的糕點拿出來。「下午妳去了聚賢樓？」

南溪拿起一塊糕點塞到嘴裡。「唔，你腫麼知道？」

景鈺隨手又把茶壺取出來，給她倒了一杯水。「衛峰下午去聚賢樓辦事時正好瞧見。妳去聚賢樓做甚？」
南溪嚥下糕點，又喝了一口水。「有人要見我。」
景鈺為自己也倒了一杯茶後，問：「誰要見妳？」
「嘉禾帝！」
砰！
青鳶嚇得手裡的醫箱一個沒拿穩，掉在地上。
景鈺失了手上的力道，一個不察把手裡的茶杯捏碎。
「這麼大反應幹麼？我又沒事。」南溪連忙放下糕點，掏出手帕替他擦拭濺在衣服上的茶渣。「手有沒有受傷？」說著就要拉過他的手來檢查，卻被景鈺反握住了她的手。
「他可有為難妳？」
南溪搖頭。「沒有，就對我說了些似是而非的話，然後說允許我繼續留在朝陽城。」
景鈺聞言，心下一鬆。「所以，他這是不打算追究妳的身分了？」
南溪蹙著眉頭，沈吟道：「從他今日跟我談話的態度，我感覺他好像從來沒想過要殺我，但也從來沒想過要讓我和阿娘再見。」
景鈺溫聲寬慰。「無妨，做事情總要一步一步來。至少現在我們可以確定，錦姨就在皇宮裡，且觀陛下的態度，也可以推測出他對錦姨應是沒有太多為難。」
對，若是他有為難阿娘，定不會像今日這般平和與她說話。南溪自下午開始就有些沮喪的心緒，一下就明朗起來。至少現在可以確定阿娘是真的在皇宮裡，且還好好地活著，不是嗎？

南溪吐出一口濁氣。「你說得對，事情總要一步一步來。我要先在這朝陽城裡扎好根，而後徐徐圖之。」

「嗯。」見她眉宇開始舒展，景鈺的心中也不自覺舒了一口氣。

這時，南溪看到他掛於腰間的小布偶，突然想起來——

「對了，那幾個小布偶你朋友喜歡嗎？」

景鈺頷首。「他本是個生意人，我拿了那幾個小布偶給他推廣，反應還不錯，我今日來便是要與妳說這件事。他想和妳合作，妳出樣品，他找人縫製售賣，收益五五分。」

還有這種好事？南溪雙眼亮晶晶地望著景鈺。「這五五分是你提出來的吧？」

景鈺眉毛一挑，淺抿一口茶。「妳打算如何謝我？」為了幫她爭取最大的利益，他可是與雲隱舌戰了小半個時辰。

南溪高興地道：「我請你吃飯？」

景鈺眸光一閃，道：「聽說蓬羅湖新開了一家水上茶坊，可一邊品茗一邊欣賞歌舞。」

她了然。「行。你哪日得閒？我請你去蓬羅湖吃茶。」

景鈺嘴角一勾。「兩日後，我來南府接妳。」

南溪頷首，想了想，又道：「要不，把你那位朋友也一併叫上？」畢竟以後就是合作夥伴了，兩人總得認識認識吧！

誰知他卻道：「他近日不在朝陽城，待以後有機會再說吧。」

待到了南府大門，青鳶先下車離開後，南溪才看向景鈺道：「以後，你我在明面上還是少一點交集吧！」

景鈺一愣。「為何？」不過很快，他反應過來。「是皇帝的意思？」

南溪嘴角勾起一抹嘲諷。「鎮南王府握有黎國三分之一的兵權，想來他是怕我與你走得太近，會把你給魅惑得策反了吧！」

隨後，她又看著景鈺道：「伴君如伴虎，你現在雖然是鎮南王府的小王爺，卻無實權。所以，無論做什麼事都要小心謹慎，勿要因為我，再生事端。」

景鈺臉色微沈，頷首道：「我明白了。」

南溪點點頭，轉身出了馬車。

此時，鎮南王府北殿，柳惜若在寢殿裡瘋了似地砸東西，桂嬤嬤看著是既擔心又害怕。

「王妃，您息怒，您先息怒啊！您告訴奴婢，您這是怎麼了？」

柳惜若面容憔悴，雙眼凹陷，微凸的眼珠子泛著紅血絲。她一把抓住桂嬤嬤的手臂，瘋魔似地搖晃。

「嬤嬤妳說，為什麼？為什麼冰雪燕窩沒有以前那個味道了？」

可憐的桂嬤嬤一把老骨頭都快被她搖散架了。「王……王妃，您……您先鬆……鬆開奴婢……」

「難道是付風那個老東西搞鬼？他陽奉陰違，拿了次品燕窩來忽悠本王妃？」

就在桂嬤嬤即將要暈厥過去的時候，失神的柳惜若終於鬆開了她。「來人哪，去把付風那個老東西給本王妃找來！」

「是。」門外的侍女像是得到救贖一般的，快速離開北殿。

景鈺回到鎮南王府時，風叔正好被下人扶著，一瘸一拐地從北殿出來。

他雙眸一瞇。「風叔怎麼了？」

那位扶著風叔的下人，紅著眼眶道：「王妃懷疑風叔買回來的燕窩是以次充好，也不聽解釋就直接罰了風叔二十大板。」

景鈺目光看向佝僂著背的老人，淡淡吐露一句。「您這又是何苦？」

風叔扯出一抹虛弱笑意。「王妃是主子，我是奴才，主子要罰奴才，奴才自當受著。」

主子？她也配？景鈺嘴角勾起一抹冷笑。「風叔下去好好養傷，王府的大小事務，暫時就不必操心了。」

風叔聞言，愣愣看了他一眼，最後，還是垂首道：「老奴謝小王爺體恤。」

景鈺頷首，吩咐那個攙扶他的下人。「好生伺候著風管家。」

「是。」

風叔看著景鈺離開的背影，半晌後，輕嘆了一口氣。也不知他把小王爺接回來，是做對還是做錯了？

景鈺回到書房沒多久，一名身穿黑色勁裝的蒙面男子悄然來到書房，跟他稟報今日在北殿發生的事。

「……王妃情緒一日比一日暴躁，桂嬤嬤已經開始起疑。處罰完風管家後，她便拿著宮牌去宮裡請了御醫來給王妃請脈。」

「御醫如何說？」景鈺若無其事，慢條斯理地拿起一份公文查看。

自上次後花園一事後，他就把所有的事務都搬到了東殿的書房處理。

「御醫說王妃的暴躁乃是由長期的失眠多夢所引起，故只給王妃開了一張調養內息、固本培元的方子便離開。」

拿起一支毛筆，景鈺開始給公文批註。「繼續盯著。」

「是。」黑衣人又如來時一般，悄然消失。

小半炷香後，廚房裡的劉廚子一臉苦哈哈地來求見景鈺。

「小王爺，求您准奴才離開王府，回老家養老吧！」

景鈺從公文中抬起頭，似是不解地問道：「劉廚這是何意？好端端的，怎麼就要回老家養老了？」

劉廚子頓時一把鼻涕一把淚地道：「奴才連一盅王妃想要的冰雪燕窩都熬不出，實在是無顏再待在王府，還請小王爺恩准奴才回老家！」

「唉！」景鈺故作無奈，輕嘆一聲。「冰雪燕窩的事小王聽說了，母妃近日脾性大變，倒是讓你們受了不少委屈。你且放心繼續待在王府，母妃那邊，小王會試著去調解。」

劉廚子並不是真的想要告老還鄉，所以聽景鈺的話後，忙叩頭道：「謝小王爺！」

「退下吧！」

劉廚子從東殿回到廚房，才知道柳惜若身邊的婢女已經在那裡等候多時。見到他回來，婢女趾高氣揚地道：「劉廚子，王妃命你今日再熬一盅冰雪燕窩。若這次還不是王妃以前喝的那個味道，你、還有你們，都得被砍頭。」

廚房裡的男女老少皆是一臉苦大仇深地看著劉廚子。

劉廚子剛在景鈺那裡獲得了底氣，如今心中已然無畏，就見他用眼神安撫好廚房眾人後，開始動作嫻熟地熬燕窩。

兩個時辰後，一盅新熬的冰雪燕窩被端去了北殿。

夜色悄悄遮擋了天幕，一股涼風從北邊吹來，掀起了站在廊下之人的衣袂一角。

廊下，一位幾乎與夜色融為一體的黑夜人單膝跪在地上。

「王妃對劉廚子這次熬的冰雪燕窩很滿意，一盅燕窩一滴不剩。」

「加大劑量。」

「是。」

兩日後的一個晌午，景鈺看著一身月牙白衣裙向他奔來的南溪，輕輕笑出了聲。

南溪走近，一臉莫名其妙地瞅著他。「你笑什麼？我穿這身衣服不好看嗎？」

景鈺捂唇輕咳一聲。「好看，妳怎麼樣都好看。」

「那是，本姑娘天生麗質難自棄。」南溪揚起下巴。

景鈺掩下眼底的笑意，伸出一隻手。「天生麗質的美麗姑娘，請上馬車。」

南溪微仰著頭，把手搭在他伸來的手臂上，優雅地上了馬車。

青鳶跟在後面就要上去，卻被景鈺伸手攔了下來。「我會照顧好你們姑娘。」

於是青鳶只能眼巴巴地看著某人把她家姑娘拐走了。

馬車裡，南溪單手撐著下頜，歪著腦袋盯著心情明顯不錯的景鈺。

「今日可是有什麼好事？」

景鈺抬起眸子看著她。「確實是有件好事。」

南溪眨巴著好奇的大眼睛。「什麼好事？說來聽聽。」

景鈺忽地挑起她的下巴，在她一臉懵逼的狀態下，用拇指指腹輕輕為她拭去粘在嘴角的一粒芝麻。

「今日有佳人相邀遊湖，難道還不是好事？」

南溪垂眼看著拇指上的黑芝麻，有些尷尬地開口。「原來你剛才是在笑這個。」她還以為他是在笑自己的穿著。

目光落在拇指指腹上，景鈺眼底的笑意再次浮起。「中午吃什麼？」

南溪伸手把那顆黑芝麻拍掉。「李婆婆做的黑芝麻雞蛋餅。」

怪不得……景鈺把手收回，隱在衣袖裡，悄悄摩挲著。

蓬羅湖位於南城邊界，寬約八百，是一條從朝陽城內一直延伸到朝陽城外的外流湖。雖是外流湖，卻只湖底有小小的流動，湖面上幾乎平如鏡面，因此許多的畫舫停靠在湖邊，供那些喜歡遊湖的人租賃使用。

兩人來到蓬羅湖的時候，已經有三三兩兩的畫舫在湖中央漫遊，看上去好不愜意。

最引人注目的要數中間那艘外觀十分華麗的三層樓畫舫，遠遠就能聽到裡面傳出來的絲竹聲聲。

「咱們來晚了嗎？」南溪擰著眉頭，有些懊惱。早知道昨日讓青鳶先來預約了。

景鈺嘴角幾不可見地微微勾了勾，吩咐道：「衛峰，去租一艘畫舫。」

「是。」衛峰轉身就要去租畫舫，卻被南溪叫住。

她拿出自己的錢袋遞給衛峰。「拿我的銀錢去租吧，說好了今日是我請客的。」

衛峰轉頭看向自己的主子。

景鈺伸手拿走了她的錢包，待衛峰轉身離開後，他把錢包塞回到她手裡。

「留著妳下次請。」

南溪偏頭看他。「下次我可就不認帳了？」

景鈺淺笑。「無妨。」

片刻後，她坐在一艘裝飾精美的畫舫裡，倚著窗欞看向前面那艘三層樓畫舫。

聽著裡面傳出來的歡歌笑語，南溪嘖嘖道：「這茶舫的生意竟如此之好。」

正提起茶壺沏茶的景鈺聞言，淡淡道：「此茶舫才開不足十日，便已深受各方人士的青睞，據說想要上茶舫品茗，需得提前三日預定。」

南溪回頭看著他。「需提前三日？你之前為何不說？」害她以為隨時來都可以。

「咳……我也是昨日才知道。」景鈺把沏好的茶水端到她面前。

「那你也該派人告知我一聲啊，我好取消今日的邀約改日再約。」
景鈺慢條斯理地端起茶杯。「為何要改日？不過是不能上茶舫，又不是不能遊湖。」
是誰說要去新開的茶舫品茗的？原來某人只是想找藉口來遊湖。
他們的畫舫緩緩向湖中央劃去，使南溪越發清晰地看到了那艘茶舫裡的情景。
當真是，笙歌音嫋嫋，輕舞綠霓裳。
她從那茶舫敞開的舷窗看到，舞姬正在那裡載歌載舞，陣陣鼓掌喝彩一直不曾停歇。
她眉梢諷刺地一挑。「這是品茗還是飲酒尋歡？」
景鈺抬眸，順著她的視線望了一眼茶舫。「這應該是有人包船會客。」
不都一樣？南溪撇了撇嘴，不置一詞。

——未完，待續，請看文創風1067《青梅一心要發家》3（完）

2022年5月出版

吃飯娘子大

文創風 1061～1062

在這古代真是啥事都有！
大宅小院的糟心事，夏魚沒興趣也懶得管，
但看到惡鄰虐女，她怎樣都得插手幫一把，太欺負人了！
不過最讓她稱奇的是，金貴的螃蟹在古代竟成了沒路用的東西，
開玩笑，這螃蟹可是極品食材，她不好好利用，豈不太對不起廚師的頭銜了？

酣暢雋永，暖胃暖心／眠舟

對夏魚這個小廚師來說，要她燒燒火、炒炒菜是小事一樁，
她也以為日子會這樣順風順水地過，沒想到一次意外穿越古代，
一睜眼就要她沖喜嫁人，對象還是個家徒四壁的病癆子！
看相公一身病弱樣，要她拋夫離家實在不忍心，
那她就留下來幫他煮些料理補一補！
等他把病養好，她再跟他和離也不算無情了。
孰知她的算盤打得響，人生卻偏偏不照劇本走，
一些不屑跟她打交道的鄰居吃過她做的菜，變臉比翻書還快，
她在村子突然成了大紅人，人人搶著上門聞香，
俗話說飯香飄千里，這一飄就飄到城鎮裡，
一家人因緣際會搬到鎮上，火速擄獲貴人的胃，也結交不少知心好友，
看著賺得盆滿缽滿的銀子，夏魚只覺得美滋滋的，
豈料這紅火的名氣也引人覬覦，麻煩事接著上門……

2022年4月出版

緣來是冤家

文創風 1058～1060

這人什麼臭脾氣？她分明是來幫他的，
他不吃藥也罷，居然嫌她礙眼，還讓她滾？
好哇！她偏不，看她怎麼把這碗藥灌下去！

唇槍舌劍，無非是相互理解的情調／明檀

「叛國通敵」四字砸下，使身為江南望族的沈家瞬間傾覆。
禍首為大房，身為三房女眷的沈芷寧與娘逃了死罪，
卻仍避不了家破人亡，遭受欺凌、壓迫的現實。
分明案已結，家中卻仍遭官兵以搜查為由強搶，
在絕望之際，首輔秦北霄踏馬而來，宛如一道曙光，
儘管於他而言那或許不足掛齒，可卻給了她無限希望。
因此有幸重生，她除了要查清大伯通敵一事，避開禍端，
她也不忘向此刻仍在人生谷底的秦北霄報答恩情。
雖說沒有幫助，他仍能權傾朝野，但這能讓她心裡好過些。
只是……沒人告訴她，這人的嘴這麼毒、這麼難搞啊？
她幫身受重傷的他找大夫、弄藥，怎麼說也是個救命恩人吧？
「我不感謝妳，若我得勢，第一個殺的就是見過我狼狽景況的妳！」
氣得她牙癢癢卻無處可發洩，只能催眠自己是她欠他的。
況且，家中滅頂災禍的來由，或許能從這人身上找到轉機……

2022年4月出版

文創風 1056~1057

換個夫君就好命

自古紅顏多薄命，作為京城第一美人，不知道是不是自帶吸渣體質，
前有渣爹賣女求榮，後有渣夫寵妾滅妻，這人生好難啊～
而今她想要翻轉命運，只能換個上等夫君來嫁！

佳人慕英雄，姻緣今生定／若凌

只能怪自己當初很傻很天真，錯將渣男當作良配，
後宅中有擅長折磨的惡毒婆婆，還有偽裝可憐的心機小妾，
嫁進這樣的人家也算是自己上輩子倒楣透頂了。
如今重活一世，時光倒轉，要改命當然先從換夫做起！
眼下渣男婚前納妾鬧得沸沸揚揚，她當機立斷退了這門親，
將前世對她有情有義的璟王爺當作未來的夫君人選。
雖然這會兒他因腿傷而灰心喪志，眼下對娶妻沒興趣，
但想要再續前緣，她可不會輕易放棄，平時積極學醫備藥，
就為了將來能替他治腿疾，求個近水樓臺先得月！
只不過她前頭才剛送走了渣男，親爹後頭又替她找來了色鬼？
這怎麼行！終身大事不容耽誤，看來她只能登王府先求嫁……

以指為筆，落紙成符／昭華

2022年4月出版

斜槓神醫

靠著替人看事、解厄的本領，她賺了不少銀錢，
雖說她是天命之人，沒有五弊三缺這回事，
但她為人治病仍是僅收取微薄診金，就當是行善了，
然而她心善歸心善，卻也不是啥窮凶極惡之人都幫的，
畢竟，她可是能開天眼的人，想騙她不容易啊！

文創風 1051 1

沈糯是全村最美的姑娘，剛滿十四就被婆婆催著嫁進他們崔家，
丈夫是村中文采最出眾、容貌最俊俏的，亦是她的青梅竹馬，
但崔家生活貧困，且家裡的活兒全是她一肩挑，還有個小姑子愛刁難她，
可她總想著，天下間成了婚的女子大抵都是這樣的吧？
不料一年後丈夫高中狀元，卻帶了個閣老的孫女回家，
夫君說，貴女對他有恩，而他也愛上如此善良美好的女子，望她成全，
成全？呵，原來她竟成了阻礙有情人的那一方嗎？那又有誰來成全她呢？

文創風 1052 2

在婆婆姚氏好說歹說地勸哄下，沈糯答應讓夫君娶了那貴女為平妻，
往後數年，她不僅看著夫君平步青雲，也被迫看著他們二人夫妻恩愛，
不到三十歲，她便因病香消玉殞，結束這悲苦的一生，死後魂魄仍在夫家逗留，
沒想到，她竟看見婆婆、夫君及貴女三人將她的屍骨砸碎，埋在崔家祖墳，
並且，她還親耳聽見姚氏承認是她們婆媳二人毒死她的，她並非病亡！
從頭到尾，那姚氏看上的就是她的天命命格，貪的更是她極旺夫家的一身骨血，
因天命之人哪怕什麼都不做也能為身邊人帶來福氣，甚至能影響朝代的存亡！

文創風 1053 3

沒想到在仙虛界修煉了五百年，沈糯還有再回來的時候，看來是上天垂憐，
思及這三人當初是怎麼害死她的，她簡直恨不得啃其骨，又怎會如他們所願？
她不再是從前那個傻姑娘了，決定先使計和離，報仇的事得慢慢來才行。
由於她在仙虛界時是知名的醫修，又是天命之人，自是擁有一身非凡本事，
所謂的起死人，肉白骨，不謙虛地說，但凡還剩一口氣在，她都能救活，
除此之外，她還有著絕佳廚藝，玄門道法的能力更是世間無人能及，
憑藉這些高超本領，重活一世，她定能好好守護家人，保他們一生安康……

文創風 1054 4

沈糯煮的佳餚能飄香數條街，眼下不就引來個破相又斷腿的小乞丐上門偷吃嗎？
留下小男孩療傷的期間，她瞧出喪失記憶的他竟是甫登基一年的小皇帝，
她推測小皇帝恐是偷偷離宮想來邊關這兒尋找親舅攝政王，途中卻出了意外。
攝政王裴敍北，大涼朝赫赫有名的戰神，讓敵軍聞風喪膽、朝臣忌憚的狠戾人，
先帝手足眾多，哪個對皇位不虎視眈眈？偏偏礙於攝政王，沒人敢動小皇帝，
因為他曾在朝堂上斬殺過貪官，離京前更放話若小皇帝出事定要所有親王陪葬！
如今小皇帝失蹤了可不就是頂天的大事？宮裡頭怕是沒人能睡得安穩了吧？

文創風 1055 5 完

沈糯從邊關的小仙婆成了京中有名的神醫、仙師，而攝政王也回京了，
但兩人的關係還不能對外公開，親事也得再緩一緩，這全是因為太皇太后，
極厭惡玄門中人的太皇太后一心希望親兒登基，在宮中扶植了一派人馬，
他有兵權，自己有神秘莫測的本事，兩人若成親，還不得讓太皇太后忌憚死？
因此得先讓他把朝堂上該清的都清一清才行，看來，這京城的天怕是要變了，
至於她也有事要忙，據說數十年前禍國殃民的美豔國師死後並未魂飛魄散，
她懷疑前婆婆與國師的一抹魂識有關，若真是……那便新仇舊恨一併算一算吧！

文創風 1066

青梅一心要發家 2

國家圖書館出版品預行編目資料

青梅一心要發家 / 連禪著. --
初版. -- 臺北市 : 狗屋出版社有限公司, 2022.05
冊 ; 公分. --（文創風 ; 1065-1067）
ISBN 978-986-509-325-9（第2冊 : 平裝）. --

857.7　　111005080

著作者　連禪
編輯　張蕙芸
校對　吳帛奕
發行所　狗屋出版社有限公司
地址　台北市104中山區龍江路71巷15號1樓
電話　02-2776-5889～0
發行字號　局版台業字845號
法律顧問　蕭雄淋律師
總經銷　知遠文化事業有限公司
電話　02-2664-8800
初版　2022年5月
國際書碼　ISBN-13　978-986-509-325-9

本著作物由起點中文網（www.qidian.com）授權出版

定價280元
狗屋劃撥帳號：19001626
網址：love.doghouse.com.tw　E-mail：love@doghouse.com.tw